U0085873

滄海叢刊

三十年代作家論續集

姜穆　著

1989

東大圖書公司印行

三十年代作家論續集／姜穆著
臺北市：東大出版：三民總經銷，民78
[7]，258面；21公分
ISBN 957-19-0032-X（精裝）
ISBN 957-19-0033-8（平裝）

1.中國文學—傳記 I.姜穆著
782.248/838

© 三十年代作家論—續集

著者 姜穆
發行人 劉仲文
出版者 東大圖書股份有限公司
總經銷 三民書局股份有限公司
印刷所 東大圖書股份有限公司
地址／臺北市重慶南路一段六十一號二樓
郵撥／〇一〇七一七五—〇號
初版 中華民國七十八年十月
編號 E 82056
基本定價 叁元[illegible]
行政院新聞局[illegible]

三十年代作家論續集
編號 E 82056
東大圖書公司

ISBN 957-19-0033-8

已逝歲月

尼洛

「三十年代文學」和「三十年代作家」，都只是個泛指。它是毛澤東整肅中共政權成立以前的作家、以及批判他們的作品，所提出的概括性的範圍。這一概括性的範圍，經過你說我傳，像是個約定俗成的說法了，因此，引用它時不僅感覺到有趣，也感覺到蒼涼。

「文革」以後，再提「三十年代作品」和「三十年代作家」，在情感上「恍如隔世」，用「出土文物」來詮釋，愴惻得淋漓盡致，一切是非恩怨都拋開了，這種溫柔敦厚的對待，是很能發人深省的，「浪淘盡千古風流人物」，大風大浪裏那還看得見血淚，欲說還休吧，它不是魯迅說的中國人的「阿Q心理」。

用魯迅「阿Q心理」的尖酸刻薄的反諷，不僅是「一竿子打翻一船人」，而且用這種口徑，去量「三十年代文學」、「三十年代作家」與中共之間的是是非非，是很於心不忍的，當然也包括魯迅這個人和他的全部作品在內。因為是非、美醜、善惡，都成為階段性的歷史了，人們為它付出了代價。中國人習慣把錯誤的言行和代價的付出，結合起來歸之於天意或天譴，這是中國人的恕，還不只是欲說還休。

姜穆兄在「三十年代作家論」上，花了大工夫，敍述了人，也品評了作品。對人，姜穆兄沒有責以「春秋大義」，對作品，姜穆兄也沒責之「意識形態」，其溫柔敦厚在字裏行間是可見的，也應是中國人的恕。

中國現代文學發展的道路，與其說是肇始於「五四」的「白話文運動」，反不如說是服從於「五四」所標榜的「全盤西化」來得貼切穩妥。文學上的「全盤西化」，對中國文學的發展，在大方向上可以肯定的是一個好的影響，僅僅在文學表現上的多樣性，與文學思想上的多樣性，就已經開放了與活潑了中國文學的領域。在一陣子驚悸、迷惘、探索以後，如果不是一連串的災禍，在近七十年的漫長歲月裏，中國現代文學，或許早已進入成熟與豐收季節。因此，面對姜穆兄的「三十年代作家論」時，唏噓就是很自然的。

「三十年代作家」，在中共未成氣候的時候，是中共的座上客，在中共政權成立後，尤其是在「鳴放」、「反右」、「文革」期間，又成為中共的階下囚；在前面這段時間內，他們不僅創作豐富，而且風骨嶙峋，而在後面這段時間內，却又噤若寒蟬，而復奴顏婢膝。這種種對比，都是十分鮮明的，理由在那裏？一句話：「三十年代作家」誤以為「全盤西化」中的「寫實主義」，和中共的「無產階級文學」，是可以混同的，而中共却是涇渭分明。也就是因為這一點的差異，有些人竟弄得死無葬身之地，如今，浩嘆沒有用，它已是歷史陳跡了。

「三十年代作家」們，他們的「全盤西化」，是個浮面的，不澈底的。當「文學革命」還沒有弄出明堂的時候，又要「革命文學」了，心態上能負荷得了嗎？於是，在先掉了舊的依附，又排斥了新的依附，在四顧茫然時，就在所謂時代性的浪潮裏作悲壯性的掙扎泅泳吧。於是，時而浪漫性的呈現出乾坤一擲的豪情，時而自瀆性的顯露出悲歌、頹傷。他們何嘗將「文學革命」那根中軸把握住了？又何嘗理解到「革命文學」的真正底牌？他們從未覺察到自己只是中國文化中的飄零子弟，這個與生命俱來的中國文化性格，用以形容歷史的，不是血的殷紅，而竟是和每一段歷史同樣灰暗。於是，從魯迅「橫眉冷對千夫指，俯首甘為孺子牛」，到鄧拓「莫謂書生空議論，頭顱擲處血斑斑」，就全是飄零弟子十分蒼白的浮誇。

往事已遠，再讀「三十年代」的作品時，當時曾經被認為是文采風流的，濫情而已；當時曾經被認為以天下為己任的，激情而已；少有人就文學的脚步，作誠懇的篤實的履踐，只是浪漫性的飄浮着，怎不令人欲說還休。在已逝的歲月裏，留下的一些烙印，蒼涼的形容：這就是中國新文學走着的歷程。

自序

我寫「三十年代作家」的動機，是要瞭解三十年代的文學，到底是怎麼樣一個面貌。在四十、五十年代中，三十年代的文學作品，是印行得最少的時期，因此，揭開其神秘面紗是有其必要的。但是那時的報刊雜誌，對於這個問題，總是少談為妙。而我雖不靠筆墨生活，却是家庭經濟重要來源之一。如沒地方發表，妻兒就會跟着受苦不說，刺激寫作的「動力」也沒有了。

當我把這意思與對大陸研究有素的專家李明（尼洛）先生談起的時候，他慨允在「文藝月刊」開出一個「細說三十年代」的專欄，而主編俞允平（疾夫）先生又大度的沒有限制字數。乃得隨意發揮，「有話則長、無話則短」，一晃六、七年沒間斷，有一年因為窮，還預支了一年稿費，對我之厚，真要感激不盡。故雖然這個專欄是我寫的，他們兩位實際是這本書的接生婆，沒有他們就沒有這本書。其次則是魏端（希正）先生的鼓勵有加，也是非常感激。

三十年代是一個縱橫捭闔的狂飈年代，根盤節錯，因為在此之前，有「聯俄容共」這段歷史，有時實在難分誰是什麼，直到一九四九年大潰敗，有的人才露出真面目來。但是歷史並不是那單純的一分為二就做了定論。所以我們對於身陷大陸的作家們，應當對不得不爾的苦衷有所諒解與同情，也才能看出作家們自一九四九年以後所寫的一些阿諛「文章」。命到底比「名節重要」，要名節不要命的，歷史上雖有，比例實在太少了。他們都是我們的同胞，我們不同情他們的遭遇又有誰同情？

有些要從另一方面去看，中共竊取「五四成果」，冰心就以曲筆反駁，所以有些文章是要看門道了。

「三十年代作家論」承東大圖書公司不計盈虧予以出版，部分讀者認為收錄作者過少，缺乏互參。今得十餘萬字，計十家，似可成册。因其文學活動，都互有瓜葛。或可供讀者參考。

姜　穆　出版前記

三十年代作家論續集　目次

已逝歲月
自序
一　二元人物——瞿秋白……一
二　成仿吾鬱鬱以終……四三
三　錢鍾書以默獲存……六五
四　楊絳錯誤的選擇……九三
五　殷夫白流了鮮血……一〇五
六　柔石寃死……一一九
七　巴金的矛盾……一三七

八 過河卒王西彥……………………一八七
九 魏金枝名實不符……………………二〇三
十 冰心的風格獨特……………………二一九

二元人物——瞿秋白

瞿秋白到底是個什麼樣的人呢？

他是個作家嗎？他卻做過中共的「領袖」；是個「政治家」嗎？他卻又寫過不少文章；是個「文字改革者」嗎？卻又沒有深入的研究；是個「馬列理論家」嗎？他自已卻又說是半吊子；他沒有讀過大學，卻又做過大學的教務長、系主任。他被執刑時，得年三十六，但是，他已經在中國掀起了不少風浪。

他是一個備受爭議的人物，他似乎什麼都能夠做一些，又什麼都沒有做成功，讀他那篇自知必然活不下去以後，寫出來的「多餘的話」，我覺得，他的性格是適合做一位田園派的詩人。與心愛的人在窗前種些竹子，門外種幾棚瓜，養一些蘭草，家裏不富卻也不愁吃穿，做做古典詩，塡一些詞，把玩骨董，而又天假以年的話，他極可能成爲一位版本學家，名聲且必不下於鄭振鐸，因爲他在臨刑時還不曾忘記在蒐求得的幾本絕版書。

不幸的是，他在一九二三年二月由於受到同鄉同學張太雷的影響和介紹下，在蘇聯加入共產黨❶，而走上了「歷史的誤會」的道路❷。更不幸的是一九二三年陳獨秀到莫斯科的時候，又受到陳獨秀的賞識，並邀他一道回到北平❸，辦「新青年」（按：與陳獨秀合辦，當他的助手）。後來又主編「嚮導」❹，一直做到中共的中央政治局委員和總書記。死時是所謂「中國最高蘇維埃」的「教育部長」。

從一九二二年加入中國共產黨，到一九三四年五次圍剿，一九三五年中共棄他於不顧中被捕，並於一九三六年六月十八日在福建長汀槍決❺，在共產黨內「工作」不過十二、三年，過着驚濤駭浪的生活，由一個普通黨員，做到總書記，可以說他的一生都充滿了悲劇的情節。

以他死時三十六歲，不管是「叛逆」或者是「烈士」，或者是文學家，或者是「共產主義理論家」，瞿秋白在中國總算是掀起了一些浪花，他總有一點能力，他總有一點才情，否則，是很難辦得到的。

以中華民國的立場來看，瞿秋白當然是個叛徒，是個異端分子，是個不折不扣的共產黨徒，

❶ 李立明著：「中國現代六百作家小傳」，五六三頁，香港「波文書局」一九七八年七月出版。

❷ 瞿秋白著：「多餘的話」，中共問題原始資料編輯委員會編：「中共怎樣對待知識份子。原始資料彙編之一」（上册），一六七頁，「黎明公司」，民國七十二年六月初版。

❸ 李天民著：「是悲劇，是『滑稽劇』」？民國七十四年「中國時報・人間副刊」。

❹ 同註❸。

❺ 徐新煜著：「瞿秋白臨刑吐心聲」，民國七十三年八月廿八日，「世界日報・上下古今」版。

所以，槍決了他，是拔除禍根的最徹底方法。站在政爭與黨爭的立場，這種措置是正確的；奇怪的是瞿秋白是中國國民黨的死敵，卻也是共產黨的叛逆，李天民先生把它視爲「滑稽劇」，又視之爲「悲劇」確然有些道理。

中共把瞿秋白視爲叛徒，一般人認爲是因爲那篇「多餘的話」出賣了共產黨及共產黨人。讀了「多餘的話」，除了敍述瞿秋白的過去，後悔沒有把自己投入文學的工作以外，對於共產黨沒有太多的怨言。倒是從「多餘的話」裏，看到了一個肺病患者的悲觀、或者說是灰色的思想。也許自知非死不可，因此，在行文上難免就悲觀一些，使我們對這個悲劇角色，多少有一些同情。不過，無論如何，對於一個因中共在瑞金潰敗前夕，開始所謂「二萬五千里長征」（按：實是二萬五千里逃竄）前，留置的「同志」，並且，因此被捕而殺身的人，無論如何都構不成「叛黨」的罪名。須知在被捕後，做了階下之囚，一個文弱的書生，能不說出他的一切嗎？共產黨員不是什麼特殊的材料做成的，他同樣是血肉之軀：而中共卻不會如此設身處地的去替瞿秋白想，認定他必須有義務、也有責任，卽使是炮烙之刑也不能說出中共的秘密。

這的確是非常的殘忍，而且，又不合於一般常理常情的事。也許就因爲這種不合常理常情，使中共由當年的十二人❻的裏脅，竟有今天，實在得之於嚴酷的紀律與殘忍的手段。瞿秋白被

❻ 鄭學稼著：「中共興亡史」（第一卷下・中共的降生）六三八頁，鄭說：「一九二一年『五一』節，由中共臨時中央發動，就在新漁陽里六號開籌備會。接著於一九二一年七月一日（按：鄭學稼先生說是中

「留置」（按：等於放棄，讓政府殺瞿），是因武漢分共後，瞿秋白的「盲動路線」被鬥爭，已失去「中委」與「總書記」的頭銜，他只得跑到上海去領導文藝，寫點宣傳稿，後來奉命調回蘇區任教育部長，等於也是閒職。瞿秋白這時在中共已完全失去權力，被鬥下臺，把他留在蘇區，無異是借政府的刀，殺掉中共當權派的敵人，共產黨的手段，是夠毒辣的了。

瞿秋白是一個性格矛盾的人，從他死前的那篇「多餘的話」，可以獲得極爲清晰的印象。嚴格的說，以瞿秋白的懦弱性格，他加入共產黨，就已經上演了悲劇。我曾經假定，他如在北洋政府外交部的俄文班畢業之後，不去俄國，他極可能是一個很好的俄國文學的翻譯家，並成爲一個小有名氣的文史方面的教員。可惜他卻走錯了路，演變成被殺的下場。他以自己的手，撕毀了自己的生命，也等於是共產黨對他的謀殺。

瞿秋白是處在我國傳統社會轉型的時代，受到開放口岸所帶來的刺激，拯救中國，是知識分

（續）共官方文件，實爲張國燾回憶錄），一說爲七月廿日（按：爲陳公博說），無論那一天開，中國共產黨是在七月產生了，開會的地點先在「博文女校」，後在上海法租界貝勒路與望志路之間的樹德里卅號樓上（共產黨代表之一的李漢俊的家），出席的有馬林、尼科羅夫斯基（以上兩人爲國際共產黨人），張國燾當主席、毛澤東爲大會秘書長。但因受到法國捕房的搜捕，後來移到嘉興的南湖租遊艇在湖上續開代表會。出席的有李漢俊、張國燾、劉仁靜、王盡美、鄧恩銘、董必武、陳潭秋、包惠僧、毛澤東、周佛海、陳公博、李達。以這樣少數人，竟然有這樣發展，實得力於嚴酷的組織與殘忍的手段裏脅所致。

子的一種急切而旺盛的企圖。這是瞿秋白的最大不幸，也是當一個封閉的社會一旦開放，發覺過去的上國威儀，竟只是貧弱落後，面臨被「肉食」的命運時，知識分子莫不尋找救國的方法。從近來學術與「五四」前的發展來看，有一截然不同的分別；「五四」之前，中國的治世哲學，都來自傳統的經典，絕少受到外來的影響，革新只限於一種自我突破的要求，「五四」以後則完全不同。

清末被西方列強強迫開放口岸，同時也帶來了鴉片以外的東西，譬如：各種主義等等，那個時代，眞是一個思想紛陳、百花齊放的時代。這種天翻地覆的變動，固然動搖了中國傳統的生活模式，同時也讓知識分子懷疑了傳統是否仍能適應這個時代潮流，維持古老的中國於不墜。

這實在是一個問題，「五四」以後，部分激化者主張「打倒孔家店」便是此種懷疑的結果之一。當然，三民主義的誕生，也是這種懷疑的結果。不幸的是瞿秋白在這個巨大無盟的激盪之中，未能及時接觸到多元化的民主思想，卻片斷的接受了馬克思主義的理論。

如果，把馬克思主義也當成「理想國」式的去欣賞，的確非常的誘人，可惜瞿秋白以及他的許多同時期的人，卻誤信那是中國圖強有效的一劑「良藥」。瞿秋白的悲劇根源，實在就出自於上國威儀被粉碎之後，西方各種各派思想趁虛而入時，他選擇了馬克斯主義爲信仰。他是一位才情極高的作家，這種信仰毀滅了一個天才。

他出生於一八九九年，也就是光緒二十年的元月二十九日，他的家，住在常州青果里八十六號，叫「天香樓」。小時父母叫他「阿雙」，學名瞿爽，又名「霜」，直到後來才自己改名「秋白」❼。姜新立說，「秋白」的名字，從十四歲開始。姜新立先生引用他所寫的一首「詠菊」詩爲證：該詩說：「今歲花開候，栽宜白玉盆，只緣秋色淡，無處覓霜痕。」這首詩嵌了秋白與霜字，都與他的名字有關❽，他的家鄉是常州武進，春秋時是吳國公子季札的領地，這地方在春秋時稱「奄」，鄭玄注云：「奄在淮夷之旁」，「趣絕書吳地傳」則說：「毘陵縣（卽今武進）城旁，古淹君之地也。」又「常州府志」說：「一云奄城，卽毘陵城。」那地方在古代就已經相當發達，文風極盛，有名的史學家趙翼（甌北）、大詩人黃仲則、著作家洪亮吉，復因與相隔不遠的蘇州文風的互相激盪，所以常州自春秋以後就是人文薈萃的地方。

住在這樣一個地方的瞿家，「世代讀書，也世代做官」❾是不足爲奇的。不過瞿家的官並不大，叔祖瞿賡韶署理巡撫、伯父做過常山知事❿，都不過是地方官罷了，跟朝廷還有一大段距離，兼之不善經營，產業有限，到了沒有人在朝中爲官的時候，收入卽告中斷，而門面卻需要維持，不能量入爲出，加之食指浩繁，家道中落是必然的現象。（這樣看來，他家倒是淸白的。）

---

❼ 姜新立著：「瞿秋白的悲劇」，一五頁，「幼獅文化公司」，民國七十一年九月出版。
❽ 同❼，頁一六。
❾ 同❷。
❿ 同❼。

當然，一個世代爲官的家庭，子孫雖不事生產，不再出任官員，也不至敗得過速，一個世家的沒落總有很多原因。瞿家的中落，歸因於他的父親瞿稚彬是個破落大少，姜新立在「瞿秋白的悲劇」一書中說：「瞿秋白的父親是個典型的公子型人物，他以爲靠著祖宗的地位和產業的餘蔭，還可以繼續當大少爺，過他才子佳人日子。這個一向當慣大少爺的瞿稚彬，除了能弄耍點詞詩歌賦與書畫外，別無所能，手既不能提籃、肩也不能挑擔，五穀雜糧不分，終日以鴉片度日，最後居然靠著祖宗的官俸，娶妻生子，著實過了幾年十足的少爺生活。」⓫關於姜新立先生的這段話，並未直引自瞿秋白「多餘的話」，當然，他還參考了其他的材料，可惜未注明出處，也就難以覆按了。不過姜新立先生所說，大致未脫離瞿秋白自已的話。他在「多餘的話」裏，是這樣說的：「我雖然到了十三、四歲的時候就很貧窮了，可是我的家庭，世代是所謂『衣租食稅』的紳士階級，世代讀書也世代做官。我五、六歲的時候，我的叔祖瞿賡韶，還在湖北布政司任上，（按：清制每省設巡撫一人，爲省的最高首長，其下設二司，一爲布政司，布政司長官稱爲「布政使」，掌理全省民政及財政稅務，又俗稱「藩官」）他死的時候正署理湖北巡撫。（按：也就是晉升了）因此，我家田地房屋雖然在幾十年前已經賣盡，而我小的時候，卻靠著叔祖伯父的官俸過了好幾年十足的少爺生活。」⓬姜先生顯然把瞿秋白批評自已的話，當成他敘述父親生活

⓫ 同❼，姜新立注，此段是引自「多餘的話」，經查「多餘的話」，並未如此詳細。
⓬ 同❷。

了。

到底瞿家窮到什麼程度，除了前面已說的，到了瞿秋白懂事時，他們已窮到搬進瞿氏公祠去住，最能看出瞿家狀況的是瞿秋白母親金衡玉的自殺了。

徐新煌先生說：「瞿秋白是中國近代一幕大悲劇的主角，他雖是世家的書香子弟，但到他父母手裏，已家道中落，窮到只能住在祠堂裏了。父親飄泊在外，母親於一九一六年春天因無法度過農曆年關而自殺身死，這對瞿秋白打擊很大。」⑬

金衡玉自殺是一九一六年農曆初二的深夜，因未能清償年關的債務，而家裏又空無所有，尤其是帶著幾個孩子，悽涼可以想見，難免觸景生情，遂用火柴頭拌入虎骨酒服下自殺。那時瞿秋白已到無錫去當校長了。他接到惡耗曾寫了一首「哭母」詩，談到母親自殺的悲劇。原詩如下：

親到貧時不算親，藍衫添得淚痕新；
此時饑餓無人管，落得靈前愛子身。

瞿秋白的加入共產黨，與他這種悲慘的生活，可能有相當關連性，因爲他長大以後，只要在作品中一提到他的母親，就情不能自已的恨那個社會。據姜新立的「瞿秋白的悲劇」一書說：

---

⑬ 楊之華著：「憶秋白」，「紅旗飄飄」第八集，二六頁，一九五八年七月，「中國青年社」出版。此處注及詩，均轉引自姜新立著：「瞿秋白的悲劇」。

「因爲沒錢埋葬，棺木就停放在祠堂裏，以後瞿秋白加入共黨，一直不敢回家料理此事，二十四年後，才由親友們把她遷葬在常州東郊公墓。」⑭也就是一九四〇年才得入土，而所謂「公墓」，實係亂葬崗，是窮苦無主的孤墳。那是一九三五年瞿秋白被執後五年的事。

人間最大的痛苦，莫過於暴親屍而不能營葬，但是，這些瞿秋白都身受了。母死不能入土固因當時的貧窮，從莫斯科回來，應有葬母的力量，卻因自己是一個共黨員，延長了母親的暴屍，乃是咎由自取。

瞿家的沒落，與時代變遷有間接關係，直接關係是來自他父親的不事生產與吸食鴉片，那才是他們家沒落的眞正原因。

說到他的父親瞿稚彬，他是一個不負責任的人，當他家徒四壁的時候，「索性一走了之，在山東一帶，混他個人生活。」⑮他父親的墮落與不敢面對現實，十足是破落豪門子弟的共同特性。可是，他父親的這種作爲，卻造成了妻子自殺的結果。

歸結這些悲劇，正是他父親一手導演。不敢面對現實、沒有堅強的鬥志，這當然與他出身背景相關連，不能脫離鴉片的毒害，也是造成他父親懦弱性格的重要原因之一。英、法向中國輸入鴉片，不知道造成多少中國人家庭的悲劇。「東印度公司」所造成的罪惡，不止瞿秋白一家，如

⑭同⑦。
⑮同⑤。徐新煜未引出處。

沒有林則徐的銳利眼光，中國可能只是一個歷史名詞，所以「鴉片戰爭」帶給中國無盡災難，百年來的所有屈辱，莫不與此一戰有關；但是，這一戰，也喚醒了陶醉在上國威儀美夢的中國人。我以為帶來近百年的災難，付出生命財產，這血的教訓，卻使一個原本要亡國滅種的中國的振奮新生，這些災難還是值得。

瞿秋白母親死後，他走投無路，後來他得到常州城外舅母的幫助，出資把他們送到武昌投靠姑母，並得堂兄瞿純白的資助，進入武昌一個外語學校讀英文。這時期，他曾到湖北黃陂去探望其表兄周均量，在文學與佛學上受到周均量的影響甚多。

瞿秋白的母親似乎從小就已發現他在文學上的一點才華，因此，曾教過他有關詩詞方面的知識。他成為一個馬克斯主義者，並且，又成為一個盲動主義者，同時文學也有相當成就，並且，又喜歡玩弄金石、文學方面，周均量與他母親對他的影響最大。至於對馬克思的信仰，並因此惹來殺身之禍，乃是受了他中學同學張太雷及進入北洋政府外交部的「俄文專修館」，因而接觸俄國文學，進而接觸共產主義方面的理論以後，已經決定了他悲慘的下場。

他在「多餘的話」裏，說自己是個「二元人物」，這種矛盾的性格就是如此形成的。其實，瞿秋白對自己也不十分了解，他何止是「二元人物」呢？他還想做名士或隱士，過著田園生活呢！總之瞿秋白是一個性格不統一的人物，並且，極容易受到環境的左右，譬如：他同情李立山，因進而維護「立三路線」才被鬥垮下來，總書記垮後，在上海賦閒的這段時間，他做「左聯」

的幕後領導人，而且，寫了不少極有分量的雜文，後來集結成「亂彈及其他」。

他的散文（也可說是雜文），與魯迅的一樣是「戰鬥的利器」（按：共產黨是把文藝當工具的），我們試看收在「亂彈及其他」中的「一種雲」就獲知瞿秋白的一枝筆絕非風花雪月。

天總是皺著眉頭，太陽光如果還射在地面上，那也總是稀微的淡薄的。關於月亮，那更不必說，他只是偶然露出半面，用他那慘淡的眼光看一看這罪孽的人間，這是孤兒寡婦的眼光，眼睛裏含著總算還沒有流乾的眼淚。受過不止一次封禪大典的山岳，至少有大半截是上了天，只留一點山脚給人看。黃河、長江……據說是中國文明的父母，也不知道怎麼變了心，對於他們的親生骨肉，都擺出一副冷酷的面孔，從春天到夏天，從秋天到冬天，這樣一年年的過去，淫虐的雨、淒厲的風和蕭殺的霜雪更番的來去，一點兒光明也沒有。這樣漫漫長長，已經二十年了。這都是一種雲在作祟，那雲為什麼這樣屢次三番的摧殘光明？那雲是從什麼地方來的？這是太平洋上的大風暴吹過來的，這是大西洋上的狂飇吹過來的。還有那些模糊的血肉——榨床底下淌著的模糊的血蒸發出來的。那些愛畫符的人——會寫借據、會寫當票的人，就用這些符籙在呼召。那些吃田地的土蜘蛛——雖然死了也不過只要六尺土地葬他的身體，可是活着總要吃住這麼二、三百畝田地——這些土蜘蛛就用屁股在吐着。那些肚裏裝着鐵心肝、鐵肚腸的怪物，又豎起了一根根煙囪在噴着。狂飈風暴吹過來，血肉蒸發出來的，符籙呼召出來的，屁股吐出來的，煙囪噴出來的，都是這種雲，這是戰雲。

這篇文章，本是對自己窮苦的身世，以及沒落王孫的一種無奈和怨恨，但是，卻也是把握住共產黨所賦予的任務，硬要把自己所遭受的，套上階級鬥爭的色彩，罵罵政府、罵罵地主，才算使文藝竟戰起鬥來。所以，他把本是一篇平淡的、對時事以及中國近代所遭遇的感嘆的文章，筆鋒一轉，就成爲共產黨鬥爭的武器了。他在文章的末三段這樣寫：

難怪總是漫漫的長夜了！

什麼時候才黎明呢？

看那剛剛發現的虹，祈禱是沒有用的了，只有自己去做雷公電閃娘娘。那虹發現的地方，已經有了小小的雷電，打開了層層的烏雲，讓太陽重新照到紫銅色的臉。如果是驚天動地的霹靂，那才撥得開滿天的愁雲悽霧，這可只有自己做了雷公電閃娘娘才辦得到。要使小小的雷電變成驚天動地的霹靂⑯。

⑯ 瞿秋白著：「亂彈及其他」，一九三八年「霧社出版社」出版。（引自劉綬松著：「中國新文學史稿」，二八八頁。）

這霧是什麼？而爲什麼霧又只籠罩在天空二十年呢？當然，瞿秋白所指的是中央政府；而這裏的所說的「虹」，所謂「雷公電閃娘娘」又是什麼？今天是極容易看得出其所指的，但當時如要明白他在說些什麼，還得動一動大腦才行。這一篇作品，以及他爲魯迅雜文所寫的「魯迅雜感選集序」，受到中共御用文學家劉綏松的特別推崇，乃是這些作品具有中共所需要的所謂「武器」作用。

瞿秋白鬥垮陳獨秀，而採取了盲動主義，「兩湖秋收暴動」與「陸海豐農民暴動」，是中共暴力「革命」路線的嘗試，也就是瞿秋白「一種雲」文中所謂的「雷公電閃娘娘」的「打雷閃電」，不幸這種盲動主義失敗了，使他也失去了「中共中央委員」和「總書記」的「寶座」。但是，當我們讀他「多餘的話」時，卻又是那樣軟弱的說是「誤會的歷史」，頗有悔不當初的意思。中共之所以一直不把瞿秋白當成「烈士」，就因爲那篇軟弱的「多餘的話」。所以，他的人格是不統一的，他自稱爲「二元人物」，可說是自知之明了。

一九一七年四月，他隨堂兄瞿純白去了北平。

瞿秋白去北平的原因至少有兩個；一、住在武昌的姑丈雖然並不貧窮，卻不太願意幫助他，進入武昌的外語學校，是純白的接濟；既然堂兄要到北平，他也只好跟着去了；另外他對那間外語學校並不十分滿意。在「多餘的話」一文裏他說：「孑然一身跑到北京，只願能考進北大，研究中國文字，將來做個教員，度過一世，什麼『治國平天下』的大志都沒有的。」這話是入獄後省思的結果。據了解，那個時代的青年，尤其像瞿秋白這樣有天分的人，多數都是立志做大事，而且，又都是立志做大官的，原因是中國國民黨推翻了滿清，所有負責治理國家大任的都是三、四十歲的青年，飛黃騰達似乎並不十分困難。受到這種情形的激盪，幾乎人人都想在政壇上有一點作爲。其次，瞿家世代爲官，在政治圈內，仍然有相當勢力，而且，當官似乎比做任何事情都好。在這種環境下，瞿秋白又正處在做夢的年齡裏，沒有一點夢幻似的雄心，是難以相信的事，雖然，他有一些才情，卻還不至在那種年齡就看破了世界。

他沒有進入「北大」，原因是準備得不夠，沒有被錄取，即使錄取了，瞿秋白也不可能進入「北大」，那筆昂貴的學雜費，不是做公務員（北洋政府外交部）的瞿純白所能負擔。結果是他聽堂兄的話，進北洋政府外交部的「俄文專修班」。這個專修班既不收學費，學程是五年（比大學還多一年），畢業後謀職容易，所以，於一九一七年九月，瞿秋白就進入這間學校了。

他的外文之所以如此的好，拜這個訓練班五年的專門語文訓練之賜甚多。五年下來，鐵杵也磨成針了，何況他又極爲用功呢！溫濟澤在「瞿秋白同志戰鬥的一生」一文中，對瞿秋白的學習生活，有詳細的記載。他說：在學期間，主修俄文之外，還選修法文，又自修英文。溫濟澤說，他每天上課和自修的時間總共在十一小時以上，他是一塊讀書的材料，晚上讀不完計劃要讀的書，不睡覺⑰。所以瞿秋白以一個「北大」的落榜生，到一九二三年已就任「北大」的俄文教授

⑰ 溫濟澤著：「瞿秋白同志戰鬥的一生」，第五集，八一頁，一九五七年十二月，「中國青年社」出版。

了，這和沈從文的情形一樣的令人難以置信。

在「俄文專修館」裏，自然所用的教材，多數與俄國有關，接觸俄國文學，也從這時候開始。幕後領導「左聯」期間，翻了許多俄國作家的作品，以及翻了不少俄國的文學理論，可說是極其自然的發展，近朱那有不赤的道理？這是他當共產黨的起點，卻也是瞿秋白種下日後殺身的種籽了。

「五四運動」前後，國家面臨瓜分的厄運，民族面臨的是滅亡的危機，凡有血性的中國人徬徨是可以想見的，於是，求變以挽救危亡，「五四運動」於焉發生。愛國的目的可以肯定，卻也有人想利用這個運動謀取政治利益，或打知名度；跟着起哄、趕熱潮的人也不在少數。瞿秋白正好趕上這個運動，他當過「俄文專修館」的代表，也是他成爲「政治動物」的重要起點。

他當「俄文專修館」的學生代表，也屬於偶然，他在「多餘的話」裏說：「……五四運動一開始，我就當了俄文專修館總代表之一，當時的同學裏，誰也不願意幹，結果，我得做這一學校的『政治領袖』，我沒組織同學去參加當時的政治運動。」⑱初嚐了投入政治運動的滋味，這對他來說，還不是最壞的事情，最壞的事情是他參加了李大釗、張崧年所組織的「社會主義研究會」（按：「多餘的話」說是「馬克思主義研究會」，或「俄羅斯研究會」，他自己也記不清了，徐

⑱ 同❷。

新煜在「瞿秋白臨刑吐心聲」一文裏，說是上述研究會，徐新煜的說法是可靠的），這才是他眞正的誤入歧途的開始。

當時的瞿秋白，並不是一個馬克思主義者，只不過是讀俄文時，讀了倍倍爾的「婦女與社會」，對社會主義最終理想發生了好奇心和興趣罷了。徐新煜認爲，他當時最多也不過是接近「無政府主義」（按：他對托爾斯泰非常崇拜）。這樣的思想，實在談不上是馬克思主義，那麼以後他變成一個共產黨員，並且，又成爲共產黨的少數馬克思主義的理論家，也是隨波逐流的一種意外結果。

他在「五四運動」，也就是民國八年（一九一九）六月五日北京政府任命胡仁源就「北大」校長，爲教職員及學生所拒，北京政府就逮捕學生領袖，瞿秋白也是被逮捕者之一，不久獲釋。這時，蘇聯「十月革命」發生，引起全世界的注意，「晨報」想派一位記者到莫斯科採訪，一九二〇年八月找到了瞿秋白，他的堂兄瞿純白卻不同意他去蘇聯，瞿秋白不爲所動，接受了「晨報」的聘書，原因是他對莫斯科的共產主義充滿了好奇心。

一九二〇年八月受聘，就到山東濟南去向父親告別，十月十六日從北平出發，一九二一年一月二十五日抵達莫斯科。他替「晨報」寫的報導，總題是「餓鄉紀程」，那些通訊後來出單行本時，題爲「新俄遊記」。這本書是從北平到莫斯科，經西伯利亞所見所聞，是憤怒的、破爛的、饑餓的人民；失望、苦悶、嘲笑的知識分子；是粗魯無文的布爾雪維克黨的官僚、新俄是一個遍地惡臭、到處殘暴的社會。到了莫斯科以後所寫的通訊，題爲「赤都心史」，內容是一些隨筆，此外還完成一本「新俄革命史」，由「商務」出版。一九二一年三月瞿秋白親身經歷了克斯達特地方的工人和水手，爲了要求合理的配給及取消共產黨員的特權而發生暴亂，列寧答應了暴亂的工人和水手，改善他們的生活，增加他們的配給，但隨之而來的卻是紅軍的鎭壓與屠殺。不消說，瞿秋白一度對蘇聯失望。

一九二二年二月間在同鄉兼同學張太雷的介紹下，他加入共產黨，隨卽同往參加在彼德堡召開的「遠東民族代表大會」。這個大會結束後，被派到「東方勞動大學」任教（助教）。該年年底，陳獨秀代表中國共產黨到莫斯科參加「共產國際第四次代表大會」⑲。

「共產國際第四次代表大會」決定要中國共產黨加入中國國民黨，最重要的是拉廸克對陳獨秀並不滿意。瞿秋白由於替陳獨秀翻譯，得以結識陳獨秀。而陳獨秀與瞿秋白相處，發現瞿秋白精通俄文，與列寧等俄共新貴有交情，又懂得馬克思與列寧的理論，因此，有邀請瞿秋白回國「工作」之議。一九二三年一月，瞿秋白隨同陳獨秀回到北平，六月參加中共「第三次全國代表大會」，當選「中央委員」，成爲中共的領導人物之一。一九二四年參加「國共合作」後的「第一次全國代表大會」。在這個階段，瞿秋白主要的工作是譯介共產黨的理論，尤其是赤俄的文藝

⑲ 摘寫徐新煜著：「瞿秋白臨刑吐心聲」。

作品與文藝理論。

劉綬松說：「二十年代初，馬列主義文藝理論和蘇聯文學經驗，開始介紹到中國來，瞿秋白是第一個積極介紹俄國十月革命後無產階級文藝成就的人，他在『赤俄新文藝時代第一燕』中指出：「那時高唱凱旋的所謂自由平等博愛，漸漸顯出實際上確是空泛；那時標榜的所謂平民，已經顯出實際上確是太含混。眞正的平民只是無產階級，眞正的文化只是無產階級的文化。」⑳另外，在「左聯」時代，還譯介過高爾基等人的文學理論。瞿秋白對共產黨文學理論方面的建樹，雖因一篇「多餘的話」，毛澤東把他視同叛徒，但在這方面，還是獲得肯定的。

一九二四年瞿秋白曾經擔任過「上海大學」的教務長，後來又擔任該校的社會系系主任，同時是中共中央的宣傳部長，兼「上海大學」黨支部書記。曾經幫助過他的堂兄瞿純白這時反而依靠瞿秋白了。他由北平南下與瞿秋白同住，也許還在「上海大學」兼了一點工作。

中共奉第三國際的指令加入中國國民黨，其策略是迂廻曲折的，最重要的是一九一八年八月蘇俄外交人民委員會依照列寧指示，推崇孫中山先生爲中國唯一的革命領袖，七月齊采林在「第五屆蘇維埃代表大會」上宣布蘇俄放棄自沙皇以來在滿州所有的掠奪的地區土地，並恢復中國的主權，放棄一切賠款；一九一九年七月二十五日又發表宣言，廢棄帝俄時代侵華所訂的一切不平

⑳ 十四所院校編寫組編著：「中國現代文學史」，四五頁，一九八一年六月，僞雲南「人民出版社」出版。該項引文，係引自「中國現代文學史參考資料」一卷上册，一八四頁，僞「高等教育出版社」出版。

等條約㉑，這些在當時甚感孤立的中華民國而言，當然是甚表歡迎的。親俄的勢力於焉抬頭。共產「第三國際」爲了製造共產黨加入國民黨的條件，並使國民黨樂意接受中國共產黨加入國民黨，採取是大包圍的策略。這些示好，就是其中的一部分。國民黨的聯俄與容共的政策，也是在這種條件下形成的。

一九二三年一月二十六日孫中山與越飛發表聯合宣言，聯俄政策遂告確定。一九二四年一月二十日召開「第一次全國代表大會」，容共的一些曲折往事已不必敍述，瞿秋白居然也在中共有計劃的選舉下，與毛澤東一起擠上國民黨中央候補執委的寶座，足見其組織戰的一般。

「二元人物」的性格，不是一句空話，而是瞿秋白眞的很深刻的認識自己以後才說的。我們了解他的一生以後，發覺瞿秋白在求學一事上堅持以外，其他都隨波逐流，當陳獨秀被鬥，由他取而代之的那一段時間採取了「冒進的機會主義」，後來又因掩護「立三路線」，而使自己在黨的政治生命結束。以後轉入文學工作，後來到瑞金又搞起戲劇來了。由這些作爲來和他所說的「二元化人物」印證，他臨死前對自己所下的結論是正確的。

就他掩護「立三路線」挨鬥這件事而論，他原本是奉「第三國際」之命，要糾正「立三路線」的，由於李立三爲自己的辯護十分動人，支持李立三者，也鼓其如簧之舌爲李立三助陣，兼之他自己也是主張激烈的「農民革命」路線，與「立三路線」有許多不謀而合的地方。本是奉命糾正李立三路線的，結果變成小批大幫忙之下，李立三得以過關。「第三國際」對這件事不曾諒解，又落得個「調和主義」的罪名。

他的「調和主義」並未能救李立三，一九三四年十二月共產國際電召李立三赴俄，「第三國際」主席團討論「立三路線」時，嚴厲的指斥李立三說：「立三同志，你以爲你握緊了拳頭，你的事情就完了，你要知道……你們只是很好的革命家，可不是共產主義者。立三同志：你還只是一個很壞的布爾雪維克。」從此，李立三留置蘇聯。最初是要他在「中央」學習幾個月的，未料竟留置了十五年㉒，只比蘇武少了三年而已。結果是瞿秋白也垮了。

他到了上海後，雖已與中共中央權力絕緣，可是，他卻成爲「左聯」的幕後主持者之一。雖然「左聯」一直都是潘漢年、馮雪峰與周揚（應起）在指揮運用，那時的周揚的地位簡直不能與瞿秋白比，因此，當瞿秋白從「中共中央」退下來，到上海休養時，周揚只有聽命於瞿秋白了。

在那段期間，他與魯迅成爲好朋友，並且寫了不少雜文之類的東西，被中共的「文學史家」一直推崇的那篇序言，就是在那時替魯迅寫的，也可以說是「大眾文學」以外的一個重要文學主張。

他在著作方面，只寫了「餓鄉紀程」、「赤都心史」、「亂彈及其他」、「新俄革命史」、

㉑ 張鎮邦著：「國共關係簡史」，三三—三四頁，民國七十二年四月一日，國立政治大學「國際關係研究中心」出版。

㉒ 葛永祥著：「中共叛亂史」，九二—九三頁，「蘇俄問題研究社」，民國六十二年八月出版。

「俄國文學史」（蔣光赤曾以自己的名字出版過）、「社會學概論」、「三民主義批判」、「海上述林」、「瞿秋白文集」（中共整理出版，可能已包括了其他的單行本在內）；翻譯有「托爾斯泰短篇小說」、「唯物史觀的哲學」、「現代經濟政策之趨勢」、「解放了的唐·吉訶德」、「高爾基創作選集」、「馬爾華」等㉓。瞿秋白死時不過三十六歲，從俄國隨陳獨秀回來，到他被殺，一共只活動了十三年，這十三年中多半都在搞暴動、搞組織，眞正從事創作的時間，除了在莫斯科任「晨報」記者，及在「左聯」作幕後指揮這短短四、五年之外，他都忙着其他的事。可是，他的著作數量上不少，質也不差，如果我們不以人廢言的話，瞿秋白的才情應當是受到肯定的，可惜的是他誤用了他的聰明才智。並且，因此一誤用造成了他的悲劇。

瞿秋白的家庭是一個悲劇，可是，他的戀愛卻是多彩多姿的。一九二三年王劍虹及他的同鄉同學丁玲進入「上海大學」文學系，一九二四年一月就嫁給瞿秋白，七月因肺病去逝㉔。

在此同時進入「上海大學」讀書的楊之華也愛上瞿秋白。徐新煜在「瞿秋白臨刑吐心聲」一文中，對於楊之華與瞿秋白、王劍虹三人攪不清的戀愛中，有如下的話。他說：「『上大』有一美麗動人的女生名叫楊之華，是中共早期發起人沈玄廬的兒子沈劍農的妻子，沈劍農也是共產黨員，把楊從浙江鄉下帶到上海，送進『上大』讀書。楊因與婆婆不睦而離家的，瞿秋白因妻子常

㉓ 同❶，摘自李立明著：「中國現代六百作家小傳」。
㉔ 同❺。

在病中，不管是『良緣』還是『孽緣』，總之是兩個人很快互相愛上了。王劍虹在病中受此打擊，於七月間逝世。」楊之華又叫芝華、小華，曾化名為杜寧，據司馬璐所著的「瞿秋白傳」中描寫的楊之華，是「上大」的校花㉕，楊之華與瞿秋白的感情，是在上海環龍路四十四號「國民黨上海執行部」開始的。因為這時國共合作，楊之華被分配與向警予的妻子蔡和森一起工作。鮑羅廷為了瞭解上海婦女運動而約向警予和楊之華去談談，向警予不在，楊之華只好一個人單獨去看鮑羅廷。瞿秋白就是楊之華與鮑羅廷之間的翻譯。本來對嚴肅的瞿秋白在楊之華的印象裏，只是一個好教授而已，如今看到瞿秋白的俄文造詣以及協助她與鮑羅廷之間的溝通，也極熱忱並十分關切，乃由尊敬轉變成愛意了。

這次接觸之後，本來情感已進了一步，楊之華申請入黨，瞿秋白又在蔡和森的家與楊之華有一次深談之後，瞿秋白已成為楊之華的入黨介紹人。瞿、楊的戀愛又更進了一步。

據姜新立依「現代史料」第四集的資料，描寫瞿、楊的愛情，非常嚇人聽聞，玆照原文引錄如下：

楊之華加入共產黨後，思想不僅左傾，膽子也大了起來，除了公開參加左傾羣衆活動，更毫無顧忌地與瞿秋白往來。這時，慕爾鳴路彬興里三百七十二號不但成了共產黨臨時活

㉕ 轉引自姜新立著：「瞿秋白的悲劇」，姜引自司馬璐著：「瞿秋白傳」。

動的機關之一，同時也成了共黨男女胡鬧的場所。樓上是張太雷同施存統的太太王一知偷偷摸摸，樓下則是沈玄盧與王華芬卿卿我我，後來則有瞿秋白與楊之華鶼鶼鰈鰈㉖。

那時，人們把慕爾鳴路彬興里三百七十二號叫「鴛鴦樓」，可是，楊之華與瞿秋白的戀愛，他的丈夫沈劍農卻並不在乎，可怪的是沈玄盧卻氣得與共產黨鬧翻了。另外，他們不僅在「鴛鴦樓」愛得天昏地暗，同時也在學校的宿舍裏摟摟抱抱，有一次被沈劍農碰到楊之華躺在瞿秋白的懷裏，楊之華以排練話劇把大家的面子顧住。其實那是欲蓋彌彰的事。

楊之華看到沈劍農不在乎，乾脆把瞿沈介紹成爲朋友。

關於這一段近於煽情的描寫，姜新立引自「現代史料」第四集中的史料。原文的子題爲：「楊之華介紹沈瞿做朋友」、「女生宿舍大行其樂」、「師生戀愛的喜劇」。從這些子題就可知道大概了。不過還不如原文寫得露骨。該文說：

> 楊之華在「上大」有一密友張琴秋，二人是同學。楊之華與瞿秋白畸戀時，正好張琴秋也戀上「上大」同學沈澤民（後任中共中委）。楊與張同一宿舍，每天總可發現瞿、沈的足跡，而且彼此都陷入情網。

㉖ 轉引自姜新立著：「瞿秋白的悲劇」的引文，姜新立之著引自現代史料」第四集，二八二、二八三、二八五頁，「海天出版社」，民國二十四年五月出版（原題爲「瞿秋白與楊之華」）。

> 當時，自由戀愛風潮正氾濫著，個人的行徑都是絕對公開的。一日課餘，瞿秋白、沈澤民、蔣光赤都在女生宿舍與楊之華、張琴秋談笑胡鬧，沈擁張偎坐，瞿抱楊入懷，蔣與其他女生也躑躅嬉笑其間，大家共唱國際歌相娛樂，正樂得起勁時，誰知突然殺出沈劍農來。楊之華見沈光臨，不慌不忙自瞿秋白懷中站了起來，告訴沈正在排演「師生之戀」話劇，真戲假做的把醜事遮掩過去了㉗。

自此，楊之華與瞿秋白的戀愛，已經到了半公開的地步，瞿秋白也以「秋之白華」四字來表示愛情的深意，一九二三年雙十節左傾學生在天后宮鬧事，英法巡捕通緝瞿秋白，他與楊之華為避鋒頭，在北四川路底興業里一號與楊之華一起避難，也等於同居。

到了這種程度，沈劍農也只有承認事實，楊之華徵得丈夫同意離婚。他們的婚姻遂因此得到解決。

這一段婚姻的新潮作風，不輸於郁達夫與王映霞的戀愛經過，更不下於徐志摩與陸小曼的風流。

據前項資料；事情經過是如此的：

> 經過這次「冒險患難」之後（本文作者按：指英法巡捕通緝這件事），瞿秋白與楊之華

㉗ 同㉖。

的感情立即上升了一百八十度，超過了沸點以上，兩人論及了資產階級的婚嫁之事了。先是，由楊之華徵得沈劍農的同意，然後大家約好舉行最後一次談判。結局相當良好，由沈玄廬的大姨太太——楊之華的小婆婆——王華芬作主，張太雷、施存統、蔣光赤、沈澤民、張琴秋等人做見證，一共寫了離婚、結婚、做朋友三張啓事，沈、楊、瞿都很愉快地簽了字。彼此也都握手言歡，表示親愛之意。他們三人的終身大事，便這樣滿意的解決了。

他們的戀愛，這樣解決，確實是創了例的。這樣的事，唯恐人家不知道，於一九二四年十一月七日（即是俄國「十月革命」紀念日），還在邵力子辦的「民國日報」刊出了三人的啟事。這三個廣告，是值得一引的：

一、沈劍農、楊之華啓事：自一九二四年×月×日起，我們很愉快的解除婚姻關係，互相幫助、互相勗勉、互相敬愛。謹此向諸親友告白。

二、瞿秋白、楊之華啓事：自一九二四年×月×日起，我們本自由戀愛的宗旨正式結合為夫婦。希望同學、同志諸君都來祝賀我們的幸福。特此向朋友們告白。

三、瞿秋白、沈劍農啓事：我們以後仍是最親愛的同志、最親愛的好朋友。特此啓事㉘。

㉘ 同㉖。

這眞是驚世駭俗的做法，等於姦夫淫婦公然向中國的傳統文化挑戰，可能這也是共產黨的「革命」手段之一，這三個人的無恥，已經到了甚麼程度，可以想見。不過，共產黨員在「敢」字當頭下，還有甚麼不能幹的呢？

瞿秋白與楊之華無所生，以後把她和沈劍農所生的唯一女兒獨伊（又名杜伊），等於偸接到瞿楊身邊。

他們的婚姻並未得到圓滿的結局，當瞿秋白的盲動主義在「兩湖秋收」與陸海豐等地暴動失敗，瞿秋白就已經失去權力，一九二八年六月間中共在莫斯科召開「六全大會」中受到了「檢討」，便將瞿秋白、楊之華、女兒獨伊留置在莫斯科；一九二九年至三四年，瞿秋白又被派往巴黎參加「反帝大會」；一九三〇年李立三的全國總暴動失敗，同年九月奉國際共產黨之命，由莫斯科回來清算「立三路線」，因爲沒有徹底執行國際共產黨的命令，而成爲「調和主義」，被王明在一九三一年三月舉行的所謂「中共六屆四中全會」清算瞿秋白，解除了「中共中央政治局委員」的職務。這就是他在「多餘的話」中說的「正感謝這一開除；使我卸下千鈞重擔，我當時覺得鬆了一口氣。」瞿秋白在中共的領導階層上完全退了下來。

瞿秋白患有肺病，身體本來就不健康，過去的活動，靠精神支持下來，如今連續遭到挫折，他已不是第一次由俄國回國時意氣風發的瞿秋白了。因此，一九三一年元月七日曾正式向中共中央提出請長假的要求，如今既然中央的職務完全解除，正好過一段清閒生活。從四月起在上海做些宣傳工作，他成爲「左聯」的幕後決策者，是從一九三一年四月至一九三三年年底接到中共「上海中央」的命令調入「蘇區」工作爲止，一共有兩年多的時間領導「左聯」。在這段時間內，他寫了不少雜文，也參加了「左聯」與自由人胡秋原先生和第三種人蘇汶（杜衡）先生的論戰，同時成爲魯迅的朋友。

根據馮雪峰（畫室）的「回憶魯迅」㉙說，一九三一年五月初，馮雪峰從「左聯」的機關雜誌「前哨」第一期到茅盾家去，第一次會見瞿秋白，後來又介紹住到另一共產黨的同情者謝澹如家。馮雪峰也是當年「左聯」領導人之一，他在上引的書中回憶：「瞿秋白來參加領導左聯的工作，並非黨的決定，只由於他個人的熱情，同時他和左聯的關係成爲那麼密切，是和當時的白色恐怖以及他的不好的身體有關係……」至於他和魯迅的交往，也是從馮雪峰那裏開始的。

最初是替他們傳信，商討一些事務性的東西，一直到一九三一年十月初魯迅寫「鐵流」編校後紀，瞿秋白在信中對魯迅說：「我們是這樣親密的人，沒有見面的時候就這樣親密的人。」魯迅於一九三二年初，帶了新出版的「毀滅」，到四川路底去看瞿秋白，才算正式結識。他給許廣平的印象是「沉著穩重，表現出深思熟慮、爐火純靑了的一位百煉成鋼的戰士。」㉚後來因逃避

㉙ 鄭學稼著：「魯迅與瞿秋白的交情」，「中國時報」美洲版，二十三版，民國七十二年六月十四日。
（鄭引自馮雪峰著：「回憶魯迅」，「人民文學出版社」，一九五三年出版。）

㉚ 許廣平著：「魯迅回憶錄」，「作家出版社」，一九六一年出版（轉引自鄭學稼著：「魯迅與瞿秋白的交情」）。

政府的緝捕，瞿秋白曾在魯迅家住過，魯迅打地舖，把自己的床讓給瞿秋白，由此，也可以看出他們之間的友誼了。

魯迅和瞿秋白眞正成爲莫逆之交，是瞿秋白替魯迅寫那篇「魯迅雜感集序言」之後。這篇序論及雜文功用，認爲不下於任何作品，這篇序文所以能加速兩人的友誼，是肯定雜文功用，就等於肯定了魯迅；肯定雜文的力量，等於肯定魯迅的力量，最重要的是瞿秋白稱魯迅爲舊社會的「叛徒」，許廣平說，他對此一名稱十分高興。魯迅是文人中最愛名的一位作家，他除了「硬譯」了幾篇文藝理論之外，重要的作品是「阿Q正傳」，但向共產黨投降後，做了共產黨的俘虜，而又被擁上「文藝皇帝」的寶座的這段時間，魯迅已是五十歲左右的人了。

五十歲的人，想像力已經衰退，再也寫不出像「阿Q正傳」、「孔乙已」、「藥」那樣的小說，他所能表現的，只能寫紹興師爺式的那些尖酸刻薄的雜文。瞿秋白看穿了魯迅的這一弱點，適當的捧捧這位文藝老頭，正是擊中了他的要害，焉有不「十分高興」的道理？說瞿秋白與魯迅的友情，不如說是瞿秋白利用魯迅來得適切。何況自此以後，瞿秋白又以魯迅的筆名，寫過不少文章，已知的有「兒時」、「天道詩話」、「申寃」、「曲的解放」等，至於不知道的，還不知有多少。這些作品，都編入魯迅的「僞自由書」等雜文集裏。卽使後來魯迅替瞿秋白出版的「亂彈及其他」、「海上述林」等也都沒有返還瞿秋白替他寫的那些作品[31]，足見魯迅是有意據爲已

[31] 徐新煜著：「瞿秋白爲魯迅捉刀」，「世界日報」，民國七十三年六月二十七日。

有。也由此，足以作爲魯迅好名的另一個佐證。

當然，我們說瞿秋白與魯迅的友誼，完全建立在利害關係上，那也是不十分公平的。他在長汀被捕，瞿秋白還以化名林其祥寫信向魯迅求救。原信說：

> 我在北京和你有一杯之交，一別多年沒通消息，不知你身體怎麼樣？我有病在家住了幾年，沒有上學。二年前我進同濟醫科大學，讀了半年，病又發，到福建上杭養病，被紅軍俘虜。問我作什麼？我說並無擅長，只在醫科大學讀了半年，對醫學一知半解。以後，他們決定我作軍醫。現在被國民黨逮捕了。你是知我的。我並不是共產黨員，有殷實舖保，可釋放我㉜。

魯迅接到這封信，當然知道林其祥是誰，曾請許壽棠轉請蔡元培營救，但戴季陶以不能不殺一儆百，在營救進行中，已下令槍決，結束了瞿秋白的生命，就文學而言，這是一項損失；以他對中國的危害而言，是罪有應得的。

中共一向對整肅異己的同志，也同他們進行對「敵」的鬥爭一樣，花招百出。中共極少拉出自己的同志去槍斃或砍頭示眾，但是，只要任何一派認爲應當排除某些人時，要除去那位同志的

㉜同㉙。

方法是很多的；胡也頻是一個極典型的例子，瞿秋白也是個典型的例子，方法卻完全不同。

瞿秋白奉命到「蘇區」，名義上是擔任「人民教育委員」，可是，在「蘇區」是一窮二白，那有甚麼教育可辦？一九三四年二月五日瞿秋白到瑞金，除了擔任「蘇維埃中央工農民主政府人民教育委員」之外，還兼任偽「教育部長」、「蘇維埃大學校長」，實際上這些都是空頭的「官銜」，不過他並沒有放棄，很想在瑞金做一點事情。李克長在一九三五年六月四日上午八時訪問瞿秋白時，問及他從事教育的工作：

問：赤區教育部有過若何工作？

答：因為國軍軍事壓迫甚緊，一時尚不易顧及教育工作，但我曾極力為之。蘇區各地，列寧小學甚多，教科書亦已編就，此外有識字班之設立，後又改為流動識字班。師範學生極感缺乏，故設立列寧師範，造出小學教員甚多，另有郝史小學，學科均極粗淺，學生大半為工人。去歲計劃設立職業中學多處，尚未實現[33]。

雖然，瞿秋白兼了「蘇維埃大學」校長，可是，大權卻操在副校長徐特立之手。在國際派打擊、土著派捭闔之下，瑞金時期的瞿秋白閒得無聊，只有到「高爾基戲劇學校」去講一些藝術理

[33] 同❷，一八六頁。

論、政治課、時事、排戲來打發時間。一個黨的「領袖」，落到這步田地，也屬悲劇了。

楊之華是搞婦運的，瞿秋白被調到「蘇區」時，曾請求楊之華一起同行，中共以楊之華的工作一時沒有人來接替爲由，拒絕了他的要求。雖然，瞿秋白已一無所有，王明等一批人還不曾放過他，楊之華未能與瞿秋白同行，實際是一種留置，張國燾的太太楊子烈，在「張國燾夫人回憶錄」中的「往事如烟」㉞一節裏說：她被迫「住機關」(House Keeper)，黨委李竹生派男同志同住，晚上要強姦她。這是瞿秋白在「蘇區」託交通（按：即通訊員之類的人員，亦有如傳令）帶信給楊之華，但共產黨卻看不慣。楊子烈的回憶說：「秋白到蘇區後，常常託交通帶信給之華。有一天李竹生和黃文傑在新閘路我的住處開會，李竹生對黃文傑說：『你看瞿秋白這傢伙又給他老婆來信了，差不多交通同志來上海，每次都有她的信，眞討厭，這次不要把信轉給她。』」㉟這都證明了什麼？已不必多所說明。

瞿秋白在江西五次圍剿的「廣昌會戰」後，中共所謂的「蘇區」已是土崩瓦解，於一九三四年五月舉行會議，檢討當時的情勢，失敗已無可挽回，乃有突圍的準備。十月上旬，石城、龍岡、興國等地相繼被國軍攻佔。至此，中共中央不得不做放棄，突圍向湘黔潰退。撤退前以項英留守，並決定在蘇區掩護撤退與繼續發展外，留在「蘇區」的「高幹」計有瞿秋白、陳潭秋、何

㉞ 楊子烈：「張國燾夫人回憶錄」，二六五頁，香港「自聯出版社」一九七〇年七月出版。

㉟ 同㉞。

叔衡、梁伯台、鄧子恢、張績等。

「紅軍」在陳毅的掩護下，向湘黔逃竄，留在「蘇區」的幹部則部分送到閩西，另一部分決定重返「白區」。瞿秋白、何叔衡、陳潭秋與項英的老婆則決定到政府區工作。一九三五年二月二十三日瞿秋白等離開瑞金，至水口五里橋小徑去牛庄嶺的農家，被三十六師二一二團一營營長吳垂昆活捉㊱。

被捕的瞿秋白並未暴露其身分，是一位被捕的士兵見到他後，驚訝失聲的說：「怎麼總書記也到了。」因而洩露其身分。

瞿秋白被俘的消息傳出，中共中央曾指示陳毅，企圖實行刼獄。這個指示如此說：「如不能搶到活的，就設法把他弄死。」㊲由此，對中共於撤退流竄時，遺棄瞿秋白應是事實，而且，對留置人員的死活是不管的。

軍事委員會於六月十七日電令將瞿秋白就地正法，十八日早上八時，由卅六師特務連連長到獄中提瞿秋白至汀州中山公園執行。廖連長出示執行的公文，瞿重複他在「多餘的話」中「死是人生最大的休息」一語。當問他還有甚麼話說時，他說：「我還想寫一首詩。」

㊱ 黃大受著：「吳垂昆活捉瞿秋白」，「世界日報」，民國七十四年三十日。（吳垂昆於民國三十年擔任十三師師長，曾對黃先生口述捉瞿秋白經過。）

㊲ 司馬璐著：「瞿秋白傳」，九九頁，香港「自聯出版社」一九六二年十月出版（轉引自姜著）。

臨刑前，瞿秋白寫的詩，有序，全文如下：

一九三五年六月十七日晚，夢行山徑中，夕陽明滅，寒流幽咽，置身仙境。翌日，記唐人詩，忽見夕陽明滅亂山中句，因集句偶成一首：

夕陽明滅亂山中，落葉寒泉聽不同；

已忍伶俜十年事，心持半偈萬緣空。

方要錄出，而畢命之令已下，甚可念也，秋白曾有「眼底烟雲過盡時，正我逍遙處」。此非詞讖，乃獄中言志耳。秋白絕筆㊳。

瞿秋白經兩槍斃命，據姜新立及中共的描寫臨刑的剎那都很從容，但中共御用「史家」劉綏松，他所著的「中國新文學史」上卷「瞿秋白」一段中，寫瞿秋白被槍決，所加的註解說：「瞿秋白烈士就義時高唱國際歌和紅軍歌，並高呼『爲中國革命而犧牲，是人生的最大光榮』。」㊴這條註並未說明出處，完全是劉綏松爲「烈士」的臉上化粧的「註解」。劉綏松的想當然自是應該的，因爲如不加註，瞿秋白卽不能成爲「烈士」了。不過，從容就戮是眞的，因爲李克長的訪問與「多餘的話」，都已流露出自知必死的意思，與其孬種不如裝個好漢來得漂亮。

㊳ 轉引姜新立著：「瞿秋白的悲劇」，該文引自鄭學稼著：「瞿秋白的一生」。

㊴ 劉綏松著：「中國新文學史」上卷，三四五頁，「作家出版社」一九五七年四月出版。

瞿秋白的死，若以他的「盲動主義」在各種暴動中所造成的人民生命財產的傷害而言，是死有餘辜的，但就一個作家以及他的才情而言，在中共其他許多的作家中之上，這是可惜的。

中共於瞿秋白死後對「多餘的話」、「訪問記」一律否認出自瞿秋白之手，因爲發表在報端的這些東西都非原稿，因此於一九四九年把瞿秋白列入「中國共產黨烈士傳」[40]。並在天安門「烈士紀念碑」上刻上瞿秋白的名字，於常州建立「瞿秋白故居博物館」，出版「瞿秋白文集」四册（政治論文除外）；一九五四年將葬在長汀西門外羅漢嶺的盤龍岡上的瞿秋白遺骸，遷葬「八寶山烈士公墓」中。但是，中共做事不會有甚麼標準，於「文化大革命」時，瞿秋白「烈士」卻成了「叛徒」。

瞿秋白被打成叛徒後，紅衞兵挖了瞿秋白母親的墳墓，暴骨於野。文革是由康生主持瞿秋白這一案的翻案。其理由，是根據宋希濂的證詞，和他那篇「多餘的話」，以及瞿秋白最後給郭沫若的那封信。

他在給郭沫若的信上，曾有「我現在已經是國民黨的俘虜了。在鬥爭中，當然是意料之中可能的事。從此我的武裝全部解除，我自身被拉出了隊伍，我停止了一切鬥爭……使我慚愧的倒是另外一種情形，就是遠在被俘以前——雖然現在足足有四年半了——當我退出中央政治局之後，

---

[40] 華應申編：「中國共產黨烈士傳」，九九頁，「青年出版社」一九五一年五月出版。此處轉引自姜新立著作。

雖然因爲『積勞成疾』，病得動不得，然而我自己的心境有了很大的變動，我在那時，只感到精力的衰退甚至於漸滅，對於政治鬥爭，已經沒有絲毫盡力……」㊶這裏所指的政治鬥爭，具有雙重意義，一是對國民黨的，另一則是對中共的派閥之鬥。但是，他的心境又有甚麼變化？他在「多餘的話」裏說：「雖然我現在才快要結束我的生命，可是，我早就結束了我的政治生活，嚴格的講，不論我自由不自由，你們早就有權利認爲我也是叛徒的一種，如果不幸而我沒有機會告訴你們我的及早坦白，最眞實的態度而穆然死了，那你們也許把我當成一個共產主義的烈士。」最後他說：「我決不願冒充烈士而死。」㊷中共就根據這些材料，把烈士又判定成叛徒。

康生爲甚麼要這樣做？在瞿秋白「盲動主義」時代，毛澤東曾經拍過胸脯說：在兩湖至少可以發動十萬羣眾暴動，結果是離事實很遠。這件事曾在中共中央曾被瞿秋白檢討過。復次，他在被捕後，「國聞週報」刊出記者李克長的訪問中，又把「盲動主義」的失敗，歸咎於部下。他說：「當時我認爲有若干地區，時機已成熟，且爲輔助軍事發展計劃，主張在湖南與潮汕兩區暴動，由湖南湖北、安慶發展至南京，另一路由潮汕沿海經浙江發展至南京。但我的政策發表後，下級人員誤解意旨，各處均紛紛暴動，遂被目爲盲動主義。」㊸兩湖暴動就是毛澤東負責的，這

㊶瞿秋白著：「獄中給郭沫若的信」、「天文臺」民國七十二年六月四日。
㊷同❷。
㊸李克長：「獄中訪問瞿秋白」，編入「中共怎樣對待知識份子」（原始資料彙編一）上冊，一八六頁，「黎明公司」民國七十二年六月出版。

裏顯然也指責了毛澤東的錯誤。另外他對於「蘇區」圍剿的失敗，對毛澤東亦有所批評。他說：「毛潤之（按：即毛澤東的號）不聽話，我叫他千萬不要與中央軍正面作戰，尤其是不可以以主力陣地戰硬拼，應該化整爲零，從事游擊戰，發展地區組織，壯大後備陣容。潤之不見及此，至有今日慘敗，主力精銳，喪失殆盡！」㊹這些都是毛澤東的污點，文化大革命是毛澤東奪權的鬥爭，自然要報這個臨死還批評自己的瞿秋白的仇了。

「文化大革命」把瞿秋白揪出來重批，罪名是「共產黨的叛徒」、「消極主義者」、「無政府主義者」，最後還決定要剝奪瞿秋白黨員資格。一九六六年中共搞「文化大革命」，六七年造反派搗毀常州瞿秋白故居改成的紀念館，掘瞿母墳墓鞭屍，同年五月起，「北京法政學院紅代會」、「司法戰線市法院紅色革命造反總部」出版「討瞿戰報」，鞭瞿秋白母親的屍，審判瞿秋白的靈魂㊺。這些主意，當時都出自「中央文革小組」康生的主意㊻。

特務出身的康生，是毛澤東的死黨，在中共的鬥爭中，瞿秋白打擊過毛澤東，康生自然清楚。爲了討毛澤東的歡心，挖出瞿秋白和他母親來鞭屍，當然是最討老毛歡心的事了。

中共對敵人的鬥爭，從來就不會放鬆過，也從來不仁慈，即使如已作古的瞿秋白，也被掘墓

㊹ 吳垂昆著：「生擒匪酋瞿秋白始末」，「新萬象」十五期，中華民國六十六年五月號。
㊺ 摘自李天民著：「是悲劇，是滑稽劇」。同❸。
㊻ 陳克煒編註：「紅朝血淚」，「瞿秋白的遺孀」，八六頁，「中國人權協會」，民國六十九年二月一日出版。

鞭屍，他的遺孀楊之華也受到了連累。當然，楊之華與瞿秋白當年在莫斯科，曾與康生有過一段嫌隙，康生是兩仇一次報復了。對於楊之華所採取的報復，罪名是「裏通外國」、「叛徒」。康生對「文革小組」下達的指示是：「新疆監獄這些人一九四三年叛變自首，後又銷毀罪證，潛伏黨內，有計劃地搞內奸。」㊼就這樣，楊之華在康生要求「專案組對楊進行階級鬥爭」，在「法政學院」學生的批鬥大會上毆打，繼之「隔離審查」、「逮捕監護」、抄家並沒收房子及財物，女兒獨伊與女傭也不例外。

楊之華這次被鬥的罪名之一的「新疆監獄叛變自首」案，瞿秋白在閩西被捕並槍決後，楊之華卽由上海赴俄受「革命互濟會」的招待，一九四一年德俄之戰送回迪化被盛世才所拘禁，一九四六年三月二十九日行政院國務會議決議改組新疆省政府，由張治中接任省主席，她才獲釋並送往延安，初任職於中共中央婦女工作委員會委員，從事婦運，自此一直擔任僞職，被康生整肅前是僞「三屆人民代表大會常務委員」及「全國總工會女工部部長」㊽。被捕五年不知關在那裏，直到一九七三年春節病重才准其外孫女曉雲去探望，同年九月獨伊才獲准接見，十月二十日凌晨三時去世㊾。楊之華被鬥爭得非常慘，五年沒用過梳子梳頭，多日沒洗澡，她被整整關了七年，

㊼「人民日報」，一九七九年三月八日第三版。

㊽見「中共名人錄」，七八〇頁，國立政治大學「國際關係研究所」，中華民國五十六年八月出版。

㊾同㊼。

滿五年才准親人探望。瞿秋白是禍延祖先，下及妻女，比封建株連九族還嚴重殘酷。

中共對於過去的「同志平反」，瞿秋白一案至一九八五年才獲得平反。據中共最近出版的「黨史通訊」中透露，就瞿秋白被捕的事，經中共「中央紀律檢查委員會」的複查「下了結論」，他是中共的「烈士」。

這項文件的內容，有如下幾點：

一、中共一直未找到「多餘的話」的原稿，歷來有人懷疑是否為瞿秋白所寫，或經國民黨人員篡改。

二、即使「多餘的話」真是瞿秋白寫的，文內並未出賣中共和「同志」，也未攻擊共產主義和馬克思主義，也沒有讚揚國民黨，乞求留命。

三、「多餘的話」只是「消沉的語言」，並非叛變中共組織的自首書[50]。

在這份文件發布之前，於今一九八五年六月十八日，中共中央已在北平中南海舉行過「瞿秋白就義五十週年紀念大會」，並在該項紀念會中稱瞿秋白爲「偉大的馬克思主義者」；參加這次「紀念會」的有彭眞、鄧穎超、萬里、習仲勛、王震、楊得志、余秋里、宋任窮、胡喬木等共黨

[50] 李羽舉著：「瞿秋白獲得徹底平反了」，「世界日報」民國七十四年八月二十八日。

首腦，「人民日報」、「光明日報」、「福建日報」、「羊城晚報」、「南方日報」、「深圳特區」、「瞭望周刊」、「新文學史料」季刊等，都在中共的號令之下，發表追念瞿秋白的文章。中共「人民文學出版社」、「人民出版社」編輯出版「瞿秋白文集」（共十四卷），六卷為文學類、八卷為政治理論類(51)。故判斷在此之前，瞿秋白獲平反已定案，只是未曾發布罷了。

瞿秋白的作品，在此項「翻案」獲得「平反」之前，政治類的作品一向是禁止出版的。因為瞿秋白的政治論文，所批評的人物不少，其中至少有毛澤東在內，禁止出版的理由可能在此。現在在「平反」後突然解禁，很可能是批毛的一個風向球。

當然，對瞿秋白的平反，也可能是「文革」期間被批鬥的其他受害者，獲得「翻案」的一項訊息。中共決不是為瞿秋白單獨做此項決定，還有其他目的。

瞿秋白以一個「俄文專修館」學生，受「晨報」之聘到蘇聯採訪，由張太雷介紹入黨，陳獨秀邀請回國，一度做過中共「中央政治局委員」、「總書記」、「左聯」幕後主持人，「蘇維埃政府」的「教育部長」：是文學家，也是共產主義理論家：與王劍虹結婚，又與楊之華畸戀；家庭由世家沒落到母親為債務所逼自殺；被共產黨擁載，又被共產黨出賣而借國軍的槍結束了生命：由共產黨的叛徒，變成共產黨的「烈士」，又由「烈士」變成叛徒，如今獲得「平反」，又

(51) 同(50)。

成爲「烈士」。他只活了三十六歲，這一生的變化眞是夠多了。

一個因無法生活而逃離家鄉，去投靠堂兄的孩子，到他二十歲至三十六歲的短短幾年中，做出對中國有重大影響的事來，一個當初只想用知識換取口腹滿足的少年，竟然成爲把共產黨和共產主義移植到中國來的重要人物之一，是誰也無法想像的事。

對於這個「二元」化人物，或者是多元化的人物，在他死後的五十年裏，他的功過，自有史家去評斷。我們想說的是他對文藝的看法、想法，以及做法，是屬於典型的馬克思主義文藝論點的實踐者。

瞿秋白在「大眾文藝的問題」一文中，要求文藝去贊助「無產階級的革命」，去闡釋主義和思想。他說：「中國現在一般大眾文藝中間有勢力的文學，也是封建的殘渣。時調、山歌、彈詞、宣卷、平書、鼓詞、連環圖畫、京戲、灘簧等等，都是封建的產物……這也就是支配階級麻醉大眾的毒藥。假使我們把這毒藥的酒杯奪過來，放些使大眾強壯的興奮劑的良藥，自然是很好的。不過就運動全體來講，尤其是就教育方面來講，這是很必要的。因爲普羅化的大眾文學，當然是很有力的武器。」[52]他還說：「爲組織鬥爭而寫的作品，這是一般的階級鬥爭，經常的一切問題上的階級鬥爭。這裏，當然首先描寫工人階級的生活，描寫農民和士兵的生活，描寫他們鬥

[52] 瞿秋白著：「文學的大衆化與大衆文學」。

爭、勞動羣眾的生活鬥爭、罷工、游擊戰、土地革命，當然是主要的題材。」[53]原來他的文藝主張，只不過是工具，只不過是武器，只不過是爲無產階級服務。這正是馬克思主義所說的一切上層建築，都爲無產階級服務是如出一轍的，只是中國的教育尚不普級，無法欣賞經過雕花包金了的「武器」和「工具」，所以，要求「大眾化」（普羅化），也就是「武器」與「工具」要發揮更大的功用，就必須使更多的低層讀者羣能夠接受。

爲了達到這個目的，他主張中國文學拉丁化，並用地方性的語言創作，使這個「武器」和「工具」能每一個人、每一個地方都能接受。瞿秋白這種文學主張，確然是一個忠實的馬克思主義者，爲了遂行「革命」的任務而提出來的。不過，我們如只讀他「多餘的話」時，覺得應當對一個誤入歧途的青年同情，但那只是被捕以後的、無可奈何的、自分必死的一種良心發現。我們假定，他如果仍是中共的領導者，假定他沒有被鬥下來，沒有被毛澤東遺棄，又將是如何？

以一個「二元」化的人物的人格而言，「多餘的話」只不過是鱷魚的眼淚罷了。假定他當權，很可能比任何共產黨人更爲邪惡。不過，我們已經無法來實驗這個假定。以他的爲人，以及已經行動過的經驗來做推斷，這個假定或可能成立。

---

[53] 瞿秋白著：「大衆文藝的現實問題」。

成仿吾鬱鬱以終

三十年代的文學論戰，初期以成仿吾、郭沫若爲主將，對付魯迅、胡適等人。「創造社」、「語絲社」時代，成仿吾在文學上的地位，至少與郭沫若、瞿秋白等人不相上下，尤其是「創造社」與「文學研究會」、「語絲社」的文學論戰中，成仿吾是一個甚爲活躍的人物，與魯迅的論戰，「創造社」方面，無疑的是以成仿吾爲主要的戰將。

他在諸文學團體中，似乎只參加了「創造社」（後來中共說他曾參加「左聯」，可能是「左聯」的另一團體，而不是「作家聯盟」）。這裏我們必須先從新文學的運動中說一說，才會了解這個人的來龍去脈。

五四以後，北平活躍的文學團體，以「新潮社」爲較早，一度領導當時的文壇，要角有羅家倫、傅斯年、汪敬熙、康白情等人❶，出版有「新潮」雜誌，與當時陳獨秀的「新青年」互爲聲援。

---

❶ 王哲甫著：「中國新文學運動史」，六〇頁。

援。❶

繼「新潮社」而起的一個文學團體是「文學研究會」，以周作人、朱希祖、耿濟之、鄭振鐸、瞿世英（菊農）、王統照、沈雁冰（茅盾）、蔣百里（方震）、葉紹鈞、郭紹虞、孫伏園、許地山為主，這個文學社團的領導者，是周作人與蔣百里，其次則為朱希祖，蔣百里還主持過「講學會」與「共學社」。梁啟超於民國九年（一九二〇）元月遊歐回來，對於政治已索然無的，與蔡元培、張東蓀、張君勱、蔣百里、丁文江等組織「共學社」，蔡元培、丁大燮、梁啟超發起「講學會」，和「商務」合作出版書籍。「講學會」則每年邀請一位以上外國學人來華講學。這兩個團體都由蔣百里負起推動連絡的責任。所以，「文學研究會」是以這兩個文學社團為班底的，他們有「商務」、「中華」替他們出書，又有「小說月報」、「時事新報」、「晨報」等園地的支持，實力最為雄厚❷。這個社團成立於民國十年（一九二一）元月四日❸，郭沫若等人不甘寂寞，在上海和日本兩地，也想利用「泰東」出版一份雜誌，作為他們打開文學出路的武器。

組織「創造社」奔跑得最力的是郭沫若、成仿吾、田漢（壽昌），贊成甚力的有郁達夫、鄭伯奇、張資平。經過了不少週折，總算在福岡的一次聚會裏（郁達夫的寓所），決定辦「創造季

---

❷ 司馬長風著：「中國新文學史」上冊，一三二頁。

❸ 同❶。

刊」，這次聚會是在民國十年（一九二一）七月上旬，郭沫若說：「這個會議可以說是『創造社』成立的日子。」❹

這兩個文學社團的主張不同，「文學研究會」以「藝術爲人生」，「創造社」則主張「爲藝術而藝術」。起初「創造季刊」常批評「文學研究會」的作家，眞正向「文學研究會」開火的是成仿吾。

他們出版「創造季刊」起初反應不很好，郭沫若曾在「創造十年」裏記述當時的情形。「創造季刊」銷路不好，錯誤又多，主要是「泰東書局」的趙南公支援不夠。郭沫若對該刊出版後的情形的記述是這樣的：

「……我們感覺着寂寞，感覺着國內的文藝界就和沙漠一樣。有一天晚上似乎是達夫把『血與淚』寫成之後，我們到四馬路泰東書局門市部去。趙南公正在過癮（按：似乎指吸鴉片），我們在他的房間裏坐了一下，問及『創造季刊』的銷路，他說：『初版兩千，還剩下有五百光景。』這樣的一句話在那時使我感覺着特別的悲哀。創刊號由五月一號出版已經有兩三個月了，才僅僅銷掉千五百部——其實這在當時已經要算是很好的成績了——我們感覺着同情於我們的人眞是少，在那電光輝煌的肩摩踵接的上海市上就

❹ 郭沫若著：「創造十年」，一一五頁，收在「郭沫若自傳：革命春秋」裏。

好像只有他和我兩個孤零零的人一樣。」❺

於是，兩個孤零零的人如何？他們用以抗議不同情他們的人的唯一方法就是「去嗑酒」了。

「——『沫若，』達夫對叫著我：『我們嗑酒去吧！』

「——『好的，我們嗑酒去。』

「兩人挽著手走出店門，就在四馬路上一連吃了三家酒店。」❻

第一家他們喝了兩壺，第二家又飲了幾壺，第三家是在「青蓮閣」旁的一座酒樓上，「嗑」到酒壺擺滿了一桌，這兩人倒眞是好酒量。結果是郭沫若滿腹悲哀：

「『我們是孤竹君之二子呀！結果是只有在首陽山上餓死的。』」❼

爲了免於餓死，那一次「嗑酒」嗑出的結論是「請成仿吾出來主持社務」，爲了刊物的出路，他們決定向文學大家開火。果然，成仿吾的一篇「詩之防禦戰」，展開對胡適、周作人、康

---

❺ 同❹。

❻ 同❹。

❼ 伯夷、叔齊相傳餓死首陽山下。

白情、俞平伯、徐玉諾的詩，提出嚴刻的批評。另外對佩韋的「雅典主義」只因把 Atheeism 誤譯，也被成仿吾挖苦得體無完膚。「文學研究會」自然不甘緘默的反攻，批評「創造社」的作家爲頽廢派，作品爲口號式，乃從此掀起一次論戰的狂飆❽，結果是把「創造社」的刊物推銷出去，幾與「文學研究會」的系列刊物分庭抗禮。

成仿吾到底是個怎樣的人物？我們不能不敍述一下。

他出生於光緒二十三年（一八九七）七月十六日，湖北新化人，他的祖父曾是滿清的官吏，父親是一位紈袴子弟，到他那一代，已成爲破落戶。宣統二年（一九一〇）成仿吾的哥哥考取官費留學日本，他也跟他哥哥到日本去，那時他才十三歲，辛亥（一九一一）革命，成仿吾的哥哥和其他海外留學生一樣，熱情澎湃的回國參加革命，成仿吾一個人留在日本，民國二年（一九一三）進入「岡山第六高等學堂」，郭沫若於次年（一九一四）留學日本，也進這間高校，與成仿吾爲前後期同學，民國五年（一九一六）他考入「東京帝國大學」的「造兵科」，專攻炮兵，郭沫若於民國七年（一九一八）進「九州帝國大學」醫科，他與郭沫若、郁達夫、張資平、田漢等人都是當時留日的學生，往來也非常密切❾。

雖然，他學的是理科，對文學卻有相當的興趣，在日本涉獵文學方面的書籍極廣。

❽ 同❶，六四頁。
❾ 李立明著：「中國現代六百作家小傳」上册，九八、四〇三頁。

當時，雖然已經革命成功，推翻了滿清，可是，在列強環伺下，中國的前途仍十分渺茫，知識分子也極爲苦悶，尤其在日本的留學生，幅員小，聚會容易，年輕人在一起，討論國事在所難免。

日本明治維新成功，多少與文學有關係，文學報國當時也是青年救國的一個途徑。這可以從梁啟超的「論小說與羣治之關係」一文中得窺當時人們對文學功能的過高評估的情況。他說：「欲新一國之民，不可不先新一國之小說。故欲興道德，必新小說，欲新宗教，必新小說，欲新風俗，必新小說，欲新學藝，必新小說：乃至欲新人心、欲新人格，必新小說。何以故？小說有不可思議之力，支配人道故。」⑩梁的論說中，小說的功能似乎已超過了四書五經，強國強種，一切政治文化社會等等，只要「新」了小說，就一切都解決問題了。當時年輕人受了「文學萬能」思想的薰陶，「文學報國」與軍事革命是同等重要的。於是，文學蓬勃發展，文學社團也如同雨後春筍，紛紛從土裏冒出來了。

成仿吾在「創造社」上所寫的幾篇東西，如「新文學之使命」、「藝術之社會的意義」、「寫實主義與庸俗主義」已經有左傾傾向⑪，不過，那並非「創造社」的主張，那時「創造社」的路線還相當模糊，自他接掌「創造」這本刊物以後，左轉的方向逐漸明確，從此成仿吾就走上

⑩ 梁啓超著：「飲冰室文集」卷三，「學術類二」，一二頁。

⑪ 長風著：「由白轉紅而又黑的成仿吾」，「文壇」。

左轉的不歸路了。

成仿吾直指魯迅是「閒暇、閒暇，第三個閒暇」的「封建餘孽」，魯迅不是等閒之輩，他的性格是睚眥必報，「三閒集」收了不少與成仿吾論戰的作品，他在序中說：「我是在二七年（按：指民國十六年）被血嚇得目瞪口呆，離開廣東的，那些吞吞吐吐、沒有膽子直說的話，都載在『而已集』裏，但是我到了上海，卻遇見文豪們的筆尖的圍剿了。創造社、太陽社、『正人君子』們的新月社中人，都說我不好，連並不標榜文派的現在多升爲作家教授的先生們，那時他們的文學裏，也得時常暗暗的奚落我幾句，以表示他們的高明，我當初還不過是『有閒即是有錢』、『封建餘孽』或『落伍者』，後來竟被判爲主張殺青年的棒喝主義者了。」⑫由成仿吾向魯迅開火後，郭沫若爲翻譯問題，也加入圍剿魯迅，繼之是蔣光赤、王獨清、葉靈鳳、潘漢年、馮乃超等人，可說是以一個集團來對付魯迅。

成仿吾等一批人爲什麼要圍剿魯迅？原因是魯迅那時還是「殘害青年」的作家。鄭學稼先生分析成仿吾等一批人爲什麼要這樣做的原因時，他說：「創造社本來是標榜爲藝術而藝術的，後來受革命高潮的推動，由浪漫主義的園地，被擠上政治舞臺。到一九二六年或一九二七年下半期，這一羣人，受當時日本思想界的影響，適應自己的轉變，高喊『文學革命』和轉入『革命文

---

⑫ 魯迅著：「魯迅全集（三閒集）」序，一六頁。

學』。……他們的轉變，是遵循中共的指示，因此，他們的文藝政策，是唯中共文化工作者之命是從。」當然，鄭先生這話，也只是想當然而已，並沒有眞憑實據，因此，鄭先生分析說：「我們由那麼狂熱的論戰看去，至少可以如此地說：中共的中央並未認爲『圍剿』魯迅的不合理。」⓭鄭先生的說法，雖出自於臆斷，可是也不無蛛絲馬跡。民國十六年（一九二七）清黨，從四月中開始大捕中共黨徒，十八日，中華民國中央政府定都南京，二十七日，中共在武漢召開「第五次全國代表大會」，二十九日，李大釗在北平被槍決。所謂的「武漢全國五次代表大會」有幾項重要決議，「武裝農工黨員」、「準備建立蘇維埃政權」是這些重要決議的兩項⓮，汪精衞當時列席該項大會⓯，造成以後「寧漢分裂」。五月，成仿吾卻與魯迅等人共同簽署「中國文學家對於英國知識階級及一般民眾宣言」，刊於「洪水」（屬「創造社」後期系統刊物，筆者按）三卷三十期上。此一宣言主要的內容是「呼籲英國工人和進步知識界同中國人民一起打倒帝國主義」⓰。這對於中共來說，原想寄生於中國國民黨蛻化的共產黨來說，是天翻地覆的變動，中共加強文化

⓭ 鄭學稼著：「魯迅正傳」，一六六頁。
⓮ 「中國大陸問題研究中心」年表編輯會編著：「中共禍國史實年表」㈠，三二頁。
⓯ 同⓮。
⓰ 馬良春、張大明編：「三十年代左翼文藝史料選編」，一、二頁，一九八〇年十一月「四川人民出版社」出版。

戰線是必要的，因此，中共指示「創造社」及在上海租界庇護的穿了制服的作家們，進行文化鬥爭，是有其可能的。所以，我們又不能把鄭學稼的此項臆斷，視爲沒有根據，只是缺少一項證據而已，若干年或百年後，資料出土，就可證實鄭先生的看法。

最初成仿吾鬥魯迅，也許只爲了成名。文壇登龍術之一，是選定文學大家進行論戰，很容易一夜成名，出於沽名釣譽的做法，後來演變成集團的圍剿，問題就不這麼單純了。

但是，魯迅既然把成仿吾恨得牙癢癢的，又爲甚麼在那分宣言裏簽名呢？我們可以從許廣平所寫的「魯迅回憶」中獲得答案。許廣平說：「一般人只知魯迅和成仿吾同志有過一次筆墨之爭……但不知道和成仿吾同志之間有過非常愉快的事。記得有一天，魯迅回來，瞞不住的喜悅總是掛上眉梢。我忍不住問個究竟，他於是說，今天見到成仿吾，從外表到內裏都成了鐵打似的一塊，好極了。」後來，許廣平爲了證實成、魯之間，是否曾在上海見過面這件事而問他時，成仿吾說：「是的，並且通過魯迅和黨接上了關係，這情況我已經在回延安時報告了黨中央。」後文許廣平爲了彌縫成魯之爭說：「由於革命目標一致，思想、政見一致，他們兩人之間的爭論終於統一了，意見一致了起來，這時看到魯迅毫無芥蒂地像接待親人一般地會見了成仿吾同志，眞使在他旁邊的我，都爲之高興不已。」⑰

⑰ 引文轉引自鄭學稼著：「魯迅正傳」，一八四——一八五頁，鄭引自「魯迅全集」，一四二——一四三頁。

許廣平的此項說法，有多大的可信度頗成問題。

第一，成仿吾說：「通過魯迅和黨接上了關係」，根據共產黨的說法，成仿吾是清黨後，於民國十七年（一九二八）去法國與德國，才在法國參加共產黨的，在法國他負責編中共柏林——巴黎支部的機關刊物「赤光」，但看許廣平的口氣，似乎成仿吾在民國十年（一九二一）年四月從日本回國後，七月發起組織「創造社」，成仿吾與魯迅發生筆戰應在民國十年至十二年（一九二三）之間的事⑱，那時成仿吾與中共還是陌路，成仿吾與「組織」又接甚麼關係？

第二，成仿吾是民國十三年（一九二四）「創造社」被封以後，應「廣州大學」之聘去教書，同時兼任「黃埔軍校」的教官，至民國十六年清黨，而被迫逃亡德、法，直到民國二十年（一九三一）才回國⑲，這時已經於民國十九年（一九三〇）三月二日成立「左翼作家聯盟」（以後簡稱「左聯」），擁立魯迅爲盟主了⑳，成仿吾與魯迅恢復交往而見面是有可能的，但一個辦過正式入黨的中共黨員，不可能由魯迅替他與組織搭線。再說他從法國回到上海，未久就到「鄂豫皖蘇區」擔任中共「鄂豫皖省委宣傳部長」，兼「鄂豫皖蘇維埃政府」文化委員會主席，「中華蘇維埃共和國中央政府」委員、中共「中央黨校政治教員」㉑。按：南昌暴動和秋收暴動

---

⑱ 「中國文學家辭典」（現代第一分部）一六三頁。一九七九年十二月「四川人民出版社」出版。

⑲ 同⑱。

⑳ 同⑯，四〇頁。

㉑ 同⑯。

相繼失敗，中共第六次代表大會認爲大規模的暴動已不可成功，回頭注意到區域性的游擊戰，先求「一省或幾個重要省區的勝利」，積成大的勝利㉒，張國燾在反李立三路線之爭結束後，於民國二十年（一九三一）和沈澤民、陳昌浩於三月份進入鄂豫皖蘇區，四月九日到達鄂豫皖蘇區中心機構的七里坪及河南新集（經扶縣），那時宣傳部長是徐立清㉓，大概成仿吾是後張國燾到達「蘇區」的吧！不過張國燾在整本「我的回憶」中，從張國燾進入所謂「蘇區」，到他一路流竄到西北的所謂「二萬五千里長征」，他當時的職務是否不如中共出版的「中國作家辭典」（現代第一分部）所說的那樣高呢？否則，張國燾不會一字不提，這點我們可以由張國燾的「回憶錄」中看得出來。張國燾是民國二十五年（一九三六）十二月二日到陝北（保安）㉔，而成仿吾卻於民國二十四年（一九三五）就到了陝北㉕，在時間的差距將近一年至一年以上，所以，要不是中共的這部「文學家辭典」有差錯，就是張國燾忽略了這位穿制服的「文學批評家」了。（不過，

㉒ 張國燾著：「我的回憶」二册，八八七頁。

㉓ 同㉒，三册，九三〇頁。

㉔ 同㉓，三册，一二三一頁，按：張國燾自註說：「我在一九三八年發表的告全國書中，曾提到我是在西安事變前十天到達陝北，那應當是十二月二日」，這是對的。筆者按，張國燾所謂的「告全國同胞書」，指的是與毛澤東分裂後，逃到武漢發表的聲明，原題是「張國燾敬告國人書」，發表於民國二十七年（一九三八）五月二十日。

㉕ 同⑱。

成仿吾曾參加過在瑞金召開的「六屆五中全會」，是否就從此不回「鄂豫皖蘇區」，直接隨毛澤東、朱德一夥，往湘桂黔流竄？關於這一點有待查考。）

從這裏推論，成仿吾可能參加了所謂的「二萬五千里長征」，但不一定參加的鄂豫皖的「西路軍」，並且，是以前站人員先到達陝北，因爲根據上述「辭典」所載，是肯定了他參加那次流竄的，那麽，魯迅和成仿吾的見面，以及成仿吾到了陝北後，還把魯的情況「報告了中央」，這就成爲許廣平替死鬼化粧而抹的粉，讓魯迅對「中共」的關係更密切一點，好讓魯迅的子孫獲得共產黨更多的餘蔭與庇護。就政治而言，共產黨一向重視血統與裙帶關係，所以，有所謂的「自然紅」與「鍛鍊紅」的說法㉖，儼然封建社會，回到世襲爵祿的時代去了。也許就爲這種利益，彌縫當年成魯這段裂痕之外，同時語意含混的，把魯迅說成像老牌共產黨員的模樣。許廣平的做法，雖然煞有介事，此地無銀三百兩的心態卻是昭然若揭了。

書歸正傳，正因爲一開始，成氏就以「革命文學家」的姿態出現，知名度在當時很快就打開了，長風說：「綜合成仿吾執著『創造社』大鬧特鬧的時間，前後大概是六年，然而名氣雖大，時間也不少，卻除了一些文學理論和爭論之作以外，幾乎沒有什麽專門著作——不論是文藝性的或學術性的——甚至他的一些文學論文或筆戰文章，也不見有什麽集子刊印，似乎熱鬧一時，時

㉖「自然紅」是指工農兵的後代，因成分好，就成「自然紅」，又名「自來紅」，亦卽「根紅苗壯」。「鍛鍊紅」則經過改造成功的其他階級子弟。見「中共術語彙解」。二八九頁，中國出版公司出版。

過境遷，也就煙消雲散了。」㉗這倒是持平之論，年輕一代的人，已經不知道成仿吾是何許人了。

成仿吾學的是兵器製造，照說是理科人才，於國家圖生存急如燃眉的時候，應受重視與重用。事實卻是，當時學理科的，都搞了文學，張資平本是學地質的，郭沫若是學醫的，艾青是學畫畫的等，幾乎都學非所用，成仿吾也不例外。不過，那時學理科的都是半吊子，也難怪不受重視了。

他從法國回來後，地位就不高。三十年代中成仿吾雖是作家，可是，他並不屬於「左翼作家聯盟」這個組織，由於他是學理科的，可能中共分配他參加並領導「社會科學家聯盟」（該辭典說他參加「左聯」，可能指此而言），那是在「文總」之下的九個「聯盟」之一，並以這個組織的名義，辦過張報紙，沒有甚麼成績。民國十八年（一九二九）春，「創造社」被封，手上沒有「鳥」，當然不能玩甚麼了。

成仿吾到了陝北，民國二十六年（一九三七）中共「中央黨校」恢復，他任教務長，後任「陝北公學」校長。

「陝北公學」的設立，是中共吸收青年的訓練場所，無所謂公學，是一所完全政治化、黨化

㉗同⑪。

了的「學校」，與其說是學校，還不如說是訓練班好些。

孫陵曾經去拜訪過成仿吾，爲了了解這所學校的情況，容我引用孫陵的一段文章。

孫陵說：孫陵等一批作家，於「八一三」後與全國同胞一樣，熱情澎湃的抗日，孫陵和楊朔發起從軍運動，當時參加簽名的有屆曲夫、郭沫若、周揚等，另一位是現在在臺北、執教於「政大」孟十還。據孫陵說，那次簽名的有四十多人，都是知名之士㉘。這項從軍運動，一下子卻被郭沫若「引導」向延安報效去了。

當時的情形是如此的：郭沫若要把這批人立即投向正在激烈戰鬥的浦東國軍，郭沫若自告奮勇去接洽，一星期後回法租界告訴孫陵說：「人家不相信。」（郭沫若是否眞的去浦東，還是問題）於是孫陵一賭氣說：「我想了好生氣，身家生命都不顧了，還要懷疑。」他就對郭沫若說：「我去延安好了。」郭沫若回答：「那可以，我替你給他們介紹好了。」㉙

當時這場轟轟烈烈的「從軍」，就這樣輕而易舉的，被郭沫若把那批血氣方剛的人拱手送給中共。孫陵眞是氣憤失去理智呢？還是別有打算，尙須存疑。

孫陵由上海轉青島、濟南，然後去西安，並按照郭沫若所寫給孫陵的地址找到十八集團軍的辦事處李濤，由屆曲夫帶着住到專門招待平津大學生的招待所去，孫陵曾在西安碰到周揚，經咸

㉘ 孫陵著：「我熟悉的三十年代作家」，一四〇頁，「成文出版社」民國六十九年出版。

㉙ 同㉘。

陽、歧山、三原、雲揚到延安。經過中共宣傳科長朱光談話，接着見到了當時中共的組織部長李富春，「抗大」教育長羅瑞卿。因爲孫陵曾問藍蘋，是否也在西北，孫陵事後認爲中共誤會了他到陝北企圖追藍蘋，而沒有收留他。

孫陵去看「陝北公學」校長成仿吾。他向成仿吾訴苦說：「本想當兵，羅瑞卿也不要我，我進你的學校好了。」

成仿吾也不接受，對他說：「你看，延安來了兩萬大學生，卻一本書也沒有，我這個學校那兒還像個學校？你能不能回上海去？給我捐一些書？捐一點錢？這比當兵有貢獻……」原來「陝北公學」設在一間破廟裏[30]。誰也不要孫陵，後來朱光給了三十塊銀元打發他回上海。其他的人倒是收下了，孫陵的「壯烈從軍」就這樣結束。

孫陵回到上海，各處募捐，共得約兩萬元的東西，運給「陝北公學」[31]。孫陵的作爲，不必去說他，但由他的這段描寫中，已可了解成仿吾所當的校長是甚麼校長，「陝北公學」又是甚麼學校了。

嚴格的說，那只是收容從「白區」（指政府治理區）騙去的青年一個吃住的地方，連招待所都比不上。

---

[30] 同[28]。摘寫自孫陵的作品。
[31] 同[28]。

成仿吾的學歷不低，「創造社」又是共產黨理論書刊出品最早的機構之一，他是主張「創造社」的出版路線「應該從事於辯證唯物和歷史唯物的推闡工作，亦即作顯明（「顯」可能爲「鮮」之誤）的思想戰陣地」㉜，事實上，成仿吾不僅如此想，而且如此的實行過。

「創造社」自第二期起，卽因郁達夫與郭沫若鬧意見，一氣接受「北大」之聘，北上教書去了，郭沫若則南下「廣大」當文學院院長。此後，「創造社」的經營已落入第二代的周平全、鄭隱魚、倪貽德、潘漢年、洪爲法、嚴良才、葉靈鳳、陶晶蓀、何畏等人之手，社務則由周全平、潘漢年一手把持，第三期也就是民國十六年（一九二七）八月之後，郁達夫把出版部移交給成仿吾，言論卽開始明顯左傾。次年又辦「文化批判」，自這時起，該社已成爲中共外圍文化工作的一部份，其使命是階級的，與文學已不甚相干了㉝。足見成仿吾對中共的「效忠」是一貫的，是死心踏地的，可說是「元老級」的作家，其貢獻連周揚等人都不能與之相比，甚至郭沫若也難以望其項背，因爲，郭沫若無論是讀書、入國民黨爲黨員、參加北伐等等，在在都是一個投機主義者，不像成仿吾，自始至終都「效忠」中共。

這樣的一個人，這樣的經歷，爲甚麼中共於民國三十八年（一九四九）竊取大陸、沐猴而冠，毛澤東在中南海「論功行賞」時，成仿吾竟然只分得「華北聯合大學」校長、「華北人民政

㉜ 史劍著：「郭沫若批判」，一〇八頁，「亞洲出版社」民國四十三年五月出版。
㉝ 同❷，一三八頁。

府委員會」委員、「全國文學藝術界聯合會」候補委員、「政協委員」、「人民大學」副校長等職務呢？他的職位與同是「創造社」中人的郭沫若大大的不如，郭沫若只是一個投機份子，也是一個官迷，但郭沫若卻當到「國務副總理」、「文聯主席」，連後輩的周揚都不如，成仿吾卻轉來轉去，都是閑差的副職，原因何在？

這是頗爲值得我們去探討的一個問題，因爲無論是「才華」、「忠誠」他都應當獲得相當的報償，可是，他沒有得到。

此種情形，唯一合理的解釋是，成仿吾入黨在外國，而中共的主要權柄雖然都落在留法派的手裏，周恩來、鄧小平等都是留法的，成仿吾雖去了德、法兩國，而且，也在旅歐支部入的黨，但因周、鄧屬於「勤工儉學」派，成仿吾卻是「避難」到歐洲去的，他明顯的是留日派，而中共的留日派始終未得勢。其次是國際派在鬥爭中失敗以後，留俄的二十八宿已名存實亡，卽使留俄派得勢，也沒有成仿吾的份，因爲，在他的經歷中，似乎那一派都扯不上關係，但各派關起門來，他在門外！開起門來，他在門裏。所以，他雖然「忠誠」不二，卻是舅舅不疼，姥姥不愛的一個門神，給他一些閑差，已屬「皇恩浩蕩」了。

成仿吾不僅在中共的政界如此，那一方面他都是門裏門外的人物。

他學的是兵工，搞的是文藝活動，卻又從事教育，那一行都是專家，但那一行都不專，東抓一把，西抓一把的結果，可說是一事無成，寂寞以終是理所當然的事。

成仿吾雖以作家鳴世，但他眞是一個沒有作品的作家。他的著作，都是他在年輕時代出版的，其著作如下：

一、「流浪」（小說集），「創造社」叢書，民國十六年（一九二七）「光華書局」出版。

二、「使命」（文藝論評集），「創造社」叢書，民國十七年（一九二八），出版社不詳。

三、「長征回憶錄」，民國六六年（一九七七）「人民出版社」出版。

四、合著部分：「德國詩選」，與郭沫若合譯。

五、共產黨理論方面：

㈠「共產黨宣言」——與徐冰合譯。

㈡「哥達綱領批判」——校譯。

綜其一生，創作只有一本，文藝理論一本，回憶錄一本，合譯文學著作一本，共黨理論翻譯兩本，眞正屬於成仿吾的不過是三本書。如果我們從一個文學家來看，他所得到的盛名、文筆已超過了他所付出的。因爲像他這樣的作家，自「五四」以來，眞是多如過江之鯽，那裏能輪到成仿吾呢？如今，他仍列名作家之林，實在是拜大膽的造反性格，以及「創造社」這個「文學」社團的恩賜。

因他與魯迅等人的論爭，終因魯迅而得以讓世人知道有這樣一個人存在。

對於中共人物，一下巔峯、一下跌入谷底，當年的鄧小平，從「總書記」寶座跌下來，變成牛鬼蛇神，復出後奪權成功，自己做了「太上皇」，巴金、秦牧、白樺、王蒙、蕭軍都是幾起幾落的人物，只有成仿吾在這些大風大浪中，都安然渡過，是否與他沒有佔住重要位置有關？頗値玩味。

就我們所讀到的資料中，成仿吾於鄂豫皖蘇區時，見到殺人如麻、餓殍遍野的慘狀，當成仿吾於民國二十三年（一九三四）元月十五日，參加在瑞金召開的「六屆五中全會」，那次會議他提出「蘇區」濫殺無辜的暴虐問題，要求中共以「人道」對待蘇區的人民。這個報告引起與會人員的爭論，秦邦憲斥爲「小資產階級的悲觀動搖思想」，違反了共產黨的基本政策，受到「留黨察看」的嚴重處分外，以後就再也沒見到他犯甚麼「錯誤」，連王實味的「野白合花」事件所引起的文藝整風，波及的面那麼大，受牽連的人那麼多，也沒成仿吾在內。以成仿吾當年與魯迅等人筆戰的尖銳性格，自接受了「六屆五中全會」的處分以後，判若兩人這一點，很難理解。到了陝北，他再也沒有文學方面的批評，不僅沒有批評，連一般的作品也很少寫了。

爲甚麼會發生這種反常的現象呢？

按照作家的習性而言，有問題要寫而沒有寫，必然是一種痛苦之外，寫作的衝動是很難自制的。

但是，成仿吾自到了陝北以後，停筆是一個事實。

對於這種現象，唯一的合理解釋是他看淸了共產黨殘暴的眞面目，尤其是王實味給予他的教訓極深，加上「六屆五中全會」因多言獲罪以後，他明白了一個道理，在殘暴的共產黨內，沉默不僅是金，而是護身的唯一法寶。當他悟透了這個道理以後，放下了他那枝尖刻的筆。

不僅是停筆，看到國際派與幹部派血淋淋的鬥爭，連官也不想幹了，最後淪爲工具——人家叫他幹甚麼，他幹甚麼。

這樣說來，成仿吾大可以回頭是岸，爲甚麼又不像張國燾一樣的掉頭而去呢？問題是掉頭而去也還要有相當的「資本」。張國燾的「西路軍」有不少幹部擁護張國燾，中共要制裁張國燾，有投鼠忌器的顧慮，所以，張國燾沒有像顧順章一樣，招來滅門之災。如果成仿吾仿效張國燾而成爲中共眼中的叛逆，他就不會有張國燾、王明等那麼幸運了。瞿秋白被俘，寫下「多餘的話」，尚且判定瞿秋白投降，何況是叛共呢？

成仿吾是有相當的才華，和敏銳的觀察力，細密的分析，當然他明白這一點，入了共產黨固然上了賊船，跟着共產黨進入陝北後，更是上賊船了。

他明白，自已已是過了河的卒子，走向一條不歸路了。所以，只好既不捧場，也不鬥人，這都會隨時獲罪，因此，他沉默以終，想來他眞是認清共產黨才如此。

以上的推論如果接近成仿吾眞實的心靈，那眞是一個共產黨徒的悲劇，那麼成仿吾受害的心靈，比沈從文更早，所受的折磨時間更長。沈從文也同成仿吾一樣的封筆，自絕於創作，假定眞是如此，則成仿吾已經解脫，他已於民國七十三年（一九八四）五月十七日去世㉞，如果他的生年沒有錯，成仿吾活了八十四歲，算得上是蓋棺定論。因爲，他的作品的量與質都有限，雖然稱他爲作家，但結果時間將給他極殘酷的審判，與草木同朽是必然的。

㉞ 民國七十三年五月二十一日「朝日新聞」引用「新華社」報導，成仿吾於該年五月十七日病逝於北平。當時的頭銜是中共「中央顧委會」委員、「中央黨校」顧問、「中國人民大學」名譽校長。死前的一切職務，都已是空頭銜。該社新聞，未描述身後事的情形，頗反常例。

錢鍾書以默獲存

三十年代作家中，錢鍾書屬於兩棲作家之一，他一面寫作，一面教書，是學人型的作家。因此，一般人認爲他是最重要的作家之一，喻之爲近代三位「兼通中西的大儒」（另兩位爲陳寅恪、吳興華）❶。錢鍾書書讀得好，又能博聞強記，故所有作品，常是廣徵博引，那是不錯的，如果以「談藝錄」、「管錐編」就稱之爲中西大儒，還有待時間的無情考驗，現在就下這樣的定論，似乎言之過早，而且，也嫌輕率了些，這是情緒化，而又急躁的典型學人所下的結論，立言未免有欠嚴肅。同樣，只據宋淇的傳聞，則遽下斷論，就說他死了，而且，死得很慘，結果三年後，也就是一九七九年四月十四日訪美，造成一陣「錢鍾書熱」，用事實推翻了他死去的說法一樣的滑稽。

錢鍾書生於一九〇一年十一月二十一日❷，到一九八九年爲止，他已是七十九歲的老年人

❶ 夏志清著：「追念錢鍾書先生」，民國六十五年二月九日，「中國時報」副刊。

❷ 楊絳（季康）著：「記錢鍾書與『圍城』」。民國六十八年八月十七日，「中國時報」副刊。

了。他是江蘇無錫人，近蘇州，說一口鄉音濃重的無錫話。周歲「抓周」，抓了一本書，因此，取名「鍾書」，原名「仰先」，乳名「阿先」，後來，他的伯父去世，怕他亂說話，他父親因而又送他另一個「默存」的名字。改這個名字原是要他少說話的意思❸。自身陷大陸，將近四十年沒有寫過一篇文學作品，一頭鑽進故紙堆裏，寫他的「管錐編」，與沈從文、成仿吾一樣，沉默保身，不再同他寫「魔鬼夜訪錢鍾書先生」那樣的嘻笑怒罵，說「見識竟平庸的可以做社論」，對於「傳記」罵的一無是處，也罵那些寫論文的，引用典籍，不用引號，據爲已有的可恥行爲❹。這種沉默，存爲了保腦袋，內心是痛苦的。

他的作品，多數都是如此。風格大致是相同的。

錢鍾書一生下來，就過繼給他的伯父子蘭，因伯父無子嗣。那位伯父可不像他的父親錢基博，吃喝玩樂，還抽點鴉片，他的伯母是江陰顏料商的女兒，有大莊園、有僮僕，又有七、八隻運貨船，而祖母出身於石塘灣孫家，是「官僚地主，一方之霸」，所以，婆媳誰也瞧不起誰，他的祖父也不喜歡長子，原因是他的祖父受祖母的影響甚多。錢鍾書的伯父沒出息，只考到一名秀才，又終日泡在茶館裏，當然也連帶的不喜歡這個長孫（錢鍾書），自他的伯父死後，伯母抽鴉

❸ 同❷。

❹ 錢鍾書著：「魔鬼夜訪錢鍾書先生」，見「錢鍾書選集」。

片，家裏敗了下來，弄到最後向人伸手❺。

他的伯父，非常愛錢鍾書，他到那裏，錢鍾書跟到那裏，去得最多的是茶館。四歲，伯父教他識字，六歲入「秦氏小學」，十一歲進入「東林小學」（卽明代東林書院），這時的錢鍾書窮得連筆（沾水筆）都買不起，而用毛竹筷子削尖，蘸著墨水寫筆記❻。十四歲考上「桃塢中學」，一九二七年「桃塢中學」停辦，與弟鍾韓一起考上美國聖公會辦的「無錫輔仁中學」，這時期的錢鍾書，已能代筆替父親覆信，寫點應酬文章。連錢基博替人寫序，他都代筆，據說：錢穆先生在「商務」出版的一本書的序，掛的是錢基博的名，作品實際是錢鍾書寫的，足見對古文學，那時已有相當的基礎了❼。

一九二九年投考「清大」外文系，外傳：錢鍾書數學考零分是不確的，他數學眞正的成績是十五分，的確未達到入學的最低標準，經校長羅家倫先生特別核准入學。錢基博曾任「清大」教授，這特別核准入學，是否與人情有關，不得而知，問題是他的英文與國文的成績特別好，而獲此拔擢❽。如果說錢鍾書是一塊玉，那麼羅家倫先生就應當是一位發掘者，而當時的雕琢者是文

❺ 同❷。
❻ 同❷。
❼ 同❷。
❽ 綜合自楊絳著：「記錢鍾書與『圍城』」（中國時報副刊），及鈕先銘著：「錢鍾書其人其書」（中外文學）兩文。

學院院長楊振聲（今甫）、系主任王文顯（力山）、教授葉公超、吳雨僧、普萊僧（德）、溫源寧、瑞恰慈（英）、畢蓮（美）、翟孟生（美）等，陣容相當整齊，雖說當時的「清華」不如「北大」有名，可是「清華」、「燕京」、「北大」都是一流學府，學術自由都一樣，在那種環境下，錢鍾書有極大的自由去鑽究學問，應是可以理解的。

錢鍾書在大陸淪陷前，一帆風順。

一九二九年考取「清華」外文系，一九三三年畢業，一九三五年考取庚款第三批公費留學，一九三七年以「十七世紀英國文學中的中國」及「十八世紀英國文學中的中國」兩文，獲「牛津大學」頒給副博士（B. Litt）❾，立卽獲得清華聘他爲教授，當時清華的文學院院長是馮友蘭，據他說：那是「清華」破例的優遇，因爲，「清華」從未聘一位剛得到學位，尙無籍籍名的人任教授❿。錢鍾書雖然受到如此禮遇，卻未就「清大」這個位置。

未就「清華」這個位置的原因有二，一是抗戰烽起，「清華」已遷移雲南昆明，與「北大」等組成「西南聯大」，一是他還要陪楊絳到法國進法國「巴黎大學」讀書，直到一九三八年十月才乘輪船回國，在香港上岸，卽直赴雲南的「西南聯大」任「清大」的教授。

一九三九年秋回上海探親，這時錢基博在湖南藍田「國立師範學院」當中國文學系系主任。

❾ 同❷。

❿ 鈕先銘著：「錢鍾書其人其書」，「中外文學」。

他父親來信說自己老病，要他到「國立師範學院」任教，以便就近照顧，加上「國立師範學院」廖院長也來上海勸他到「師範學院」去，並聘他爲英文系系主任。爲了公私能兼顧，錢鍾書去了湖南。

一九四〇年暑假曾要到上海探親，道路被戰火阻隔，直到第二年暑假，才由廣西到海防，搭輪船繞道回到上海。

這時「西南聯大」英文系系主任陳福田，又約他到「西南聯大」任教，沒想到這時珍珠港事變，戰火擴大，想回「西南聯大」或「國立師範學院」都已不可得了。

他的重要文學作品「圍城」，就在他身陷上海的時候寫的，從一九四四年動筆，到一九四六年殺青，整整用去兩年時間。約爲二十五萬字的一本著作。

這時錢鍾書已三十五歲，完成了「圍城」，開始寫「談藝錄」這本書。「談藝錄」是奠定他作家與學術地位的一本重要著作，可惜用的是文言文，而且夾雜多種外文，讀起來常有「斷氣」之感，不是一本人人都看得懂的書。這本書與他身陷大陸後所寫的「管錐編」是姐妹作，能讀得懂的不多，不屬通俗讀物，再加上大掉書袋，就更加冷僻了。

對於「管錐編」之難懂，鈕先銘先生認爲有三點：

一、他用的是訓詁格局，而卻能抱著抒情的心境，他可以沒頭沒腦的來寫，我們卻無法沒頭沒腦的來讀。

二、他是學者、是教授，可是，「管錐編」的出發點，不是學術性的研究，不是教材式的說明，而是信手拈來的讀書扎記。

三、有人想讀他的「借古諷今」，這是多餘的[11]。

不過我以為這三點，只要熟讀經史子集的人，讀來並不困難，問題是沒有讀過這些書的人，怎麼能讀「管錐編」呢？所謂「難」，只是說明書還讀得不夠罷了。

為了寫錢鍾書，曾蒐集了相關的資料，並且，也認眞的讀了全部的資料，同時加以摘錄，我覺得龔鵬程先生評「管錐編」，有他獨到的見解，娓娓道來，對於他寫作的動機與方法、作用等，都有瞭然的評論。這就見出讀書沒讀書的功力來了[12]。鈕先銘先生認為「大陸上眞有另一批地下文化鬥士，那些都是第一線的勇者，錢鍾書不是，他是第二線上的羽扇綸巾的智囊團，他所採的方針是：孔子的中庸、耶和華的愛心、釋迦牟尼的慈悲。」[13]這是對的，自大陸淪陷後，錢鍾書就沒有文學的創作，四十年只有兩本書，一本書是「宋詩選註」，另一本就是「管錐編」，一共不過百萬字，表面上都是搞與政治無關的古典文學與訓詁之類的東西，實際上，他和沈從文

---

[11] 見龔鵬程著：「評錢著『管錐編』」，民國六十九年七月二日，「臺灣時報」副刊。

[12] 同[10]。

[13] 姜穆著：「三十年代作家論」，「東大圖書公司」出版。

一樣，逃避現實，躲在故紙堆裏保命⑭。四十多年來，尚能保住項上人頭，皆有賴躲避得法，否則，他的骨頭早已可做擂鼓棒了。

錢鍾書出身讀書世家，其父基博字子泉，另一字啞泉，別號潛廬，三世傳經，爲童子師，五歲跟長兄子蘭啟蒙讀書，十六歲著有「中國輿地大勢論」，刊於梁啟超主編的「新民叢報」，「說文」刊於劉師培主編的「國粹學報」，意氣飛揚。錢鍾書的祖父告誡他父親杜門讀書，不要以文章標榜自己。曾任十六師副官、參謀等職，後來又任職江蘇督府。民國元年加入吳敬恆、蔡元培發起的「進德會」，終身以「不抽煙、不喝酒、不狎妓、不納妾」來約制自己。

他的父親著有「現代中國文學史長篇」、「韓愈志」等數十種，自己認爲是「集部之學」，他在「錢基博自述」這本書裏說：「取詁於許書，緝采敎蕭選，植骨似揚馬，駛篇似遷愈，雄厚有餘，寧靜不足，密於綜竅，短於疏證。」他自己做一副對聯如下：

書非三代兩漢不讀，未為大雅，
文在桐城陽湖之外，別闢一塗。

由這副對聯可以看出錢基博的雄心，他是立意要獨創一格的⑮。

⑭關志昌著：「錢基博」，「傳記文學」二三四期。
⑮同⑭。

一九三五年夏天，錢基博與柳亞子、陳望道、曹聚仁、鄭伯奇等人共同發表「我們對文化的意見」，十二月又與沈鈞儒、李公樸、呂思勉等發表「上海文化界救國運動宣言」，主張抗日救國，已有些左傾，一九五七年七月在湖北病逝，得年七十一歲[16]。思想傾向民主自由，但在不知不覺之間，被左傾文人所利用。錢鍾書是否受他父親的影響而未在大陸淪陷前逃出，不得而知。他的學問，無疑是受到家學的影響的。

這一家人，都能讀書，很可能受到基因遺傳的影響，我們不能不相信種子優劣之說，以錢鍾書一家人加以印證，多少有些道理。這樣說，對於那些沒有顯赫人物的人也許是一種打擊，不過，根據達爾文的物種進化之說，人也有突變的可能。

環境的影響也極重要，錢鍾書的基本學識，尤其是國學上的基本學識，幾乎來自其家學。一般說來，錢鍾書的學習是順利的，不過，也有例外，一次已如前述，考「清大」數學只得十五分，如果沒有羅家倫先生的特准錄取，錢鍾書是不是現在的錢鍾書是個疑問？另一次是「牛津」的論文預試，考的是「版本和校勘」，因要辨識十五世紀以來的手稿，錢鍾書對這門功課毫無興趣，結果考試不及格，只好補考。這段故事，是胡志德（Theodore Huters）於英譯「圍城」的導言中提過[17]，足見也不是完全一帆風順，但一天到晚浸潤在書香濃郁的家庭，影響總是

[16] 同[2]。

[17] 同[1]。

有的，只是程度的分別而已。何況「將相本無種」呢！讀書寫作，是三分天才七分努力的事業。當年希特勒高喊日爾曼民族才是上帝的選民，結果其他民族照常生存，其聰明才智也不輸於德國人。

錢鍾書是一個重要作家，曾搭上「三十年代」的晚班車，但也不像夏志清說的那樣，爲「一代大儒」與「不世之才」、「中西學問之淵博無人可及」[18]的了不得，至少費孝通、林語堂等人是堪與比擬的，有的甚至超過他的成就，林語堂的西文以及閱讀西書，恐怕要高出錢鍾書。

大陸淪陷前，他有三個海外工作機會，那是一九四四年時，「牛津大學」約請他到「牛津」去教中文，因爲他有氣喘病，而英國的氣候太潮濕，所以不就；另一件是，「香港大學」聘他去擔任文學院院長，又因他的愛女錢瑗（阿圓）害肺病，同時認爲香港不適於學人居住而未就[19]。另一個機會是一九四八年四月一日他曾在「臺大」法學院演講，講題是「中國詩與中國畫」，主張「詩與畫是姐妹藝術，有些人進一步以爲詩畫不但是姐妹，並且是孿生姐妹。」[20]他引張浮休「畫墁集」卷一「跋百之詩畫」說：「詩是無形畫，畫是有形詩」[21]，妙語如珠，想來一定有一

[18] 同[1]。
[19] 轉引自左拾遺著：「錢鍾書在臺大」，此項消息刊於一九四八年四月十四日「東南日報」的「文史副刊」，作者爲嫄平。
[20] 同[19]。
[21] 孟令玲著：「錢鍾書的『宋詩選註』」，民國六十九年六月一日，自立晚報第三版。

番盛況。傅斯年曾有意聘錢鍾書來「臺大」任教，無奈待遇太薄，深恐養不了家，一經蹉跎，就身陷大陸了㉒。錢氏失去這三次機會，使身陷大陸後，曾在「北大」教書，又在「社會科學院」裏研究文史。他本是屬於讀書的人，這倒是如意稱心的鑽進故紙堆裏，並且，躲過不少刧難。但中共並不放過一個只做學問的人。

一九六九年中共文化大革命時期，災難終於降臨到這位躲避在故紙堆裏的作家。雖然，錢鍾書與楊絳自陷身大陸後，都已停筆，來從事古典文學的研究，可是，「解放軍宣傳隊」進駐「中國社會科學院」，對研究員們進行「再教育」。他們所接受的不是「三操兩講」，而是早、午、晚上「三個學習單元」㉓。中共之所以要對這些學者們進行「再教育」，主要是「文革」後期，各地發生大規模的武鬥，中共爲控制整個情勢，派遣共軍協助「工宣隊」進駐各文化、文教團體，鎮壓動亂，強迫知識份子接受工農的「再教育」。

這「再教育」的目的，是透過體力勞動以改造知識份子的「世界」觀。「工宣隊」進入「中國社會科學院」，是體力勞動教育的「學前」教育，也叫做思想動員。

「中國社會科學院」等於我們的「中央研究院」，是一個學術機構，應當受到尊重，我們的院士地位之高、聲譽之隆，無與倫比。只有學術自由，又受到社會尊重，國家才會有所發展，學

㉒ 楊絳著：「五七幹校六記」，民國七十年七月二十一日，「聯合報」副刊轉載。
㉓ 同㉒。

人們也才樂意把他們的金腦裏所裝的東西奉獻出來。中共不然，把那些學人視同玩物，隨便處置。

一九六九年十一月十七日，「中國社會科學院」所屬「哲學社會學部」（簡稱學部）的先遣隊下放到河南羅山，一起下放的作家尚有何其芳、俞平伯等人。俞平伯當這支下放「隊伍」的掌旗「官」，據楊絳說：「這次下放是所謂『連鍋端』——就是拔宅下放。」「是奉命一去不復返」的意思。

因此，那種出發是相當悲涼的，一羣老學人向荒涼的羅山而去。那裏是不毛之地，土地是「天雨一包膿，天晴一片銅」的地方，草根都被拔出作了燃料，用拖拉機翻出來的泥土像大「坷拉」，「比腦袋大，比骨頭硬。要種菜，得整地；整地得把一塊一塊的坷拉砸碎、砸細，不但費力，還得有耐心。」其次，那裏沒有房屋，得由下放的人自己造屋居住。於是，搬磚、打土坯，用麥稭蓋屋做門。這些就由他們自已動手。

因此，錢鍾書去看病時，一位認識錢鍾書的醫師要誤認爲錢鍾書冒充錢鍾書了。

錢鍾書在「五七幹校」最初只做一些看守工具、巡夜等「輕便」工作，後來，又增加了一分取信的任務；楊絳不久也下放羅山，在另一個隊，奉命看守菜園，十天一次「大禮拜」，兩人只能在這一天才能「探親」，而且，時間相當的短。

那是個什麼世界？我想起了柯威爾的「百獸圖」（有的翻爲「動物莊園」）來了。動物莊園在牠們成功的把人趕走(革命)以後,由一羣豬來領導,結果是社會完全失軌,災難連連㉔。「文化大革命」期間的「五七幹校」,就是柯威爾筆下的「動物莊園」的世界。

「文革」期間,中共對「犯人」的處置是送「五七幹校」,不過同樣是「五七幹校」,遭遇卻不一定相同,巴金與蕭珊的遭遇就比錢鍾書和楊絳慘得多。丁玲、蕭軍、沈從文等知名作家,都是「文化大革命」的受害者。

錢鍾書雖不一定是「一代大儒」,卻是一位書讀得很好的學人與作家,他的著作不多,玆列於下:

一、文學方面:

㈠「圍城」,一九四四年動筆,至一九四六年完成,一共用去兩年時間。在鄭振鐸與李健吾主編的「文藝復興」上連載,後來趙家璧要去在「晨光」出版單行本㉕。

㈡「人鬼獸」,短篇小說集,先後發表於「新語」、「文藝復興」等刊物㉖。

㈢「錢鍾書選集」這本書包括了第二本書的全部作品,並有散文及短篇論文,附有「前言」,對錢鍾書有較詳盡的介紹㉗。

㉔同㉒。

㉕柯威爾著:「百獸圖」,「正中書局」出版。

㉖錢鍾書著:「圍城序」。

㉗錢鍾書著:「人鬼獸」的「目錄後記」。

(四)「寫在人生邊上」，散文集合集。

二、學術著作方面：

(一)「宋詩選註」，初版於一九五六年六月，一九七九年六月再版㉘。

(二)「談藝錄」稿始於「國立師範學院」（湘西），完成在上海。他在序文裏說：「談藝錄一卷，雖賞析之作，而憂患之書也，始屬稿湘西，甫就其半，養痾返滬，行篋以隨，人事叢脞，未遑附益，既而海水羣飛，淞濱魚爛，予侍親率眷，兵罅偷生，如危之燕巢，同枯槐之蟻聚，憂天將壓，避地無之，雖欲出門西向笑而不敢也，銷愁舒憤，述往思來，託無能之詞，遣有涯之日，以匡鼎之說詩解頤，爲趙岐之亂思係志，倚摭利病，積累遂多，濡墨已乾，殺青匙計，苟六義之未亡，或六丁所勿取，藏麓閣置，以待貞元時日曷喪，河清可俟，古人固傳心不死，老我而捫舌猶存；方將繼是，復有談焉，凡所考論，頗采二西之書，以供三隅之反。」㉙這本書是在這種情況下寫成的。這本書的出版，並非順利，他在序後「又記」說：「右序之作去今六載，不復返改，以志一時世事身事耳」㉚之說。且記於民國三十七年四月十五日。

㉘ 史良佐著：「錢鍾書選集前言」。

㉙ 錢鍾書著：「談藝錄序」。

㉚ 同㉙。

㈢「管錐編」，是一本讀經史子集的札記，包括了「周易正義」、「毛詩正義」、「左傳正義」、「史記會註考證」、「老子王弼註」、「列子張湛註」、「焦氏易林」、「楚辭洪興補註」、「太平廣記」、「三代秦漢三國六朝文」，先從易、詩開始到唐人小說，用的是文言，古奧難讀，本身對古籍未曾熟讀的人，則很難讀懂這本書。

以上六本書，以「圍城」、「談藝錄」、「管錐編」爲代表作，是可以傳世的東西。關於「談藝錄」和「管錐編」的評論，筆者力有未逮，難於置喙，讀者可參看龔鵬程、高陽、鈕先鍾三位先生的大著，尤以龔先生之作，鞭辟入裏，頗有見地。至於「談藝錄」則可以說又是一本詩話，其見解，超過前人甚多，是不可不讀的一本詩學。

「圍城」這本小說，受評論最多，不少人認爲是不可多得的傑作。因此，有許多溢美之詞，原因無他，只因爲他是一位學者來寫小說的原故。當一個知識崇拜的社會，即使是小說（未有可觀也），由學者來寫與一位未進過大學的小說家來寫，也是大不相同的，可以說智識崇拜已到了盲目的地步。「圍城」就是這樣。錢鍾書的「成就」，在夏志清教授的眼中，空前已是絕對的，也可能絕後。不過，基本上，我同意周錦先生的說法，「『圍城』本身，並沒有一個引人入勝的故事，情節也不緊湊，它的可讀性高，是由於成功的諷刺筆法，細緻的事物描寫，深入的人物刻劃，能引人入勝的就是這些。」㉛錢鍾書在回答彥火訪問，提出「圍城」是否可稱之爲他的代表

㉛ 周錦著：「圍城的研究」，五頁，民國六十九年六月十日「成文出版社」出版。

作時，他自己說：「代表？你看我這個代表什麼？又不是『人代代表』，所以也沒有所謂代表不代表，您說是嗎？只是我過去寫的東西，要說代表，只能代表過去那個時候的水平，那個時候的看法。」㉜顯然他自己都否認「圍城」是他的代表作。

其理由是錢鍾書並不滿意「圍城」這本作品，無奈自由世界硬要說「圍城」是他的代表作，而且，成就非凡，他是無可奈何的。在那封閉的社會裏，既沒有否認的自由，也沒有承認的自由，於是只有由讀者自彈了。至於錢鍾書於訪美時，當面的阿諛，只是使他不知如何是好罷了，相信當時他一定非常的尷尬。

這一點，錢鍾書頗有自知之明，以小說而言，他不及老舍、巴金、蕭軍和沈從文，學術著作，則他的三本書都可能傳世，「圍城」則未必，所以，我認爲他的代表作，還應當是他的學術著作，而非小說。

「圍城」的主要人物之一方鴻漸，用已去世未婚妻的父親，也是掛名老丈人的錢，在歐洲鬼混了一陣子，然後，花錢買了美國一間補習班的博士文憑回到自己的國家，同所有無知的文人一樣，擠在上流社會裏活動，與從歐洲同船回國的蘇文紈往來，而蘇文紈青梅竹馬的男友趙辛楣也緊追不捨，其間即起衝突，已是夕陽小姐的蘇文紈，就看到兩個男人爲他爭風吃醋的場面，內心

㉜ 彥火著：「當代中國作家風貌續論」，六三頁，香港「照明出版社」出版。

呢，卻希望方鴻漸向她示愛。

初回國的方鴻漸，在父親的老友，也是已死未婚妻的父親的「點金銀行」工作，不時到蘇家作客，復認識蘇文紈的表妹唐曉芙。對年輕貌美的唐曉芙展開追求，一面卻又敷衍眞正愛自己的蘇文紈，情節衝突就自然發生了。

蘇文紈愛表現，將譯詩當成創作，還希望獲得讚美。

這場愛情的追逐遊戲，使原是情敵的方鴻漸與趙辛楣成爲好友，後來，兩人接受內地一間大學之聘，一齊前往內地教書。

當然，大學裏勾心鬥角的無恥行爲，又成爲錢鍾書的材料，所謂高級知識分子也暗鬥不已。方鴻漸不知不覺的被捲入那些個人恩怨和狹隘無聊的地域觀念的糾紛裏，使他不願再接受續聘，學校也不續聘他的情況下，離開了內地回家，並與多疑猜忌的孫嘉柔結了婚，結果是孫嘉柔因與方家的人格格不入，而方鴻漸也厭倦了孫嘉柔，最後分手了事。

錢鍾書被喻爲「優秀的文體家」㉝，恐怕是溢美之詞。因爲這樣的題材，隨處可得，如老舍的「老張的哲學」，也是這類諷刺作品，論情節，「老張的哲學」的結構要複雜得多，人物也有趣與突出，語言的精練更超過錢氏，而老舍小說的數量，比錢鍾書多，除了「四世同堂」與「火

㉝ 夏志清著：「中國現代小說史」，頁四五九，「純文學出版社」出版。

葬」這兩本書有些鬆散之外，其他的作品都在水準之上，而「貓城記」寫國人的性格，實在入木三分，老舍的諷刺不在錢氏之下。孰優孰劣，我不想下斷論，讀者自行去比較，老舍筆下的人物是活在泥土裏的一羣，錢氏的筆下人物則不食人間煙火（指「圍城」而言）。

不過，錢氏的短篇小說「人獸鬼」是較現實的，像「上帝的夢」那兩個無恥的男女向上帝所提的要求，揭露人性的自私和愛情的虛假，而上帝竟也只是一個喜歡聽人奉承，講好聽的話的「上等人」而已，於是，祂造毒蛇猛獸，互相呑噬，套句時髦的話「當上帝被那兩人奉祂爲唯一的神的時候，造了各種生命，目的只是要那兩人屈服在恐懼手段中，卻無意間使生態平衡了。」

這當然是一種諷刺。

「貓」也是這類作品。

諷刺幽默不是不可寫，而是難寫。

諷刺要不傷大雅，幽默要做到會心微笑，才屬高層次的作品，而且，這種諷刺文章，不僅是不傷大雅就夠了，重要的還是心存厚道，缺少了這些文德與文格，就流於嘻皮笑臉的笑罵了。魯迅雖然有些尖酸刻薄，仍是基於愛之深而發爲言的，「阿Q正傳」就是如此，中國人實在應當振作，又應當發憤，才能挽救中國的危亡，在那時代說「阿Q正傳」是劑良藥，如果，我們有不因人廢言的雅量的話，「阿Q正傳」的確是一篇好小說。

錢鍾書的小說如何呢？

「圍城」固然買文憑，以翻譯當創作，寫一封情文並茂的哀悼信，騙掛名岳丈的資助去留學等等無聊文人，還有一些有趣的情節，最讓人難耐的是「人獸鬼」中的「靈感」了。「靈感」不是幽默文學，更不是諷刺文學，而是對通俗作家破口大罵。

爲了讓讀者更能了解錢鍾書的小說起見，特抄「靈感」的一段原文，供讀者欣賞：

這位多產作家是天才，所以他多產；他偏又是藝術家，所以他難產（按：這是前後矛盾的）。幸而文學畢竟跟養孩子不同，難產並未斷送他的性命，而多產只增加了讀者們的負擔。他寫了無數小說、戲曲、散文和詩歌。感動、啓發、甄陶了數不清的中學生。在外國，作品銷路的廣狹，要由中產階級的脾胃來支配。我們中國呢，不愧是個詩書古國，不講財產多少，所以把中學生的程度和見識作為作品的標準。因為只有中學生肯花錢買新書，訂閱雜誌，這些有頭腦而沒有思想，喜歡聽演講，容易崇拜偉人，充滿了少年維特的而並非奇特的煩惱的大孩子。至於大學生們，早已自己在寫書，希望有人來買了；到了大學敎授，書也不寫了，只為旁人書序，等人贈閱；比大學敎授更高的人物，書序也不屑作，只肯為旁人的書題籤寫封面，自有人把書來敬獻給他們了。我從這位作家，學到成功秘訣，深知道中學生是他的好主顧。因此，他全部作品可以標題為「給不大不小的讀者」，或者：「給一切青年的若干封匿名欠資信」——匿名，因為上面說過，不知道他的姓名！「欠資」，因為書是要青年們掏腰包買的。他能在激烈裏保持穩健，把清晰掩飾淡薄，使糊塗冒充得過深奧。因為他著書這樣多，他成為一個避免不了的作家，你到處都碰得見他的作品。燒餅攤，熱食店，花生米小販等的顧客常常收到他戲劇或小說的零星殘頁，意外地獲得了精神食糧。最後，他對文學上的貢獻，由公認而被官認，他是國定的天才，他的代表作由政府聘專家組織委員會來翻譯為世界語，能向諾貝爾文學獎金候選。這個消息披露之後，有一位他的崇拜者立刻在報紙的「讀者論壇」裏發表高見說：「政府也該做這件事了！不說別的，他的書裏有那麼多人物，總計起來，可以滿滿地向一個荒島去殖民。現在因為戰爭的影響，人口稀少，正提倡生殖，即此多產一點，他該得國府獎勵，以為同胞們表率。」㉞

這就是「文體」作家的文筆，他對於多產的文藝作家是如此的痛恨。就此一段而言，算不算是文學作品，或者小說作品，頗有商榷的餘地。

小說的語言需要經過美化，不經過美化的語言不算是文學的語言。當然，有很多粗鄙的語言，納入作品內，例如：「水滸傳」這本書，就有很多粗鄙的俚語；「儒林外史」也是諷刺的作品，也有鄙俗的語言，經過作者借適合講粗鄙語言主人翁的口表達，情形就大不相同了，雖也同

㉞ 錢鍾書著：「靈感」（本文作者隨手摘來的一段）。

錢著的「靈感」中一樣，效果卻完全不同，這就是藝術。顯然前引的一段中，是小說中的「議論文」。

議論文入小說的例子也不少，問題是「議論文」入小說，以美化爲條件，但是，在我們讀了錢鍾書的這一段小說，除了赤裸裸的罵通俗而又多產的作家以外，美感在那裏呢？它給我的印象是，那些作家非常無恥，沽名釣譽，攫取利益之外，根本不知文學爲何物。

如果說，寫的少就好的話，錢氏的文學作品的確有限，除了「圍城」這本尙有一點可讀性以外，其他的作品，未必都是上乘的東西。在十幾年前，讀者早已把錢鍾書這個人忘了，他在讀者心中復活，是經夏志清先生一篇「追念錢鍾書」，及在「中國現代小說史」上列一專章討論錢鍾書及其作品後，而在自由世界復活，再加上中共基於統戰的需要，派出不少「出土文物」（沈從文語）到海外「工作」，錢鍾書夫婦拜此之賜，一次赴義大利開漢學會議，楊絳則訪問巴黎，另一次則是一九七九年四月隨「社會科學院」代表團訪美，不久前又訪問日本，在好奇的自由世界作家的哄抬下，轉載了楊絳的「『五七幹校』六記」、「錢鍾書與『圍城』」，乃成爲不可一世的「作家」。中共對所有作家、學人到自由世界去訪問，都得拜尼克森與中共建交的「恩賜」，如沒有此一變動，中共不會「開放」，錢鍾書恐怕從此塵封，不僅自由世界把他忘記，就是在大陸上，也已經很少人知道錢鍾書這個人了。

「圍城」是爭議最多的一本小說，有的人認爲：「圍城」寫的是眞人眞事，方鴻漸很像作者自己。胡漢君卽說：「我旣然只讀了『圍城』，只能就我所知，對『圍城』中的人與事作些推敲的工作，而這些推敲的工作還是屬於『姑妄言之』的性質……他（按：指錢氏）好像從小便由父母之命訂了親，因而我懷疑楊絳（留法）並非『圍城』中的那位原始的『未婚妻』，如果我的懷疑是事實，那位未婚妻大致不是解除婚約，便是如書中所言不幸短命死矣了的（原文如此）。而他的『點金銀行』老板的未婚妻的父親，卽使不是開設銀行（我沒聽說過無錫人在上海開銀行），至少應是開設紡織廠（因爲紡織廠幫無錫人勢力最盛），說不定與號稱紗布麵粉大王的榮家直接間接扯得上關係。」㉟胡先生認爲方鴻漸這個角色，多少有錢鍾書的影子在內。另外，那位淺薄的趙辛楣是「新月派」詩人邵洵美。

楊絳對「圍城」的人物、情節來源又如何說呢？

一、方鴻漸取材於兩個親戚，一個志大才疏，常滿腹牢騷；一個狂妄自大，愛自吹自唱。兩人都讀過「圍城」，但誰也沒有自認爲是方鴻漸，因爲他們從來也沒有方鴻漸的經驗。……有許多讀者以爲他就是作者本人。法國十九世紀小說「包法利夫人」的作者福婁拜曾說：「包法利夫人，就是我。」那麼，錢鍾書照樣可以說：「方鴻漸，就是我。」不過還有許多男女角色都可說是錢鍾書，不光是方鴻漸一個。

㉟ 胡漢君著：「我所知的錢鍾書與『圍城』」。民國六十八年七月二十八日，刊於「新聞天地」。

二、鮑小姐確有其人，是牛津的學生，由未婚夫資助留學，卻很風流，人物造型卻是猶太人與一位埃及女生的複合體，船上調情是寫實。

三、蘇文紈的相貌是用兩個女人經過美化的複合體，性格則是另一個女人的。

四、結婚穿黑色禮服，白硬領的新郎是錢鍾書，新娘則是楊絳的化身。

五、趙辛楣是錢氏夫婦喜歡的一位五、六歲男孩，以他做模特兒放大的。

六、有兩個人物，董斜川、褚愼明「對號入坐」。

褚愼明曾是楊絳的同學，有一次同乘火車從巴黎到郊外，他從口袋裏掏出一張紙，上面開列了少女選擇丈夫的種種條件……共有十七八項要楊絳打分數。

七、方遯和錢鍾書的父親有幾分相像，有三四分是他父親，有四五分像他叔父。

八、唐曉芙則是唯一由錢鍾書塑造的人物。

九、三人去三閭大學任教，是錢鍾書去「國立師範學院」任教的經歷，遊雪竇山也是眞實的故事。㊱

總之，情節有虛構，也有模特兒，稱之爲寫實的作品，也未爲不可。

錢鍾書從「淸華大學」就已開始寫稿，而到了「圍城」已成爲絕響，我認爲正是寫實害了他。

㊱ 楊絳著：「記錢鍾書與『圍城』」。民國七十五年八月十六日起，三天刊於「中國時報」副刊。

一個作家寫作的活力，是來自想像，也就是作品應當多數出於虛構。缺乏想像力的作家，是很難維持寫作不輟的。我以爲錢鍾書缺少這種創作的條件，是無以爲繼的重要原因。

從他的三本學術著作來看，錢鍾書的確博覽羣書、學貫中西，可能是一位優秀的教授，他可能寫出夠水準的學術著作，卻未必一定可以寫出好小說。以作家而言，他屬於二、三流作家罷了。在文學作品方面，他是虛有其表的，我不認爲他是當代的一位大家。他之所以在自由世界有如此聲譽，完全是夏志清教授揚揄之功。另一原因是，他是一位學者。

這年頭就是文學作品，也得借頭上那頂方帽，作品才會發光，否則寫得再好，也不會受到重視，不必去說三十年代了，就是臺灣，也有不少優秀作家的小說，遣詞造句、人物塑造、情節的弔詭、結構的編織，都超過錢鍾書，老舍、沈從文、巴金、蕭軍也都在錢鍾書之上，可是，錢鍾書的一本「圍城」竟然得到如此的聲譽，我不能不懷疑我們的批評家的良知，是放在心中央呢？還是放在心背後了。

不少批評家，對一般人的作品是不屑一顧的，因爲，批評家也愛名，批評「沒有學術地位的作家」，使他們得不到什麼，還好像汚了他們的筆似的。也許，這就是我國的批評很難建立權威的一個主要原因吧！

另外，作家的創作欲望，是任何壓力無法抑制的東西，一個有生命力的作家，不寫就使他難以忍受，他們都有創作的旺盛欲望與衝動。如果這是對的，那麼錢鍾書寫完了「圍城」之後，已是江郎才盡。「圍城」出版於民國三十五年十二月底[37]，距今已數十年，他沒有再寫出任何作品。這種情形，可以用沈從文的例子作解釋，但那是特例，老舍、巴金、蕭軍、丁玲等在中共的高壓下，還是有作品問世。所以，我認定錢鍾書在文學創作上的才情相當有限。

錢鍾書雖然不一定是個偉大的作家，但他的學術著作流傳下去是無可懷疑的。他有一項本領，讀書過目不忘，這也是他能成爲學者的重大資本。

他的同班同學饒余威在「清華大學的回憶」一文中，提到錢鍾書上課的情形。他說：「同學中我們受錢鍾書的影響最大。他的英文造詣很深，又精於哲學和心理學，終日博覽中西新舊書籍，最怪的是上課時從不記筆記，只帶一本課本無關的閒書，一面聽講一面看自己的書，但考試時總是第一，他自己喜歡讀書，也鼓勵別人讀書……」[38]錢鍾書曾告訴楊絳，他上課也帶筆記本，只是不作筆記，卻在書本上亂畫。而在「清華」都考第一。[39]

錢鍾書的記憶力眞是非常驚人，這是常人不及的地方，也可能是成爲一個大學者的重要條件之一。

---

[37] 錢鍾書著：「圍城序」，寫於民國三十五年十二月十五日，推斷「圍城」可能是三十五年底出版，也許是三十六年初。

[38] 饒余威著：「清華大學的回憶」。轉錄自楊絳的引文。

[39] 同[38]。

他讀書是隨興趣而讀的，版本學就是他不喜歡的一門功課，所以，在「牛津」重考，那是他讀書的唯一一次挫折，他認爲讀劍俠小說，讓腦子休息，這也許就是過去幾年中，教授們沉迷於武俠的原因吧！

另外，錢鍾書讓人喜歡的地方，是他的「痴氣」，在楊絳的筆下，錢鍾書因家裏窮，沒筆寫字，而不敢向家裏要錢，結果是自削竹筷當沾水筆尖；另外對於妻兒有份特別的感情。他曾想趁楊絳打盹時，畫她個大花臉。楊絳敍述這段故事時說：「鍾書的『痴氣』書本裏灌注不下，還洋溢出來。我們在牛津時，他午睡，我臨帖，可是一個人寫字寫睏上來，便睡著了。他醒來見我睡了，就飽蘸濃墨，想給我畫個大花臉。可是他剛落筆我就醒了，他沒有想到我的臉皮比宣紙還吃墨，洗淨墨痕，臉皮像紙一樣快破了，以後他不再惡作劇，只給我畫了一副肖像，上面再添上眼鏡和鬍子，聊以過癮。」㊵這也是畫眉之樂吧？同樣情形，在他的女兒錢瑗的肚皮上曾畫過一個大臉，結果是挨了他母親一頓訓斥。類似的「痴氣」還眞不少，也是錢氏可愛的地方。據楊絳說，這「痴氣」可能是繼承自他父親的「憨」。這是錢鍾書做學問之外，生活情趣的一面，非常可愛。

司馬長風對「圍城」寫作技巧評價較高，主要有兩點：一是技巧深刻精緻，諷刺揶揄到家；

㊵ 同㊳。

一是小說舞臺變幻多端，初時在洋輪、香港，後爲淪陷的上海與抗戰的大後方，呈現了當時中國整幅形象。司馬長風認爲這是「圍城」的魅力所在。至於文學則精煉有力，而且生動㊶。司馬長風的批評，尙屬持平之論，不過，我以爲錢鍾書的深刻諷刺是他的優點，也正是他的缺點。諷刺要恰到好處，多一分則流於刻薄了，而錢鍾書的作品，包括他的中、短篇在內，正好多了那一點。這對於文學的醇厚上，是有一點傷害的。

不可否認，錢鍾書的積學是相當厚的，以積學加上經驗，又以他的才情而言，應可產生較偉大的作品，可惜他卻未能生活在自由世界，使他的創作受到了損害。

關於這一點，楊絳有極露骨的表白。

楊絳說：「一九五七年春，『大鳴大放』正值高潮，他的『宋詩選註』剛脫稿，因父病而到湖北省親，路上寫了『赴鄂道中』五首絕句，現在引錄三首：

『晨書暝寫細評論，律詩傷嚴敢市恩；碧海掣鯨閒此手，只教疏鑿別清渾。』

『奕棋轉燭事多端，飲水差知等暖寒；如膜忘心應褪盡，夜來無夢過邯鄲。』

『駐車清曠小徘徊，隱隱遙空碾薄雷；脫葉猛飛風不定，啼鳩忽噤雨將來。』

㊶ 司馬長風著：「中國新文學史」下册，九〇—一〇〇頁。

後兩首寫寓他對當時情形的感受，前一首專指『宋詩選註』而說，點化杜甫和元好問的名句（「或看翡翠蘭苕上，未掣鯨魚碧海中」；「誰是詩中疏鑿手，暫叫涇渭各清渾」），據我了解，他自信還有寫作之才，卻只能從事研究或評論工作，從此不但口『噤』，而且不興此念了。『圍城』重印後（按：「人民文學出版社」曾重印「圍城」），我問他想不想再寫小說？他說：興致也許還有，才氣已與年俱減。要想寫作而沒有可能，那只會有遺恨；有條件寫作而寫不出好東西，那我就只有後悔了。遺恨裏還有哄騙自己的餘地，後悔是你所學的西班牙語裏『面對眞理的時刻。』使不得一點兒自我哄騙、開脫，或寬容的，味道不好受。我寧恨毋悔。這幾句話也許可作『圍城』、『重印前記』的箋註吧！」㊷楊絳的話裏有話，錢鍾書也是語在詩外的，失去了寫作的自由，正是他悔不當初。

「差之毫釐，謬之千里」，當年他要是來「臺大」，或接受「牛津」、「香港大學」之聘，又何至於此？

所謂悔，可能在這裏，詩中不過借他事以揭露心裏要說的話，以詩澆心中塊壘。一個人受了委屈，還要繞着彎兒說話，未免也太窩囊了。但是，住在矮簷下，那有不低頭的道理呢？

錢氏的「管錐編」曾指責黑格爾說「中國文學不宜思辨」爲信口開河，替冷僻、不受人重視

㊷ 同㊳。

的詩文說話。但是，誰又替錢鍾書的處境說話呢？

他的作品，除學術著作部分以外，大多數都是諷刺當時社會弊病及人性的弱點，因過於嚴厲，有些流於刻薄尖酸。不過，錢氏寫作最旺盛時期，正是國難方殷的時候，凡是有熱血的讀書人，本其良心，都對抗戰獻策，或鼓舞士氣民心，以堅定抗戰決心而贏得勝利，我們的這位「大師」對抗戰流血的苦難，卻沒有什麼感受，其「冷靜」是令人吃驚的。那時候的作家，幾乎都有抗日的作品，唯獨他沒有，或甚少，這就是他令人有不可解之處。也許他已是跨國學人，對民族情感，正如那些「外黃內白」的「學者」一樣，自認爲是「世界公民」，而不屑於「狹隘」的國家民族觀念，所以，「南京大屠殺」、「衡陽四十八天沐血保衞戰」、「緬甸邊區的勝利」、「重慶的濫炸」也就與我們這位「大師」無關了。

他是對社會的一些不良現象，加以伐撻的，如多產作家的濫寫、如方鴻漸的買文憑冒充學人等等，都加以無情的諷刺幽默；中共的社會，有更多值得諷刺的事物，如劉賓雁、白樺、戴厚英、孫靜軒等人筆下的人與事，都值得寫，錢氏不著一字，與他的性格是不合的。他之所以不著一字，大概是遵守其父替他取的「默存」這個名字之誡吧！不過，這誡對他是一種痛苦，我們寄予無限的同情。

楊絳錯誤的選擇

在三十年代的作家中，對於婚姻視同兒戲的不少，連魯迅都把自己的原配，視爲「母親送的禮物」，藉「孝順」母親而保留「魯迅妻子」的名義，與宋景雙宿雙飛。其他如徐志摩、徐悲鴻、瞿秋白、丁玲等，無不發生婚姻問題，只有少數人是不曾爲婚姻煩惱的。錢鍾書與楊絳就是幸福的一對。

楊絳出身無錫世家，父親客居北平，她在民前一年（一九一一）七月十七日生於故都❶。她一直到民國八年的秋天，才從北平舉家回到無錫❷，她說：「我父母不想住在老家，要另找房子。」結果，剛好找到錢鍾書家所租的那家，因嫌房子陰暗，沒有租成❸，否則，楊絳和錢鍾書就成了「青梅竹馬」的一對。

---

❶「中國文學家辭典」（現代第二分部），四三〇頁。

❷錢鍾書、楊絳著：「圍城」、「記錢鍾書與圍城」，一八頁，「漢京文化公司」出版。

❸同❷。

她的中、小學教育是在揚州和蘇州完成的，這兩處都是中國的名城，尤其是蘇州，明、清時代，商賈雲集，文學家與藝術家也都以住揚州與蘇州爲樂事。揚州與蘇州更以出美女著稱，兩地的小姐吳儂軟語，故蘇州、揚州的女性具有極大的吸引力，當錢鍾書於民國二十一年（一九三二）在「清大」認識她以後，兩人就墜入愛河了。

楊絳於民國二十一年肄業於「東吳大學」，得的是「文學士」學位。次年秋天考取「清華大學」外文研究所。她在「東吳」時，因逢「一二八事變」，無法上課，曾借讀「清大」❹，可以說她與清大甚有緣份。

民國二十四年夏，錢鍾書考取「第三屆中英庚款公費留學生」❺，同年與楊絳結婚後，兩人同去英國。錢鍾書入「牛津大學」研究，錢獲得副博士學位後，楊絳去法國讀書，夫婦倆又一同前往，雖然，我們都未曾見到有關他們在英、法的回憶文章，相信他們非常恩愛。從「五七幹校六記」中，這種相知相愛的情分表露無遺。

楊絳與錢鍾書的相處，極富有中國人愛情上的「淡味」。別以爲淡淡的愛情，不如「查泰萊夫人」和「茶花女」一樣，就不夠味兒，所謂「下床君子」，中國人的愛情味道是在淡中有濃。民國二十七年秋天（一九三八）他們從法國回來，錢鍾書去了昆明，楊絳則到上海探望她的父

❹ 秦賢次著：「錢鍾書這個人」，發表於民國六十八年六月五日「聯合報」副刊。

❺ 同❹。

親。對於分離的痛苦，不如郁達夫、徐志摩那麼強烈，即使在「記錢鍾書與『圍城』」中，也沒有強烈的愛情表露。

此間見到有關楊絳的報導與評論不多，大概是錢鍾書太有才華，把她掩蓋住了，實際上，楊絳在外文上的造詣，以及著作上的成就，都有相當水準。

民國二十七年秋天，兩人同乘一條輪船，錢鍾書去昆明應「清華」之聘，而「清華」那時已併入「西南聯大」，所以，也算是「西南聯合大學」的教授。因爲楊絳的母親已經在民國二十六年（一九三七）去世，同時，她在蘇州的家已被日本人搶刼一空，楊絳的父親避難上海，住在她大姐家裏。她爲了急於去探望父親，便在香港和錢鍾書暫時分開。

她在上海一間中學教書，她說：「兩年後上海淪陷。」❻顯然錯了，上海淪陷於民國二十六年十一月十二日❼，所指「上海淪陷」，實際是指日本發動太平洋戰爭後，佔領各國在上海的租界而言。是租界淪陷，而非上海淪陷。有論錢鍾書夫妻對抗日戰爭冷漠，從他們的所有作品中，對抗日確實未曾著一字。而那時人們所謂的「上海孤島」，亦指租界而言。楊絳把租界被佔領視爲「上海淪陷」，未知是記憶的錯誤呢？還是有意如此說法，因她的資料極爲有限，難以考查。

錢鍾書本去昆明就「西南聯大」的教職，大約一年後，即民國二十八年（一九三九）秋天回

❻ 同❷。

❼ 「傳記文學社」出版：「中華民國大事記」上冊。

到上海探望楊絳，這年又應「藍田師範學院」（即錢基博任教的那所學校）之聘，去當該學院英文系系主任，民國三十年（一九四一）又回上海看楊絳，結果，兩人同時陷在上海。她的第一部著作「稱心如意」在上海演出，後於民國三十三年（一九四四）由「世界書局」出版❽。

她在劇作方面作品不多，「稱心如意」、「遊戲人間」，以上由「世界書局」出版，「風絮」由「上海出版公司」出版❾。

楊絳不能算是戲劇家，作品少不說，內容也相當貧乏。除了「風絮」，其他劇本曾在上海、北平、天津等地上演過，但都沒有造成風潮。

翻譯方面甚爲豐富，計有「一九三九年以來英國散文作品」（商務）、西班牙名著「小癩子」（平明出版社）、法國名著「吉爾・布拉斯」（作家出版社）、西班牙名著「唐・吉訶德傳」（人民文學出版社），以上共四本。論文方面，只有「春泥集」一本而已❿。這些書，除了翻譯之外，都沒有什麼份量，加之錢鍾書與楊絳都不喜歡活動，也不結黨，除了「作協」之外，似乎未見過他們加入其他文學團體。因此，楊絳並未受到應得的重視。不過，在學術界方面，這對夫妻是名重士林的。

---

❽ 司馬長風著：「中國新文學史」下册，三〇九頁。

❾ 同❽。

❿ 同❶。

尤其自夏志清在「中國現代小說史」列入專章討論，錢鍾書已是儼然「大師」了。夏氏與錢鍾書夫妻並無任何淵源，只因錢氏夫妻出身學院，有惺惺相惜之意罷了。但卻因此，錢鍾書的作品在海外得以一紙風行，錢鍾書與楊絳算是撿了個大便宜。

抗戰期間，他們除了接聘當教授，為了父母的奉養而奔波之外，都未受到戰火的干擾。一會兒昆明、一會兒上海、一會兒湖南，戰爭離他們遠遠的。

抗戰八年，他們在上海住了三、四年，安安穩穩的寫他們的書、當他們的教授，勝利似乎也與他們沒有什麼關連，他們隨著勝利的浪潮到北平去教書。

戡亂更不必說了。

總之，國家的動亂對他們都不曾發生影響。

似乎他們不是國民黨員，也不曾加入共產黨，對於政黨沒有一絲一毫瓜葛。他們雖然都是高級知識份子，對政治卻是盲目的。

照說一位英國留學生，又受過法國式自由的洗禮，應當對共黨的極權暴虐有所了解，大陸淪陷前，他們都有絕佳離開大陸的機會。他們之所以未曾逃出，乃是他們自認是中立的，並且，對共產主義與共產黨存有或多或少的幻想，殊不知當共產黨的奴隸，也還要相當的條件，不過問政治不行，過問政治也不行，很多學人作家就這樣吃了大虧，楊絳和錢鍾書就是極好的例子。

楊絳曾擔任過「震旦大學」外語系教授，淪陷前是「清大」西語系教授，直到民國四十二年

（一九五三），中共調整各大專院校系所，楊絳才轉任「北大」文學研究所教授。

民國四十二年五月二十九日，中共「政務院」第一八〇次會議，通過「修正高等學校領導關係的決定」，至民國四十五年三月十四日成立「科學規劃委員會」⓫，「中國科學院」成立於何時，沒有資料，相信在大陸淪陷不久就成立了。

楊絳與錢鍾書一直在「中國社會科學院」做研究員，錢鍾書在「文學研究所」，楊絳則屬「外國文學研究所」。「中國社會科學院」是由原來「中國科學院」的「哲學社會科學部」改編來的。

這個部門自民國四十年四月份以來，卽由郭沫若擔任主任，改編後任院長⓬，而錢鍾書與楊絳自大陸淪陷後，似乎就是這個部門的研究員，偶然也到各大學去授課。因此，我們推斷他們夫婦與郭沫若及其他學人，應當有非常密切的關係。可是，在他們的文章中，未曾提到郭沫若，卽在「五七幹校六記」中也未置一詞，大概不恥於郭沫若的爲人。如果這個推斷是正確的，那麼楊絳和錢鍾書還是有相當可愛的一面。

他們不僅未曾提到郭沫若，想來這個研究的「學術機構」中一定還有其他的學人，楊絳則只提到俞平伯、何其芳，她的女兒阿圓、女婿得一，還有一個女隊員阿香及一隻狗小趨，她不記其

⓫「中共禍國史實年表」上册，二五九頁。

⓬「中共人名錄」，六二〇頁。

他同事，要記也只是「黃××」之類。

他們極慳吝讚美別人。我同意羅青的說法：他認爲錢鍾書所處的時代「是一個左翼文學及刊物猖獗的時代，他特立獨行，不肯同流在理論與行動上，都是有守有爲」的這一說法⑬，關於對於抗戰不甚「熱烈」這一點，他在「論文人」一文中，爲他自己辯護。他舉歌德爲例，說他不會做愛國詩而遭到無情的批判，他引用歌德在語錄中的話說：「不是軍士，未到前線，怎樣能做戰歌？」⑭那正是寫他自己，錢氏在抗戰中，連火藥是什麼滋味都不知道，就再也不必談到上戰場了。

不錯，楊絳和錢鍾書在中央政府的治下，確然是獨立特行的，在共產黨治下則完全不同。他們在文革期間，下放到「羅山」，後來有些老弱可以回「京」，那批老弱殘兵中有錢鍾書的名字在內，可是，經過審查後，回「京」並沒有錢鍾書。原因是錢鍾書「輕蔑領導的著作」。錢鍾書沒有獲得釋放，使楊絳想起淪陷前能走而未走的一段往事。當她想起這段往事時，她說：

「回『京』的老弱病殘已經送回，留下的就死心塌地，一輩子留在『幹校』吧！我獨往

---

⑬ 羅青著：「魔鬼夜訪錢鍾書先生」，發表於六十九年五月二十三日「中國時報」副刊。

⑭ 錢鍾書著：「錢鍾書選集」，一四二頁。

菜園裏去，忽然轉念：如果我送走了默存，我還能領會『咱們』的心情嗎？只怕我身雖在『幹校』，心情已自不同，多少已不是『咱們』中人了。我想到『解放』前夕，許多人惶惶然往外國跑，我們倆為什麼有好幾條路都不肯走呢？思想進步嗎？覺悟高嗎？默存常引柳永的詞：『衣帶漸寬終不悔，為伊消得人憔悴。』我們只是捨不得祖國，撇不下『伊』——也就是『咱們』或『我們』，儘管億萬『咱們』或『我們』中人素不相識，終歸同屬一體，痛癢相關，息息相連，都是甩不開的自己的一部分。我自慚誤聽傳聞，心生妄念，只希望默存回『京』和阿圓相聚，且求獨善我家，不問其它。『解放』以來，經過九蒸九焙的改造，我只怕自己反而不如當初了。」⑮

楊絳的這段話，細細的品味，是有弦外之音的。

當然，他們是後悔了，可是，不能說，她所能表達的是「咱們」，儘管「咱們」中多少已不是「咱們」了，如今也已不存甚多奢望，可是，卽使是「獨善我家」，也已心滿意足。到底什麼使她這樣失望？只因一趟勞改，女婿得一又因不願揑造名單而缺陰德，最後被「革命羣眾」打死，再加上「三面紅旗」失敗，一切都已經幻滅，她不後悔又能怎麼樣？

可以說，後悔是於事無補的，而且，也不能講，她既沒有王實味、蕭軍那種硬骨頭，軟骨頭

---

⑮ 同❶。

又讓人難受，所以，除了自怨自艾之外，一個弱女子又能做什麼？

楊絳這段話，若有若無的說出當初他們不走的原因。

「咱們」或「我們」自「鴉片戰爭」以後，實在受盡屈辱，有被列強瓜分之意，只因這塊肥肉（過去的觀念，肥肉爲上肉。著者）噬得多少的問題，而弄得列強陣營爾虞我詐，使這個「咱們」或「我們」得以生存，最後，出現了個蛇吞象的日本，侵略了中國，陷入八年的苦戰中。在這場戰爭中，看到的是「南京大屠殺」，瘋狂炸射，到處是頹垣斷壁、屍橫遍野，眞的是血流成河，景象十分可怕。而這場戰爭結束，隨之而來的是四年戡亂，民生凋蔽，哀鴻處處是可以想見的。

在這種情形下，如何休養生息、重建家園，是每一個中國人的理想。楊絳文中所提的「伊」，自然是這個理想，也是亂後之治的問題。可惜楊絳與錢鍾書雖然爲「伊」而「衣帶漸寬終不悔」，卻把理想實現寄託錯了「人」，弄得自己幾乎沒頂在這場紅色政治浪潮之中。這也是對政治漠不關心的結果，雖然，他們都受過高等教育，終不免對政治盲目。到下放羅山以後，終於「悔」了，可是，這「悔」終無可奈何，他們已然付出了重大代價。

當他們醒來，已是漫天覆地的紅潮，逃也無處可逃，只有同沈從文一樣拒寫，躲在故紙堆裏消耗掉創作的衝動與慾望。這是淪陷後他們都沒有創作的重要原因。像錢鍾書那樣飽學的作家，在淪陷的數十年中，只寫「宋詩選註」與「管錐篇」，也就不足爲奇了。但我相信那眞是非常痛苦的煎熬。

最後，楊絳把「小趨」（狗）擬人化。「小趨」有幾個特點：

㈠這名字卽亦步亦趨的可憐像。

㈡「小趨」再餓也不吃狗肉，足見「小趨」有「人性」。

㈢因此，與在共產黨治下的人一樣，「小趨」比起來，人潛沉的動物性反而暴露出來，人反而不如狗了。

㈣「小趨」餓得飢不擇食，而吃起糞便。大飢荒時代，人反而吃人，一加比較，實在是人的莫大悲劇。

楊絳寫「五七幹校六記」時，可能並未想到這些，我們讀後，卻不能不作如是想。由此，我們想像得出，在文革期間，人的尊嚴問題了。

楊絳只參加過「文協」，之外未參加過任何社團，她大學畢業時，雖然搭上「三十年代」的末班車，到底與戰國式的三十年代相當隔膜，也就沒有什麼恩怨可言。他們從法國回來，「中華全國文藝界抗敵協會」已在武漢成立，他們沒有趕上，一個去了後方，後來兩人都陷在上海的淪陷區裏；等到大陸淪入中共之手，他們都變成了教授，躲進學術界。「中國科學院」成立，他們又成爲研究員，所以，與很多文學團體都沒有發生關係。也許因此他們能在歷次整風中安然度過，唯獨文革未能逃出此刼。比起蕭珊來，楊絳要幸運得多，所受的只是體力勞動而已，尚未受到鞭打，尤其是像老舍那樣的懲罰。在那段期間，楊絳和錢鍾書眞的已是百無一用是書生。

楊絳雖然受到新式教育，又留過英法，可是，她的性格卻傾向於我國傳統婦女的美德，除相夫教子外，她的生活圈子限於學界，個人幾乎沒有什麼活動。尤其是對於錢鍾書的愛護，更是無微不至。對於「圍城」那本書的剖析，以及「五七幹校六記」中，都是揄揚錢鍾書。而「五七幹校六記」，表露了她對錢鍾書的關懷，眞是情深款款。女婿得一的死，因怕他受不了打擊，瞞着沒告訴錢鍾書，把一切苦痛都一個人承擔起來。兩人都能爲對方設想。楊絳留學法國「巴黎大學」，錢鍾書跟了去等等，都可以看出夫婦兩相愛之深。

錢鍾書考取「庚款」留英，楊絳是自費去的。留英前，兩人已經結婚，楊絳已成爲錢家的媳婦了。這自費不知道是娘家給的呢？還是錢家給的，語焉不詳。不過，楊家似乎相當富有，負擔一位留英學生的女婿，應不成問題。這些，對於楊絳的了解並不重要。重要的是這兩家，按照共產黨的標準來說，絕非無產階級，很可能還是「地富份子」，屬於「剝削階級」，那麼，他們能夠被如此「從輕發落」，應當是一種特例了。比起其他人來，楊絳與錢鍾書是幸運的。

楊絳是位劇作家，只因其作品平平，致未受史家重視，不過，她在翻譯上，有相當的貢獻。以這樣的兩個傑出學者，如在自由世界，必然有更大的成就，可惜做了錯誤的選擇。那次選擇，可說是他們極重要的一個轉捩點。由此看來，他們對於共產黨，沒有認識是可以肯定的了。

殷夫白流了鮮血

中共派系鬥爭，國際派出賣了土共派何孟雄，造成柔石等五位作家槍決一案，事實經過可參照胡也頻及柔石兩人的敍述中，同案被槍決的尙有一位年輕詩人殷夫。

殷夫也是「左聯」成立初期，就成爲這個組織的成員之一，死時才二十二歲，是「左聯」最年輕的作家之一，可是，在他死前，已經出版了「孩兒塔」、「伏爾加的黑浪」、「一百〇七個」和「詩集」等四本書了。連同民國四十八年（一九五九）僞「人民文學出版社」出版的「殷夫詩文選集」在內，共爲五本，一個年輕的作家，有這樣的成績，非常可觀。

當然，一個作家不能以出版本數來建立他的地位，可是，量也極爲重要，如果傳世的只是一本書，那也只不過「一本作品」的作家而已，不一定能證明一個作家的正常水準和他的恒常寫作能力。眞正的作家，代表作與一般的著作之間的差距，是應該不會太大的，如果是許多作品中只有少數傑作，其他的都參差不齊，那只是偶然顯現的一點才華，而不是文學根基深厚的作家。殷夫死得太早，也許他能塑造自己成爲不朽的金身；不過，他太熱衷於政治活動，他只有一份時間，既要在政治舞臺上活躍，又要成爲一個優秀的文學工作者，這種人世界上雖不乏例子，到底那只是例外。正常的發展，是要能定於一的。既然有這樣的認識，爲什麼還要寫殷夫呢？就他的那一段時間而言，他的作品，以及他的出版量，代表了當時的新詩水準，要了解三十年代，還不能不旁及殷夫。

民國前二年（一九〇九、宣統元年）生於浙江象山縣的殷夫，本名徐祖華，曾用徐白、文雄、白、沙非、洛夫、白莽等筆名寫作。據說他九歲就已經能閱讀小說了。

據阿英（錢杏邨）在殷夫被槍決之後所寫的小傳：他十三、四歲就開始寫詩❶。中共曾在民國四十八年（一九五九）由北平「人民文學出版社」出版他的選集，是否把他的第一首詩選入，不得而知，不過所謂「選集」，根本無從選起，中共也只能從刊物上，「找到二十幾首詩」及少數散文而已，以他曾出版四本詩集的成績來衡量，二十幾首詩應只是其中的一小部分，材料都缺乏，那裏能談得上是選集呢？故中共的所謂「選集」，嚴格來說，只能算是「文集」。我們既無法讀到他在十三、四歲時候寫的「作品」，故最初的「創作」能不能算是詩，還是一個疑問。

如果殷夫的處女作，具有某種水準，那麼，他寫作的歷史應當是九年，平均兩年多就有一本書出版，數量相當驚人。但是，我們可以從他「選集」的作品中，給予殷夫的評價。

---

❶ 劉綬松著：「中國新文學史初稿」，三〇五頁，一九五七年四月，「作家出版社」第三版。該文引自阿英著：「殷夫小傳」，此處轉引。

我想，這是公平的。

他的「血字」是相當受到中共推崇的一首詩，現在，我把它照引錄如下：

「五卅」啊！（按：寫的是「五、卅慘案」）
立起來！在南京路走！
把你的血的光芒射到天的盡頭，
把你剛强的姿態投映到黃浦江口，
把你的洪鐘般的預言震動宇宙！

今日他們的天堂，
他日他們的地獄，
今日我們的血液寫成字，
異日他們的淚水可入浴。

我是一個叛亂的開始，
我也是歷史的長子，
我是海燕，
我是時代的尖刺。

這首詩，除了口號以外，沒有一點詩的韻味。趙翼主張寫作不能力取，主張獨創。他在「論詩」中說：「少時學語苦難圓，只道工夫半未全；到老始知非力取，三分人事七分天。」不僅趙翼提出如此主張，「隨園老人」（袁枚）在「隨園詩話」裏，也有同樣的意見。

他說：「詩文自須學力，然用筆構思，全憑天分。往往古今人持論，不謀而合。李太白『懷素草書歌』云：『古來萬事貴天性，何必孫大娘渾脫舞？』」另外，袁枚同時也引用趙翼的「詩論」來證實自己的觀點。

我們讀上舉殷夫的「血字」，有什麼味道呢？除了「革命」的「口號」，全詩沒有讓人讀後有什麼值得回味的地方。我想，他除了「矯揉而強為之，非合作也」之外，還能給人什麼，中共之所以捧殷夫。為的他是「烈士」。這種捧，是依據「中共文藝政策」給死者化粧，其作用與捧魯迅作為「革命者」、「青年導師」是同樣的道理。中共的御用文學史家，不得不昧著「良知」去做「化粧師」；美化他們的「烈士」，也就是中共所說的「樹立標兵」，作為現代文藝家的一個榜樣，要所有的「上層建築為無產階級服務」；再一原因，捧死者比捧活人方便，而且，在「烈士的光環」下，沒有誰敢有異議。

因此，我們覺得，殷夫、李求實、馮鏗、胡也頻等人的文學地位，乃是因為他們的死而得傳，不是因作品而傳。我今天在這裏寫這些人，當然也不是替中共文藝作家立傳的，為的是，那個時代曾經有過這些人，而且，也曾經寫過一些東西，談到那些大作家，就不能不旁及這些人了。

明知如此，但是，又無可奈何的去寫他們。

殷夫有兩個哥哥在當時的國民政府有點地位，他的弟弟卻在那裏「叛亂」，這也是中國的一種悲劇。

在那個時代，兄弟、父子、同學、師生在一個戰場上殺戮，必欲置對方於死地的不算新鮮，殷夫只是其中的一例罷了。

他是浙江象山人，屬寧波府，縣北的象山港水深而風平浪靜，地勢險要，是我國優良的軍港之一。因爲水陸交通便利，所以，人文薈萃。殷夫的父親行醫，家境不算太壞。

據「中國文學家辭典」的記載，「由於受『革命』的影響，寫了『放足時代的足印』等詩歌。」❷他生於宣統元年（一九〇九），他寫這首詩，當在民國十三年（一九二四），這裏所稱的革命，應當是國民革命。那時雖然已經有了共產黨，卻還談不上所謂的「革命」，所以，我以爲他也同張國燾那些人一樣，在列強虎視之下，剛推翻滿清，世界強國都想趁機瓜分中國，青年激於義憤，急欲奮發圖強，殷夫應屬於急進派的青年，尤其是在「五四」以後，這些青年總是徬徨在如何救國的十字路口上。如果對這些青年有良好的誘導，未嘗不是一股力量，可惜民國建立

---

❷「中國文學家辭典」（現代第一分部），四九八頁，一九七九年十二月，「四川人民出版社」出版。「革命」兩字的『』號爲筆者所加。

以後，前有袁世凱竊奪革命成果的稱帝鬧劇，後有北洋軍閥的割地爲雄，如張宗昌、孫傳芳、吳佩孚、馮玉祥等，無不擁兵自重，號稱某帥。在這種情形下，百廢待舉的國民政府，令不出京，眞正能有影響力的不過廣東、江蘇、浙江與兩湖數省而已。

國民政府在外對列強、內須剷除軍閥的情形下，文化的、經濟的、社會的建設尚且爲次要問題，又何況是青年思想的誘導呢！中共卻不同，它在蘇聯及「第三國際」的支援下，上述的國家大事，旣有國民黨去對付和解決，如何奪取政權、刼收革命成果，便是中共的唯一目標。在這種情形下，收買青年成爲其黨徒，是當時中共的重點工作之一。

因此，看起來中共只是癬疥之疾，實際它利用國共合作（或稱爲「聯俄容共」），一方面吸收思想激進的青年發展組織，另一方面積極的搞「土地革命」、「農民暴動」就是以「革命」爲號召，最後星星之火終於燎原。

在這種情形下，像殷夫這樣的青年，自然是最好的吸收對象。這點，我們讀楊子烈的「張國燾夫人回憶錄」，描述她加入共產黨的情形，就可明白當時青年爲什麼左傾的原因了。

楊子烈就讀「武昌省立女子師範」時代，是一個思想新潮的女性，擧凡「放足」、「剪髮」、「示威」等都有她的份。當「武昌高師」演戲時，楊子烈等五、六個同學請假去看戲未能獲准，他們卻強行到「武昌高師」去欣賞話劇了。這件事的後果是開除學籍，並因此一事件引起一次罷課風潮。當然，鼓勵她們自由發展的國文老師劉子通，也被辭退了。楊子烈對這件事，有這樣的記述。她說：「校長先生錯了，他把學生自動剪髮、看話劇、要求撤換頭腦多烘的職員……都歸罪於劉子通先生。以爲辭退了劉先生，從此學生就會安靜、聽話了，從此天下就太平了。」結果呢！引起學生的反抗，最後這批開除的學生楊子烈、陳比南、夏之栩、莊有義等被當時收留在家中，請董必武、陳潭秋等人替他們上課，並從此開始左傾。她說：「這時候我們開始閱讀馬克思主義的一些小册子，對共產主義開始發生興趣。」結果是陸沉、陳潭秋兩人介紹楊子烈加入了共產黨❸，這是一個激進青年被中共吸收，思想逐漸左傾的一個模式。現存有的資料，沒有見著殷夫或有關於殷夫當時左傾的過程，想來也是與楊子烈的情形相去無幾的。史學家桑塔也納（Santa Yana）說：「不能從歷史獲得教訓的人們，必然使歷史重演。」雖然，我們從三十年代的檢討中，已獲得相當的教訓，可惜這種教訓未使我們聰明，對青年的因勢利導而言，做得還是不夠靈活。

寫到這裏，不禁擲筆三嘆。我們除了經濟這張王牌之外，其他如文化的建設，對青年的誘導，文藝的扶植等還有檢討的必要。

殷夫在家鄉讀完了應讀的學程之後，十七歲（一九二六）那年進入上海「浦東中學」讀書❹，

---

❸ 楊子烈著：「張國燾夫人回憶錄」，八四—九〇頁，一九七〇年七月，香港「自聯出版社」出版。
❹ 僞十四院校編寫組編著：「中國現代文學史」，三〇二頁，一九八一年六月，「雲南人民出版社」出版。

（一說爲十九歲，也就是一九二八年❺），中共自己招認，殷夫從這時起，就已經和共產黨發生了關係❻。民國十六年（一九二七）清黨後，於四月份被逮捕一次。那次被捕關了三個月，後由他大哥保釋出獄❼。

他在獄中，以被捕的經過爲題材，寫下「在死神未到之前」的五百多行的敘事長詩❽，發表在那裏，手頭缺乏資料，不甚了了。

殷夫是一個狂熱的共產黨黨員，事隔兩年，也就是民國十八年（一九二九）九月又鼓動「絲廠罷工」再度被捕，未久又被釋放❾。一再被捕，一再的對這個年輕的共產黨員寬大的釋放，可惜他並未覺悟，反而變本加厲，思想更加激烈。出獄後接編「列寧青年」❿，他已經變成一個無可救藥的共產黨了。

這時期他更「紅」了，寫了不少極左的詩，如「別了，哥哥」、「血字」、「五一歌」、「讓死去的死去罷」、「我們是年青（按，這是個別字，照抄原文）的布爾什維克」、「一九二九年

❺同❷。
❻同❹。
❼同❹。
❽王瑤著：「中國新文學史稿」上册，一六六頁，一九八三年十一月，「上海文藝出版社」出版，第二版版本。
❾同❽。
❿同❷。

的五月一日」等。同時在「左聯」的機關刊物「萌芽」、「拓荒者」、「巴爾底山」等刊物寫稿。

民國十七年他在上海「同濟大學」讀書，他攻的是德文。當時美國雖然也在國際事務上扮演重要角色，國力還在德國之後，英國雖也算強國，但當時已經退出遠東事務，遠東的利益由日本所取代。所以，當時德、法、英、日語同樣吃香，不像今天英語一枝獨秀。殷夫之學德語，足見他行爲雖偏差，選擇政黨也走了錯路，愛國的情操是不容懷疑的，問題是愛得不得法，走錯了一步，以致招來殺身之禍。這個對文學、對共產黨及其主義都有狂熱的信徒，假定他的政治道路走對了，也許前途未可限量。

殷夫也是魯迅的得意門徒之一。

說到這裏，我們要談一談周揚主持的「文總」所轄的「左聯」，爲什麼老是鬧糾紛。發生派系之爭的原因，周揚的跋扈，頤指氣使固使自認爲是「文藝老頭」的魯迅受不了，但是，魯迅培植年輕人，自成派系是周魯鬥爭的最重要原因。後來因統一戰線的需要，王明發表「八一宣言」後，肖三在解散左聯的信中，對「左聯」的關門主義有露骨的批評。

這個派系之爭，從民國二十幾年開始，魯迅去世並沒有止息，蕭軍的「文化報」事件、胡風的「反黨事件」、「丁陳集團反黨事件」，基本上都是周揚派與魯迅派當年在上海鬥爭的延續。

當時，柔石、馮雪峰、殷夫都是魯迅積極培植的年輕作家，蕭軍、蕭紅則是魯迅幫的東北流亡作家的另一支派，基本上，魯迅以馮雪峰、胡風爲大將，所以，中共竊得政權後，馮雪峰、胡風、蕭軍等都沒有當權，原因只有一點，他們不屬於周揚一派。由此看來，周、魯的派系鬥爭的激烈與時間的長久，可見一般了。

因爲魯迅認爲殷夫有些才華，有追求文學的狂熱，獲得魯迅的特別青睞與照顧。這點，可以由凡是魯迅有影響力的刊物，都刊有殷夫的作品這一點獲得證明。不過，殷夫在魯迅的面前，不及柔石得寵，也不及馮雪峰、胡風的重要，可是，殷夫的地位僅次於上述諸人。

何以見得呢？魯迅對於殷夫的作品，是政治的評價，而不是藝術的評價。

魯迅的此一態度，足以說明殷夫在魯迅心目中的地位不及柔石。魯迅與柔石除了文學愛好外，還有友情。由這裏來看，魯迅雖然在多次的爭戰中，不惜扭曲事實的歪纏，但對殷夫的評論，還未失去藝術品賞應有的良知。

魯迅替「孩兒塔」一書寫過序，那篇序言有這樣一段話：「這孩兒塔的出世，並非要和現在一般詩人爭一日之長，是有別一種意義在。這是東方的微光，是林中的響箭，是冬末的萌芽，是進軍的第一步，是對於前驅者的敬愛的大纛，也是對於摧殘者的憎恨的丰碑，一切所謂圓熟簡練，靜穆幽遠之作，都無須來作比方，因爲這詩屬於別一世界。」⓫魯迅的「推崇」實在是保留了後步的。

⓫ 轉引自劉綬松著：「中國文學史初稿」，三〇二頁。

試問：寫詩不和「一般詩人爭一日之長」，他要爭什麼？當然，魯迅意在言外，只看讀者怎麼讀了。那是「林中的響箭，冬末的萌芽，進軍的第一步」，換句話說，殷夫的作品只是「武器」或者「工具」。

不過這正是馬克思要求一切上層建築，爲「無產階級服務」的文藝，也與毛澤東後來在「延安座談會講話」的「文藝政策」不謀而合。這就是魯迅要有所保留，明捧暗貶的重要原因。作家的地位是建立在作品的質與量上，不過殷夫的「文學地位」，是建立在他是共產黨的「烈士」這一點是不容否認的事實。

詩不是口號，詩須要的是藝術性，別林斯基討論作品藝術性時，在「謝內依達・P——的作品」一文中說：「在眞正詩的作品裏，思想不是以教條方式表現出來的抽象概念，而是構成充溢在作品裏的作品靈魂，像光充溢在水晶體裏一般。」⑫他在論「亞歷山大・普希金的作品」一文中，也有同樣的主張。他認爲「藝術並不容納抽象的哲學思想，更不要容納理性的思想：它只容納詩的思想，而這詩的思想——不是三段論法，不是教條，不是格言……」⑬這意境是高格調的，不是過去以及當今所強調的「政治詩」、「政治小說」所可比擬。我一再的表示，文學不是

---

⑫ 華諾文學編譯組編：「文學理論資料滙編」上册，二七七頁，民國七十四年十一月，「華諾文化事業有限公司」臺一版。

⑬ 同⑫，二七八頁。

戲劇什麼，它是有自己的思想意識，或者說是哲學在內的，如一定要戲劇什麼的話，我想文學應當戲劇的就文學的哲學，乃是文學本身，在藝術化之後，傳達給讀者的感動。

殷夫的詩如何？前舉的一首仍無法看出他的全貌，讓我們再浪費一些篇幅舉他另一首短詩爲例，避免抽樣過少，評論失去準確性與公正性的毛病。

現在，讓我舉殷夫的另一首「拓荒者」，原詩如下：

我們把旗擎高，
號兒吹震天穹，
只是，走前去啊，
我們不能不動！

這就是中共極力吹捧的「烈士作家」的作品一般面貌，是在中共爲死者「選出來」的東西。既然是「選」，當然能代表殷夫，我不願加以評論，還是留給讀者去裁判吧！在劉綬松的「中國新文學史初稿」一書裏，一共引了殷夫的四首「傑作」，我已引了兩首，另兩首也不超過這範圍與水準。但劉綬松說：「讀殷夫的詩，我們感到激動，感到說不出的喜悅，同時也感到說不出對詩人的尊敬的心情。」⑭一位文學史家，這樣的評論，爲一個已經蓋棺者，如此下結論，

---

⑭ 同❶。

未免太輕率了。

我感到劉綬松是拿他的名譽、信用做賭注。雖然，劉綬松斷言，殷夫「會永遠的在文學史上放射着異彩」，鴻足泥爪都談不上，我敢下斷言，殷夫將在時間的巨靈下消失。他不是一個詩人，也不是一位作家，他只不過是一個呼口號者。

殷夫之死的經過與眞象，已在胡也頻和柔石兩人的評論中揭露，無須重複，中共對於剩餘價値，極善於利用，丁玲在「殷夫選集序」中，也有與殷夫的詩一般的口號。她說：「他的詩，僅僅在這能找到的二十多首中，我以爲每首都像大進軍的號音，都像鼙戰的鼓聲。我們聽得見廝殺的聲音，看得見狂奔的人羣。這戰鬥像泰山崩裂，像海水翻騰，像暴風驟雨，像雷電交鳴。我們感到被壓迫的人們的鬥爭決心，無產階級團結起來與統治階級的殊死戰的鬥爭。詩人的心是沉重的，是堅定的，是激烈的，詩人的風情是熾熱的，它緊緊的擁抱着抗爭的人們，他用力的握住眞理，……」⑮丁玲的這篇序，除了一大堆華麗的辭藻以外，看不出殷夫的作品到底有什麼優點，也看不出什麼詩的藝術，所以，只能說，殷夫的詩，是由一大堆激情的口號所組成。丁玲的序，倒說明了這一點。

我們從共產黨的「元老」中去檢討，眞正的無產階級絕無僅有，他們多數是過去的地主，士

---

⑮「殷夫詩文選集」、「丁玲序」，一頁，一九五八年，「人民文學出版社」出版。轉引自劉著文學史。

大夫階級。過去他們不屬於無產階級，相反的，屬於壓迫階級；而中共奪得政權，沐猴而冠以後，他們又一變而成爲吉拉斯所指的新階級，以少數寡頭統治多數無產階級、壓迫無產階級。他們成爲一個新的沙皇集團。

中共以「土地革命」爲號召，自民國三十八年以後，實行「三面紅旗」的所謂「總路線」，沒收了私有土地、房屋及所有的動產、不動產。在「統收統支」之下，一切都是「國有」，一切的支配權都屬於「國家」，但人民卻沒有參政權。

在中共來說，黨就是國，黨國是不分的，而「政權」卻全部掌握在共產黨黨員手裏，所以，生產分配，財政支配，土地運用等等都屬於共產黨。如丁玲所說殷夫反壓迫這一點是對的話，假定殷夫還活着，他必然要反共了。經過數十年的統治，共產黨成爲大地主、大財團的主人，無產階級是多數被統治者，殷夫如地下有知，不知作何感想？老實說，殷夫只是一個無知者的悲劇。

柔石冤死

中共「六屆四中全會」，於一九三一年元月七日在上海召開，柔石被政府逮捕槍決於上海龍華警備總部內，與這次會議的國際派與土共派鬥爭有密切關係。

為了容易明白那次鬥爭，就不能不從國際派的形成，做一項簡略的敍述。第三國際認爲中共在奪取政權的「革命」一再失敗，乃是中共的領導階層軟弱的緣故，尤其是對陳獨秀等一批老的共產黨領導階層，早爲史大林所不滿，爲了達到「東方革命」，爲赤俄打開東方出路「政策」早日實現，不僅要把老的一批中共領導人，從中共的領導階層中拔掉，而且要培養一批由「第三國際」直接訓練出來的幹部，接替土共的領導才會有實現俄共打通東方的政策。

爲了國際共產黨實現所謂世界革命的野心，莫斯科早在中共成立前就由「東方大學」訓練各國共產黨，一九二一年又設立中國班，學生多數是中共的黨團員，早期學生有劉少奇、彭述之、任弼時等人❶。　國父去世，蘇聯爲紀念　中山先生，另設「中山大學」，學生達千人之多。這

❶張國燾著：「我的回憶」第二冊，七九五—七九七頁，一九七四年，香港「明報月刊」出版。

所「大學」也是訓練中共幹部場所之一，其外，俄國的步、炮、工兵學校，列寧格勒的「軍政大學」也都設有中國班，訓練中共及國民黨的幹部，從這些學校畢業的人爲數不少，僅馮玉祥就曾送過三百名下級軍官去俄國受訓。「中山大學」的校長是拉狄克，爲一托派，米夫是副校長，爲史大林派❷。兩派鬥爭的結果，最後米夫勝利。米夫把拉狄克鬥倒之後，繼拉狄克任「中山大學」校長，另外米夫還兼任「共產國際東方部的中國部部長」。中國的禍源，與這人有密切關係。

這所學校在國民黨清黨後，「中山大學」即發生清除「國民黨分子」的報復鬥爭；國際共黨恰在這時也反陳獨秀，因而又展開反陳派的鬥爭，後來由於米夫及「學校支局部」歧視中國學生而發生不滿，不少人向「共產國際」及「俄共」控告米夫，發生了一場不小的鬥米夫鬧劇。

關於這段歷史，我們且看楊子烈（張國燾的太太）在「回憶錄」裏的記載就會明白。

楊子烈在「張國燾夫人回憶錄」裏，有如下的描寫，玆引錄原文如下：

我們走上石階，看見大禮堂門關著，從門縫裏伸出一個人頭，向我們招手，意思是要我們進去。

大禮堂內黑厭厭（按：為原文）地坐滿了人。之華（按：即瞿秋白的第二任太太楊之華）

❷同❶。

和我低著頭彎著腰、小心翼翼的走入。找著坐位，擡頭一看，只見張聞天、秦邦憲、王稼祥（按：皆為米夫的學生，是所謂二十八宿的成員）等都坐在主席臺上。站在主席臺講話的是支部局書記柏爾金同志。他是校長米夫的重要助手，一個年輕的俄國人，瘦而長，昂著頭，氣沖沖的經過翻譯說：「剛才××同志說支部局辦事有官僚架子，說我態度傲慢……這是一種侮辱，這完全是反對支部局，這也就是反黨。」

「什麼？反黨？你就是黨？……」坐在下面的人大嘩。

「同志們！靜一點！有話一個個站上來講。」秦邦憲呼喊。

「主席，我有話講。」李劍如，俄文名叫阿拉金，站起來舉手。

「你講！你講。」

「同志們，剛才柏爾金同志把我們善意批評支部局的錯誤，批評他對中國同志的傲慢態度和一副冷靜面孔以及辦事官僚架子等等。他不但不虛心接受，承認錯誤，反侮辱我們反黨。硬給我們扣上一頂反黨的大帽子，『真是豈有此理！這頂帽子我們決不戴。同志們！我們把這頂帽子還給柏爾金同志。』」❸

這樣的鬥爭，是在「中共六中全會」召開之前就已在暗中滋生，直到「六中全會」在俄國召

---

❸ 楊子烈著：「張國燾夫人回憶錄」下冊，二二三—二二四頁。一九七〇年七月，「自聯出版社」出版。

開後，因中共內部派系傾軋表面化才爆發開來的。「中山大學」自國民黨清黨後，史大林就處心積慮的想徹底控制中共，對老一代的共產黨員是辦不到的，因此，史大林透過他的死黨米夫培養新的勢力，那些人就是前揭張聞天、秦邦憲、王稼祥等人。後來這個大學的派系鬥爭，在米夫策動和所謂「二十八宿」的協助下，積極支持柏爾金，鬥爭終告平息，「二十八宿」經過這鬥爭，也被史大林「欽定」爲「布爾什維克」了。❹

中共所謂「立三路」、「調和派」、「冒進主義」與「左傾機會主義」種種鬥爭，實際上都來自克宮。楊子烈說：「原來史大林早不滿意中國老一輩的領導人如陳獨秀、張國燾、瞿秋白等，認爲他們個性倔強，不肯俯首貼耳，言聽計從。中國革命失敗，他不責怪自己和『第三國際』的錯誤，而責怪陳獨秀等。現在老的幹部都不行了，必須培養一批新的幹部，他們培養的便是以陳紹禹爲首的所謂二十八個布爾什維克。他們大半會俄文，同他們講什麼都方便。將來回中國，中共中央領導權落在他們手裏，一切都好辦了。」❺果然在莫斯科的鬥爭，延伸到了中國。

楊子烈是親自參加這次鬥爭的成員之一，雖然只是一些回憶，作者寫「回憶錄」時已經六十八歲（楊子烈一九〇二年生，回憶錄出版於一九七〇年，他是一九四九年六月開始陸續寫作，用

---

❹同❸。
❺同❸，二三五頁。

去將近十年時間才完成），可信度應當很高。

在莫斯科的鬥爭結束，「二十八個什維克」陸續回到上海，在「第三國際」的操縱下，一九三一年元月七日「中共中央」在上海召開「六屆四中全會」，「王明左傾機會主義路線在全黨取得統治地位」，等於把在莫斯科的派系鬥爭延伸到中國境內的共產黨了。❻

這次全會，「中共中央」人事大幅更迭。那次所產生的「中央政治局」委員（候補委員）共十六人，爲向忠發、項英、陳雲、盧福坦、陳郁、徐錫根、關向應、羅登賢、顧順章、周恩來、張國燾、趙容（康生）、任弼時，秦邦憲（博古）等人；向忠發任「政治局常委會」總書記，陳紹禹兼江蘇省委書記，周恩來爲軍事部長，趙容爲組織部長，另外加上秦邦憲等五人，組成「中共中央書記」處，爲中共當時最高決策機關。王稼祥（又名稼薔）、張聞天爲候補中委，張聞天且任「中共中央宣傳部部長」❼。由這張名單來看，莫斯科的鬥爭已經勝利，而且史大林培養的幹部，已經直接控制中國共產黨，史大林的願望已逐步的實現。留俄派的勢力正是如日中天，土共派的何孟雄圖反抗國際派，中共中央分裂，李偉森、胡也頻在何孟雄的領導下，於元月十七日

---

❻ 馬良春、張大明編：「三十年代左翼文藝資料選編」，五三頁，一九八〇年，「四川人民出版社」出版。

❼ 葛永祥著：「中共叛亂史」，一〇二頁，民國六十二年八月，「蘇俄問題研究社」出版（這本書由作者自己發行）。

在上海「東方大飯店」召開會議時，由於國際派的出賣而被捕一事，已於寫胡也頻時提及，此處不再贅述。

那次被捕的「左聯」成員，共有李偉森（求實）、柔石、胡也頻、馮鏗、殷夫等五人，並於二月七日在上海龍華槍決。這件事柔石等人雖然被政府槍殺，卻是死在共產黨的派系之爭，嚴格的說，他們都是死於自己「同志」的出賣。

中共對付自己的同志，只要是有其必要，總是心狠手辣，周恩來在同年謀殺中共第一代特務頭子顧順章全家，就因爲顧順章在被捕後供出了中共在上海的秘密，而採取的報復行動。所以柔石的被犧牲，也就不足爲奇。

我之所以用那麼多篇幅，敍述這一段歷史，爲的是柔石的死是出自共產黨人的出賣，也是爲了讓人們明白，共產黨對於自己同志，只講利害，沒有什麼道義可言。關於這一點，中共的老祖宗之一的張國燾和他的妻子楊子烈的回憶錄，有詳細的描寫可以覆按，此處不必再細說了。

柔石原名趙平復，號稱「左聯五烈士」之一。

生於一九〇二年（光緒二十八年）九月二十八日，浙江寧海縣市門頭人。因爲家境不十分寬裕，父親是個小商人，所以到民國元年才讀書，那時他已經十歲，是較晚上學的人。民國六年（一九一七）畢業於縣城「正學小學」，次年考進「浙江第一師範」，與魏金枝、馮雪峯都是同學，魏金枝生於一九〇〇年（光緒二十六年），大柔石兩歲，馮雪峯生於一九〇三年（光緒二十九年），小柔石一歲，如果不同班至少也是前後期同學。一九二三年柔石「第一師範畢業」後，很想幫助他的妻子讀書，乃於次年到慈溪縣「普廸小學」當教員。

從這時候起，柔石已經開始了他的創作生涯。

柔石天生是一個活躍分子，讀師範的時候就參加了「晨光社」❽，一九二五年之前就由「華升書局」出版了他的第一本短篇小說集「瘋人」，那時他不過是二十二到二十三歲，創作開始得相當早。

他的家庭雖然很苦，卻不能安於現實，不滿於小學教員的職位，乃於一九二五年離職到北平去闖天下，在「北大」旁聽，曾選魯迅的課，而與三十年代的文學教父有「師生」之誼❾。這時正是丁玲、胡也頻、沈從文也在「北大」旁聽的時候。

當時他們是否認識，沒有資料可以證明，不過就他們都選魯迅的課這點來看，很可能在北平他們就是舊識，所以「左聯」成立後，丁玲與胡也頻從北平到上海，很快就成爲「左聯」的臺柱，是否與柔石有關，難以證實，我們只是想當然的這樣臆測罷了。

柔石在北平的時間不多，因爲北平昂貴的生活費用，使他負擔極重，所以一九二六年春就回

---

❽「中國文學家辭典」第二分部，七一八頁，一九八二年，「四川人民出版社」出版。

❾同❽。

到浙江了。

這趟「鍍金」並不是全沒有收穫，從北平回到浙江，他受聘爲「鎭海中學」教員。翌年暑假，回寧海，被聘爲「寧海中學」教員，沒多久，又當上「教務主任」，旋卽任寧海縣教育局局長，職務的調整是三級跳，這時他不過是二十五歲，算得上是少年得志。

此一時期的柔石，雄心萬丈，在寧海教育局長任內，雖然一年不到，他也曾積極募款籌建「寧海中學」的校舍，希望有一番作爲，可是他參加一九二八年四月「寧海暴動」，但這一暴動也同南昌、兩湖秋收暴動一樣的失敗了，結果是「寧海中學」解散，他只好隻身逃到上海⓾。

在寧海的這段時間，他完成了長篇小說：「舊時代之死」，這本書由上海「北新書局」出版。那是一九二九年的事，「北新書局」已經「左傾」，發行人爲李曉峯，筆名YD，江蘇江陰人，「北大」畢業，與羅家倫、傅斯年等爲「新潮社」同仁，一九二八年「北新書局」遷到上海時，李曉峯是經理⓫。是不是柔石在「北大」旁聽時，就已經與李曉峯認識呢，還是到上海才見面，不甚了了。以當時的情形是，左傾作家的作品，多數由左傾的書店出版，他能在「北新書局」出版長篇小說，至少他們有相當的關係是可以肯定的。

⓾ 李立明著：「中國現代六百作家小傳」，一〇七頁，一九七八年七月，「波文書局」出版。

⓫ 鄭學稼著：「魯迅正傳」，四一二頁，民國六十七年七月十五日，「時報文化公司」出版。

因爲清黨的關係，魯迅也已經遷到上海，柔石就是投奔魯迅的，一九二八年十二月進入魯迅的「雨絲」當編輯，同時辦「朝花社」，出版「朝花週刊」，銷路不好，也沒有甚麼地位可言，不過魯迅對柔石甚有好感。

柔石逃到上海，就住在魯迅家附近，鄭學稼先生說：「此時（按：指一九二八年四月以後）認識魯迅，住魯迅家附近，並爲魯家常客。他常伴魯迅外出，又常同在食堂便飯。」⑫不過鄭先生可能有誤，柔石認識魯迅可能在北平，已見前述，否則他不會在寧海暴動失敗後，逃到上海一下子就找到了魯迅。而且又住在魯迅家附近，柔石只是一個年輕的作家，怎能成爲「文藝老頭」家的「常客」呢？

馮雪峯雖然與魯迅的關係相當密切，並且成爲魯迅一派的大將之一，但馮雪峯與魯迅的交往，還是柔石介紹的呢！事情是這樣的：馮雪峯與柔石是「浙江第一師範」的前後期同學，同時又是「晨光社」的社員，當一九二八年共產黨到處暴動惹禍的時候，馮雪峯在家鄉教中學，被浙江省通緝，十一月才逃到上海，經柔石帶他去看魯迅，才與魯迅認識，那是一九二八年十二月一日的事了⑬。馮雪峯回憶與魯迅第一次見面的情形時說：「魯迅先生的老規矩，對於初見面的人話是極少的。柔石把我帶去了以後，他自已有事就先走了。魯迅先生除了回答我的問題以外，就

⑫ 馮雪峰著：「回憶魯迅」，一一二頁，轉引自鄭著「魯迅正傳」四一二頁。

⑬ 同⑪，轉引自鄭著，四一三頁。

簡直不說什麼話，我覺得很侷促，也很快就告辭了。」[14]兩個月後柔石替馮雪峯在魯迅家附近找到房子[15]，與魯迅的往來就更密切了。

一九三〇年魏金枝也與魯迅見了面，「浙江第一師範」的這三個共產黨校友，就經常與魯迅一起飲宴交遊了。魯迅在日記裏有這樣的記載：「魏金枝自杭州來，夜同往興亞夜餐，同坐又有柔石、雪峯及其夫人，歸途有形似學生三人，追踪甚久。」[16]那麼，魯迅當時已經對這三個左傾的年輕人的背景有所了解，要說魯迅不是共產黨，是什麼？就算不是黨員，也已是同路人了。

柔石於一九二三年「浙江第一師範」畢業，到一九二七年就當了教育局長，僅僅四年時間，爬得夠快了，我懷疑當時還在教育部任職的魯迅，是否幫了柔石，不得而知，雖然那時魯迅還領教育部的乾薪，有沒有說話的力量，也是問題；不過魯在教育界打滾了不少時間，總有幾個舊識，他不一定能直接幫忙提拔，間接幫助柔石是有其可能的。

關於寧海的暴動，柔石曾預聞其事[17]，便不得不逃走。於一九二八年逃到上海，經魯迅的介紹，於十二月接編「雨絲」，並辦「朝花（華）社」，出版有「朝花週刊」、「朝花旬刊」、

[14] 同[11]，四一三頁。
[15] 魯迅著：「一九三〇年三月二十日日記。」（摘錄鄭著）
[16] 「十四院校編寫組」編著：「中國現代文學史」，三〇六頁，一九八一年六月，「雲南人民出版社」出版。
[17] 魯迅著：「柔石小傳」。

「藝苑朝花」等三種刊物，都由柔石主編務。週刊只出二十期、旬刊十期、「藝苑朝花」只出五本就結束了。據魯迅說：是因代售者不付書款，力不能支而告結束。

這裏有個小插曲，也許可以幫助我們解開這個謎題。似乎李小峯到了上海後，因版稅問題與魯迅鬧得不大愉快。鄭學稼摘魯迅一九二八年日記說：「每月『北新書店』老板分兩次或三次給與版稅，每次百元，全年共二千一百元。一九二九年李小峯由正月至八月十二日止給魯迅版稅十三次，共一五五〇元，另『奔流』編輯費共一八〇元，『北新書局』從未結算版稅，他於八月十二日寫信給李小峯『告以停編奔流』。下午他訪友松，家斌邀共同訪楊律師。翌日，兩人來委託以向『北新書局』索取版稅之權，並付公費二百。夜家斌來告與律師談條件不諧，以泉（按：爲魯迅慣用的錢字）見返。十五日，小峯送版稅泉百元，卽還之。夜小峯來，未記所談情況。二十三日夜訪楊律師，翌日得楊信。二十五日午後，同黨修甫到楊律師寓，商議版稅事，大體俱定，列席有李志雲、郁達夫共五人，雖然未記談妥條件，所議大概如此，由過去發行實況，算清版稅，分期還清，以後書籍，貼版稅印花。二十八晚，小峯來，由達夫、茅盾作證，計回收費用五四八・五元。九月十一日以印花約四萬枚送交楊律師，以後魯迅書須貼版稅印花。二十一日午楊律師還訴訟費一百五十元，交『北新書局』版稅二千二百元，卽付辦理費百十元，卽抽百分之五。十月十四日楊律師來，交『北新書局』版稅二千二百元，卽付手續費百十元，十一月二十二日楊律師來，交北新書店三次版稅共一九二八・四一七元，十二月二十五楊律師交北新書店第四次版稅一九二八、四一七元，至此舊欠訖。除了北新版稅，還有『奔流』編輯費五百元。」⑱以上是鄭學稼先生摘自魯迅日記，來計算魯迅在上海的收入部分。由這一段記載來看，魯迅與「北新書局」，也就是他的學生李小峯自一九二八年，至少從一九二九年元月起，爲版稅（也就是泉）鬧得要動用律師了，足見其關係的惡劣程度。另外也可以看出，楊律師的律師費，並非一次給付，而是按所索得的版稅抽成。

「朝花社」的書刊是否交給「北新」發行，不得而知。

當時「北新」與「開明」、「生活」鼎足而三，但「北新」給付作家的版稅，卻有賴帳之嫌，可見得當時的出版界，能逃漏版稅就逃漏，一如今天然。在臺灣曾有一段時間特別暢銷的書，貼有作者的印花。著作發行貼印花，是不是就由魯迅與「北新書局」的這次糾紛開始，待考。不過這件事足以說明當時魯迅的收入情況，及他的書的銷路情形的一般實況。

現在讓我再來談柔石。

柔石對北歐、東歐的文學可能有偏好，也可能是中共分配的任務，上述刊物，包括「雨絲」在內，當時都以介紹東歐、北歐的文學、藝術（如版畫）爲主。

他的文學地位因有魯迅的提拔，很快竄升，一九三〇年春天，宋慶齡等在上海發起「自由運

⑱ 同⑫，五六五—五六六頁。

動大同盟」的時候，柔石已是發起人之一[19]。當時這個「同盟」也是以「爭取民主」、「爭取自由」、「保障人權」爲其「宗旨」，後來發現，根本是中共的外圍組織。同年三月「左聯」成立時，柔石又是「基本構成員」之一。不僅如此，他還被選爲「執行委員」兼「常務委員會編輯部」的主任，五月以「左聯」代表的資格參加「全國蘇維埃區域代表大會。」[20]由這些活動可以看出，柔石的地位相當高。胡也頻也當選了那次大會的代表。

由柔石的這些活動來看，他似乎早已是一個標準的共產黨員，但魏金枝所寫「柔石小傳補遺」中說：「柔石參加共產黨，也是在一九三〇年五月間」[21]的話來看，他在寧海暴動，以及兩個中共外圍組織發起之前，他都站在關鍵的位置上，何以要到一九三〇年五月才入黨呢？但是魏金枝是他的同鄉同學，又是好朋友，他的話應當可靠、可信才對。就他的作爲來印證魏金枝的話，顯然魏的記憶恐怕有誤，我懷疑柔石應當是一個老黨員，入黨比魏金枝所說還要早，否則他沒有資格在「左聯」內當權，也不會當選「區域會」的代表，更不會在一九三一年元月七日「四中全會」的鬥爭中被捲進國際派與土共派的紛爭裏去。

---

[19] 同[18]。

[20] 同[18]。

[21] 魏金枝著：「柔石小傳補遺」。

魯迅對柔石有特別感情，中共所謂「五烈士」中，丁玲寫「胡也頻」、阿英寫「殷夫小傳」、柔石的小傳則由魯迅執筆。那時魯迅已到了「一語定千秋」的地位，他肯爲柔石寫傳，關係非比尋常。所謂「壯烈就義」，柔石被打了十槍才畢命㉒。那個槍手也太拙劣了。

從一九二四年在「普迪小學」當教員，他出版第一本小說「瘋人」（寧波「華升印局」），一九二九年上海「北新書局」出版「舊時代之死」、上海「水沫書局」出版「三姐妹」、上海「春潮書局」出版「二月」，一九三〇年「商務印書館」出版「希望」；「國光神州社」出版譯著「浮士德與城」，一九三四年「商務」出版「頹廢」，另外有「丹麥短篇小說集」、劇本「盜船中」、「革命之妻」（均刊於「奔流」）。從一九二四年到一九三四年共約十年時間，他創作與翻譯都非常豐富。他死時才三十歲，如果他不涉及共產黨，而又能像魏金枝活得那麼長，柔石的成就是未可限量的。

魯迅在「爲了忘卻的紀念」一文中，對柔石有深入的描寫可以覆按。

他被槍決時，留有年輕的妻子和二子一女，他這一死，也算是禍延子孫。也許作家在共產黨所造成的數十年動亂，使他們生活在夾縫中眞是一種悲劇。尤其是青年迷惑於馬克思主義，造成了更多的悲劇。魯迅在「爲了忘卻的紀念」一文中說：「我又沉重的感到我失掉了很要好的朋

㉒ 同⑰。

友。」㉓由這裏，足見魯迅與柔石之間的友情是多麼的深厚了。

在柔石的這些作品中，魯迅最推崇「二月」，這個中篇小說，是柔石的代表作，另外一篇被中共「史家」所推崇的是「奴隸的母親」。

魯迅在「二月小引」一文中，對「二月」做了如下的評價：

濁浪在拍岸，站在山崗上者和飛沫不相干，弄潮兒則於濤頭且不在意，惟有衣履尚整，徘徊海濱的人，一濺水花，便覺得有所沾濕，狼狽起來。這從上述的兩類人們看來，是都覺得詫異的，但我們書中的青年蕭君，便正落在這境遇里。他極想有為，懷著熱愛，而有所顧惜，過於矜持，終於連安住幾年之處，也不可得。他其實並不能成為一小齒輪，跟著大齒輪轉動，他僅是外來的一粒石子，所以軋了幾下，發動聲響，便被擠到佛山——上海去了。

他幸而堅硬，沒有變成潤澤齒輪的油。

但是，瞿曇（釋迦牟尼）從夜半醒來，目睹宮女們睡態之醜，於是慨然出家，而霍善斯坦因以為是醉飽後的嘔吐。那麼，蕭君的決心遁走，恐怕是胃弱而禁食的了，雖然我還

㉓ 原文收入魯迅著：「二心集」。

無從明白其前因，是由於氣質的本然，還是戰後的暫時的勞頓。

魯迅在不知所云了半天之後，終於說出了他想說的主題。他是在想捧柔石，在無話找話：

我從作者用了工妙的技術所寫成的草稿上，看見了近代青年中這樣一種典型，週遭的人物，也都生動，便寫下一些印象，算是序文。大概明敏的讀者，所得必當更多於我，而且由讀時所生的詫異或同感，照見自己的姿態吧[24]？

魯迅的這篇序，我們除了看到他的油滑外，並沒有談到「二月」在技巧上、主題上、行文上有甚麼優點，不過「二月」的主角蕭潤秋所受的折磨，確然是前揭中國人的悲劇，這個悲劇的源頭，我們找來找去，卻是共產黨自己所造成的。這眞是不幸。「二月」曾經改編成電影「早春的二月」，後來卻被鬥爭。同樣的作品，所受的待遇不同，由此，我們可以看出，中共對文學作品的好壞，不是建立在永恆的藝術價值上，而是建立在中共的需要。中共的文藝「政策」、文藝「批評」以及「文史」都可以作如是觀。

這個論斷，我們可以由魯迅自己的矛盾獲得結論：他在廣東「黃埔軍官學校」演講時說：「在這革命地方的文學家，恐怕總喜歡說文學和革命是大有關係的，例如可以用這來宣傳、鼓

---

[24] 轉引自劉綬松著：「中國新文學史稿」，二九三—二九四頁。

吹、煽動、促進革命和完成革命，不過我想：這樣的文章是無力的，因爲好的文藝作品，向來不受別人命令、不顧利害、自然而然地從心中流露的東西；如果先掛起一個題目，做起文章來，那又何異於八股？在文學中並無價値，更說不到能否感動人了。爲革命起見，要有革命人、革命文學倒無須急急（按：恐有錯誤）革命人做出東西來，才是革命文學。」㉕可是魯迅在三十年代做的全是「革命」文學，而且向中共投降，投降之不足，而做奴隸，做奴隸之不足，而在奴隸總管的鞭子之下揮舞他那枝「戰鬥的筆」呢㉖：這實在是言不由衷，魯迅的二元人格由此可見。他對柔石的「革命推崇」，卻要另一批人解除武裝，這就是魯迅的一貫手法。

不管如何，柔石死得太早，雖然劉綬松把他的「奴隸的母親」與魯迅的「祝福」比美㉗，終究在共產黨的派系鬥爭中，犧牲了這個看來頗「有前途」的作家。如天假以年，柔石也許會有一點成就，不過中共是把柔石當成「烈士」來歌頌的，我們只能把柔石看成文藝芽，到底能否開花結果，未可預料，須知有很多人是「小時了了，大未必佳」，對於柔石，我們也只是留下個紀錄而已。

㉕ 曹聚仁著：「魯迅評傳」，九〇頁，民國七十一年十一月，「瑞德出版社」出版。

㉖ 見魯迅：「答徐懋庸的信」。

㉗ 同㉔。

巴金的矛盾

蒐集巴金的資料已經盈尺，不過，雖然陸續讀了一些，總是零星和片斷的。

關於「細說三十年代文學」這個欄，過去寫的順序，是本著人物的關連性作爲順序，譬如：寫完了蕭紅，接著寫蕭軍與端木蕻良；寫完丁玲以後寫沈從文與胡也頻，這個原則，沒有特別的用意，只爲了撿取資料的方便，節省一些時間與精力，同時也使讀者能從相關的人物中，獲得一個較有系統的印象。

寫了瞿秋白以後，勢必重新開頭。過去，我寫的人物中，並不以知名度爲優先順序。我以爲名氣大的作家，報章雜誌介紹與評論的已經不少，像魯迅這樣的人物，已有傳記的專書，重新去寫，跳不出前人的臼窠不說，也很難以少數的篇幅來介紹與評論。

這些人的作品多，寫起來也相當費力，因此，揀容易下筆的寫，一方面逐漸深入三十年代的活動中，另一方面留下時間來蒐集作者的原著。我以爲要評一個作家，必須從他的作品入手，否則，只是拾人牙慧。

頭，基於這個觀點，當我寫沈從文的時候，曾經讀過他不少書，甚而他的服裝史。關於這方面，翻版商倒是提供了不少材料。

當我開始動手整理巴金的資料時，我發覺這個工作已不輕鬆，但是，我細讀了名家的評論，並做了一大堆卡片，又讀了他的幾部重要著作後，我發覺巴金是一個很複雜的人。

這些準備的工作完成時，我發現巴金的人生是極其曲折有趣，人格與文格也都不統一。譬如說：一九四九年以前的巴金，只是一個純粹的作家，兼做一些編輯的工作；可是，一九四九年以後，中共竊得政權，巴金卻不幸的捲進政治漩渦裏，如一片浮萍，不由自主的浮沉。又如「文化大革命」前，他努力表現做一個聽話的「子民」，中共要他統戰就去統戰，要「文藝大躍進」就「文藝大躍進」，絕無反抗與不快。一九五二年到韓國前線訪問❶，率領「文聯」的創作組到北韓去蒐集寫作材料❷，回來後，寫了「生活在英雄們的中間」、「大歡樂的日子」、「傾吐不盡的感情」、「英雄的故事」、「保衞和平的人們」、「明珠與玉姬」、「新聲集」、「賢良橋畔」等，大多數屬於韓戰的「歌德」作品❸。直到「文化大革命」打入「牛鬼蛇神」的行列，關進

---

❶ 丁望著：「巴金」，民國六十六年五月八日，「中國時報・人間副刊」。

❷ 夏本清著：「巴金的覺醒」，民國七十一年二月，「大陸觀察」，四二頁。

❸ 玄默著：「巴金的命運」，「中央日報」副刊。

「牛棚」❹，一九七八年十二月十七日才獲得「平反」❺，經過了八年的折磨之後，巴金始有所覺悟，而要向「良心」負責，要「說眞」話。

「四人幫」失去了毛澤東的保護以後，華國鋒終於翻臉無情的把江青一班人拉下馬來，巴金拜共產黨要把一切失敗、一切罪惡都往「四人幫」身上推之賜，終於獲得「平反」。並且，爲了暴露「四人幫」的罪惡，凡是控訴其罪行的作品，在海內外都允許刊出。巴金從一九七八年十二月十七日開始，在中共香港的「大公報」副刊「大公園」上，不定期的寫「隨想錄」這個「專欄」❻。

在這個「專欄」裏，以寫「文革十年」爲範圍。在開章篇「對讀者講最後的話」裏說：

> 我年過七十，工作的時間不會多了……我不想多說空話、多說大話，我願一點一滴地做點實在事情，留點痕迹……因此，我準備寫一本小書：「隨想錄」……這些文字……不是四平八穩，不痛不癢，說了等於不說的話，寫了等於不寫的文章❼。

---

❹「牛棚」一詞，泛指「文化大革」期間任何囚禁「犯人」的地方。

❺滕繼田著：「追記巴金巴黎行」，民國六十八年十月十日，「人權論壇」一卷一期，二三頁。

❻翰健著：「隨想與現實」，民國六十八年六月二十一日，「聯合報」副刊。

❼巴金著：「隨想錄」，一九七八年十二月十七日，香港「大公報・大公園副刊」。

寫甚麼留點痕迹的作品，又說了些甚麼狠話？他在「長官意志」一文裏說：

我記得一九七五年徐某某忽然心血來潮，說出版社的任務首要是「出人」。出版社不出書，却要出人，那麼學校幹什麼呢？可是徐某某是「長官」，大家都要學他的「新提法」。本來是胡說，一下子就變成了「發展」。「三突出」、「三陪襯」等等的「三字經」不也是這類胡說嗎？想想看，一個從事創作的人，發明了種種的創作方法來限制自己，等於在自己的周圍安置了種種障礙，除了使自己「行路難」之外，還會有什麼樣的效果呢？又如張春橋過去大吹「寫十三年」的「高見」，北京有人剛剛表示懷疑，他就大發脾氣。他在上海的時候，你要反對「大寫十三年」，那可不得了。其實誰也知道這種「高見」並不高明，也無非使自己的路越走越窄而已。我還記得還有一位主張「寫十三年」的「長官」，有人請他看話劇，他問：「是不是寫十三年的？寫十三年的，我就去看。」不幸那齣戲偏偏比十三年多兩三個月。他一本正經地說：「不是寫十三年的，我不看。」……雖然請看戲的人和被請看戲的人都已離開人世，但那位只看「寫十三年」的人因為是「長官」，人死了餘威猶在，還可以嚇唬一些人。的確有一些人習慣了把「長官意志」當作自己的意志，認為這樣，旣保險、又省事。所以張春橋和姚文元會成為「大理論家」，而在上海主管文教多年的徐某某也能冒充「革命權威」。當然這有許多原因，張、姚二人五十年代就是上海的兩根大棒。難道這和「既保險，又省事」的人生哲學就沒有一點關係嗎❽？

不錯，巴金是說了一些眞話，他這篇文章裏，坦誠當年批評柯靈的「不夜城」是受了葉以羣的指使所寫的「遵命文學」，是怕葉以羣「組織」❾不動他而受處分，「有條件」（不寫電影名稱與編劇）的寫了，並且，到越南去之前，又到柯靈家去說明寫批評的事，可是，他卻說不出道歉的話❿。當然，那是「文革」以前的事，是巴金在共產黨鞭子下跳舞的時代，要做好共產黨的喇叭，要做好共產黨的順民的時代。不過我們也可以看出巴金想兩面討好的行爲。

即以前引的「隨想錄」的作品而言：「隨想錄」是巴金獲得平反後，批評「最激烈」、說話「沒有顧忌」的作品，因而認爲巴金回復眞我，受到世人重視與尊敬的一些作品。

普遍有一印象，認爲巴金的脊椎骨眞的硬起來了。

其實不然，這是對巴金不了解，也沒有深入研究「隨想錄」的結果。因中共對巴金的迫害而

❽ 同❼：發表日期不同。
❾「組織」：中共慣用語，卽說服、發動、勸說的意思。
❿ 巴金著：「長官的意志」。葉以群是「上海文聯」的書記，奉「上海宣傳部」；也就是「上海中國共產黨」之命，要求葉以群「動員」巴金鬥批評柯靈。

一度在一九七五年法國漢學家保羅．巴狄教授發起，經二十九位法國教授連署一份題爲「諾貝爾文學獎應頒給中國作家」的宣言⑪，這就是傳出巴金第一次獲得推薦爲該獎的候選人的事，一九八五年法國再度推薦，頒獎前夕，「聯合報」副刊曾加以報導，未料此項文學獎的最高榮譽卻頒發給法國知名度不高的克勞德．西蒙（Claude Simon），他是一位拒絕傳統觀念的作家，「路透社」的電訊中說：「一九八五年諾貝爾文學家頒給前衞作家，使大家的焦點都放在這位作品連本國也所知無幾的作家身上。」⑫巴金的諾貝爾的夢再度落空。

巴金確然是全中國作家在國際上，知名度最高的作家之一，一九八二年四月義大利曾將「但丁國際文藝獎」頒給巴金⑬，一九八三年五月法國總統米特蘭訪問大陸時，曾將「法蘭西共和國榮譽勛章」在上海頒給巴金，此項頒獎儀式是在五月七日舉行，當時曾舉行盛大的酒會⑭，他的確享有國際上的聲譽，但與獲得諾貝爾獎還有一段距離。

他的致命傷是並沒有眞正的覺醒，卽使寫了「隨想錄」之後，仍然是一位不折不扣的「遵命文學家」，沒有脊椎骨，文格也不統一。以中共「文革」時期對他的迫害，他的確受到了人間最

---

⑪ 鄭樹森著：「巴金與諾貝爾文學獎」，「時報雜誌」。

⑫ 一九八五年「路透社」法國賽爾斯十八日電。

⑬ 姚思著：「巴金隨想錄和他筆下的文友」，民國七十一年四月二十日，「民生報」。

⑭ 「天文臺」，「法國授勛給巴金有感」，民國七十二年五月二十五月消息。

大的苦難，但他並沒有因此而眞正的反抗共產黨的邪惡統治，仍然以他的一枝筆替共產黨及其政權服務。恐怕這是他在法國友人大力支持下，兩度成爲諾貝爾獎候選人，又兩度落選，而且，也與該獎絕緣的重大原因。

對於巴金之批鬥柯靈，我們可以解釋成情非得已，惟在情非得已的環境下，能夠不屈服，才能表現一個人的氣節，但是，很不幸，巴金屈服了。對於這一點，他曾經有自己的說法，他說：「那是一九六五年六月我第二次去越南採訪前葉以羣同志組織我寫的，當時被約寫稿的人還有一位，材料由以羣供給，我一再推辭，他有種種理由，我駁不倒，就答應了。後來，我又打電話去推辭，仍然推不掉，說是宣傳部的意思，當時的宣傳部長正是張春橋。我隱隱約約地感覺到以羣自己也有困難，似乎有些害怕。當時說好文章不提『不夜城』編劇人柯靈的名字。」表面上寫這篇文章，是爲了葉以羣的困難，如不寫，葉以羣就過不了關，但他卻沒有想到他寫了，柯靈就在水深火熱之中，他們兩人中，總有一個人受到傷害，那麼這篇文章何必要寫呢！

其實，巴金是爲了維護自己的聲譽在詭辯，他曾兩次去越南、多次去北韓，就是遵命的行爲，寫了不少「鼓舞士氣」的文章，巴金不是不知道中國經過了北伐、抗戰、戡亂等一連串的災難以後，正是需要休養生息，止痛療傷，毛澤東卻爲了國際共黨，打韓戰、支援越寮戰爭。又不僅未從這些戰爭中得到任何利益，「越南兄弟幫」在打倒阮文紹以後，爲了邊界問題和中共翻臉。

這些戰爭不僅對中國的發展有害，同時也違反了世界和平的宗旨，無論對中共的經濟建設或者「形象」都是不利的，巴金卻爲老毛的這種好戰，風塵僕僕。因此，我們說，巴金不僅寫過遵命文學，同時也想在毛澤東王朝有所表現，從中獲取自已較佳的利益。

毛澤東死後，但是，百足之蟲死而不殭，還是不敢開罪老毛，范德雷訪問巴金，有以下一段對話：

問：（范德雷，以下同。筆者）最近幾個月，中共報紙大量刊載一九四二年毛澤東在「延安座談會上的談話」（在談話中決定為藝術而藝術是不存在的，藝術必須服從「黨」的政治路線。筆者按）。現在，你對此一「文化政策」作何感想？

答：（巴金，以下同）我不太注意這個。我現在仍相信那次談話是好的，不過，就作家們而言，我覺得他們應在思想他們本身，學習生活本身，並就他們所看到的生活反映生活。

問：毛澤東死了六年之後，你對他的看法如何？

答：這個問題很難回答。我真的沒有考慮過⑮。

⑮「中華日報」編譯組特譯：「巴金不敢說出心裏話」。民國七十一年九月「中華日報」。該文係美國「新聞週刊」的訪問稿。

這就是巴金所謂的「眞話」！

魯迅的弟子胡風，爲了文藝的自由，曾經有過三十萬言的「上書」，說作家頭上有「五把刀子」限制作家創作的自由，另一位作家蕭軍也曾經因爲反對中共的文藝政策而被鬥，就是巴金自己也自一九四一年以後，只能寫「遵命」文學，但他卻說毛澤東在「延安文藝座談會」上的講話是「好」的。當范德雷訪問巴金時，毛澤東已死了六年，他仍然不敢反對這項束縛作家的「文藝政策」，而他在「隨想錄」裏卻大聲的嚷嚷「要說眞話」、「要說自己想說的話」，原來他只敢罵「四人幫」、只敢罵「文革」。我們讀了整本「隨想錄」，發現一個有趣的現象，巴金連個徐某某，也是「四人幫」，都不敢寫出眞實姓名，只能寫出姚文元和張春橋，算是「說眞話」嗎？

這是甚麼原因？

允許我說一些題外的話，「文革」雖然帶給中共莫大災難，也影響了經濟建設，可是，「文革」也對中共有正面的效益。鄧小平上臺以後，把共產黨的一切失敗、一切罪惡都推給了「文革」與「四人幫」，紓解了人民對中共的部分怨懣。陳若曦就是一個典型的例子，他不反對中共，而反「四人幫」、「尹縣長」等等，都是「四人幫」罪惡下的產物；巴金也是一樣，他的「隨想錄」也是只反「四人幫」，而肯定「現代好得多」了，這也就是中共慣用的「小罵大幫忙」的方法，所以，我們以爲巴金是仇恨「四人幫」的，當然也仇恨中共，可是，他的脊樑骨還不夠硬到反毛、反鄧、反中共體制的程度，他與索忍尼辛及巴斯特納克不同之處、分野之處也在此。

「諾貝爾文學獎」之所以沒有頒給巴金，是時機不對，因爲當他被推薦爲「諾貝爾文學獎」候選人的時候，已經獲得「平反」，並且，中共爲統戰的需要，也給予作家出國訪問的機會，如劉賓雁、丁玲、蕭軍、艾青、沈從文、孔羅蓀等都曾經出國做過「文藝秀」。我想，這是沒有把文學獎頒給巴金的原因之一；其二，則是巴金根本沒有骨頭說眞話。

當然，最重要的原因是，巴金是一位多產作家，他最爲人所稱道的幾本著作，與藝術還有相當距離。拿他的代表作「家」來說吧！那不過是「五四」以後的流行公式的作品之一罷了。

如果只是簡單的如此批評，對巴金是不公平的。

雖然「家」這本書，臺灣的地下書商們早已翻印出版，並且判斷，至少已銷出五千至一萬册了，但是，我也相信，沒有門路的人買不到這本書，所以，有很多讀者，還很難窺其全貌。爲了未讀過「家」的讀者，這裏我偸一下懶，把蔡廷俊先生在「巴金落選諾貝爾文學獎」一文中，摘「家」的故事，引在下面。我之所以要引蔡先生的心血，因爲這本數十萬字的小說，要濃縮成幾百字的故事概要，需要一些本領，而我正好缺少這種本領，所以，抄蔡先生的心血結晶，很可能比我自己摘還要好些。

「家」的故事是這樣的：

在四川成都，有個四代同堂的大家庭，三十個以上的兄弟姐妹、叔伯、妯娌、僕人不少，高老太爺是那個大家庭的尊長，執掌綱常家法。老太爺白手成家，賺得一份龐大家業，故置田產，建大廈，不啻是小型大觀園。小說中的主角覺慧形容它：「兩個永遠沉默的石獅子蹲在門口，門開著，好像一隻怪獸，裏面是一個黑洞……」，門上漆著「國恩家慶人壽豐年」八個大字，覺慧覺得：「一個唯一的希望，鼓舞著人在困難的環境中掙扎——這個溫暖明亮的家！」

高老太爺有五個兒子，二子夭折，長子中年過世，僅三子克明，四子克安、五子克定和長房的長孫覺新支撐門戶，覺新和兩個弟弟：覺民與覺慧，是「家」的三個主角。

覺新和姨母的女兒梅相愛，雙方家長迷信「八字」，終拆散了他們。梅嫁了人，丈夫不幸早亡，在透骨相思中鬱悶去世。覺新娶瑞玨，雖是祖父「抽籤」決定的，但她可愛，奈何第二胎待產時卻碰到祖父之喪，怕產婦「血光」冲犯死者，遂送往城外一所潮濕的房子生產，結果難產而死。

覺慧與十七歲女婢鳴鳳相戀，因老太爺反對，將鳴鳳送給六十多歲的馮東山作妾，鳴鳳投湖自盡。

覺民與姨母的女兒琴戀愛，高老太爺堅決要覺民娶馮家小姐，造成決裂，在覺慧支持下覺民逃婚離家出走，使祖父至高無上的權威受到挑戰，結果小兩口獲勝。高老太爺於臨終前改變初衷，含淚允婚。祖父和鳴鳳相繼去世，分家後，覺民和琴得覺慧之助離開那黑暗的家，最後只留下懦弱的覺新留在那個了無生氣的家過其一生。覺慧往上海。這個家是散了。家的結論是：「這水只是不停地向前面流去，它會把他載到一個未知的大城市去，在那裏新的一一正在生長。那裏有一個新的運動，有廣大的運動，有廣大的羣衆……」⑯

這樣的故事，俯拾皆是，所謂反抗舊禮教與封建，就是這樣「反」的，張恨水寫類似的題材也不少，不過張恨水已懂得運用「三角的男女關係」的衝突，把小說的結果更複雜化而已，實際上巴金的「家」，仍然脫離不了當時寫小說的一種固定模式，用句現代文藝腔的評論語言，「家」是「抓住了時代的脈搏」了。

我見到的「家」是一九五一年「人民文學出版社」出版的版本，他在「後記」裏說是「我對於一個不合理制度的『積憤』才有機會吐露出來。」他是在「向一垂死的制度叫出我底『我控訴』」⑰的結果。

這當然是爲了加重「家」的主題，以符合「新社會」的需要，更可以說是一種投機的解釋，

---

⑯ 蔡廷俊著：「巴金落選諾貝爾文學獎」，民國六十五年二月號「情報知識」，五七頁。

⑰ 巴金著：「『家』的後記」，三三九頁，一九五一年三月四日。

目的是說：中共的「江山」，也有他的「血汗」在內，而且，是在本書二十三版的二十年前，就替中共的「文化戰」出過力了，算起來比魯迅爲共產黨效力還早一點呢！

從他的「後記」裏，可以看出巴金是一付甚麼嘴臉。

「家」這本書完成於一九三一年，最初於一九三一年四月起在「時報」上連載⑱，原書名爲「激流」，是「激流三部曲」之一（「激流三部曲」包括「家」——原名「激流」，一九三三年「開明書店」出單行本。「春」——一九三八年「開明書店」出版。「秋」——一九四〇年「開明書店」出版）。另外以「三部曲」爲系列的尙包括「愛情三部曲」——「霧」、「雨」、「電」；分由「新國書局」，「良友圖書公司」出版⑲。另外還有「革命三部曲」，「新生」、「滅亡」是這個「革命三部曲」中的兩部，至於第三部，原擬以「羣」爲書名，迄今未寫出來，大概這部「三部曲」中的最後一本九書終要從缺了。

由他的「隨想錄」以及「『家』的後記」，大致上，我們已經可以勾勒出巴金是個甚麼樣的嘴臉。中共允許巴金發表「隨想錄」，雖是幫鄧小平打「四人幫」，可是，這也是三十多年來中共允許作家做如此批評的第一次與第一人。中共爲甚麼這樣「寬宏大量」？那不是沒有條件的。

對於這個問題的答案非常簡單。「中共所容許的，不是發表於大陸的報刊，而是發表於香港

⑱ 巴金著：「多獻給一個人」（代序），附刊於「家」前。

⑲ 「中國文學家大辭典」（第一分部），三二頁，一九七九年十二月，四川「人民出版社」出版。

中共的『大公報』。『大公報』在大陸是限制閱讀的報紙，只有部分地位較高的幹部和知識分子才有機會看到，這就大大的縮小了傳播範圍。」⑳中共這樣做，一方面讓知識分子出氣，一方可收「開明」的形象，一石二鳥，一舉數得的事，中共又何樂而不爲？

這對於巴金而言，他已八十多歲，日子無多，橫豎不過一死，以他所受的折磨而言，現在的命是撿來的，就算因說話而獲罪，大不了一死，當然，明知中共對他的利用，也就樂爲其用的大大開罵了。

不過巴金且不要高興，中共的「政策」一向是隨其利益與需要而轉變的；當年一面倒向蘇聯，可是，一夕之間做了一百八十度的轉變；當年關起門來搞二十年的「三面紅旗」的「總路線」、「大躍進」趕上先進的英國，現在是「經濟學臺灣」；當年的「大鳴大放」，是「言者無罪，聽者足戒」，一變而爲「引毒蛇出洞」的「陽謀」；當年的「文化大革命」，要「破四舊、立四新」，結果是毛澤東一拍桌子，上千萬串連的「紅衞兵」就此停止，並且，落地生「根」。共產黨從誕生起就在鬥，當年的「中國蘇維埃」以「土地改革」來「號召農民革命熱情」，卻在希特勒崛起，爲了「保衞共產祖國」，而下令中共大搞「抗日統一陣線」(見張國燾「我的回憶」第三册)。諸如此類的例子，可以寫一本大書。

---

⑳ 同❻。

善變的中共，不知那一時搞出甚麼新的花樣。胡啟立不久之前，說「作家創作自由」，可是，今年十月三十一日至十一月四日中共召開的「作家協會黨組的工作會議上，作出了作家要學習馬克斯主義、清除資產階級自由」的決議。在這個會議的前後，中共所有的大小報紙和期刊都發表了類似的「文章」。

這些「文章」，發出如下的信號：

——「紅旗雜誌」評論員的文章說：「必須重視精神產品的社會效果。」

——「人民日報」評論員的文章說：「保障黨的文藝政策的穩定性。」

——「經濟日報」社論說：「認眞學習馬克斯主義理論。」

——「人民日報」的專題報導說：「加強思想工作堅持社會主義道路。」

——「羊城時報」一位署名的文章說：「要高度重視社會效果。」㉑

這些信號，不亞於當年「文化大革命」批評「海瑞罷官」，也不亞於「鳴放運動」，更不亞於「清除精神污染」。而這些信號，不是空穴來風，廣州「南方日報」透露：乃是根據不久前說：「搞資產階級自由化，我們內部就成了一個亂的社會」而來的。看來，「黨性文學」與「遵

㉑ 世界日報特約通訊員李羽特稿：「中共發出整頓文藝信號」，民國七十四年十一月十三日，美國「世界日報」。

命文學」又將擡頭㉒。

因爲要整頓文藝界，僞「作家協會」於十一月上旬正式成立了七個委員會。

這七個委員會及其成員是：

——創作委員會：主任丁玲、副主任韶華。

——理論批評委員會：主任馮牧、副主任謝永旺。

——軍事文學委員會：主任劉白羽、副主任葛洛。

——文學期刊委員會：主任韋君宜、副主任李子雲、范程。

——少數民族委員會：主任鐵衣甫江、副主任瑪拉沁夫、烏熱爾圖。

——中外文學交流委員會：主任葉君健、副主任朱子奇、鄧友梅。

——作家權益和生活福利委員會：主任陳荒煤、副主任張鍥、張僖㉓。

中共之所以突然強化「作家協會」的組織，無非是加強控制作家的創作，要照中共的「文藝路線」，排制思想與寫作的自由。巴金是「作家協會」的主席，這次會議是由一百二十個地區「作家協會」分會的幹部會議，沒有見到他爲作家的利益、寫作自由發一言，可看出這個會議是全國性的，也非常重要，當然作家今後也收在中共的「政策」下寫稿了。

㉒ 同㉑。

㉓ 唐崇道特稿：「大陸作家協會增設七個委員會」，民國七十四年十一月十三日，美國「世界日報」。

他是中共「作家協會」的主席，如何保障作家寫作的自由權利？他又如何繼續寫類似「隨想錄」這樣的作品呢？這都是巴金應有的責任。

不過我們不能對巴金苛求，他在一九八二年九月接受美國「新聞週刊」范德雷的訪問，范德雷問他在「中國作家寫作協會」主席扮演甚麼角色時，他坦率的表示「沒有實權」㉔，不能保障作家寫作自由，自然是値得同情和諒解的。

巴金應付外國記者挖掘共產黨瘡疤時，他有一項本領，那就是裝聾作啞。法國的「世界日報」（Le Moncde）刊出貝羅（Alain Peyrayrube）訪巴金的文章，問及魏京生的民主運動、白樺的小說所帶來的風波時，對於魏京生所受的苦難，完全以中共的立場來解釋；至於白樺事件則以尙未閱讀，難以回答來搪塞；對李爽的被捕事件，以沒聽說過作覆㉕。他曾在里昂及巴黎爲中共的文藝政策辯護，說「在中國大陸的作家受到尊重」，野火認爲是「瞞天大謊」的假話㉖。

另外巴金還有一項絕招，凡是在國外，記者問到敏感問題時，他把問題輕輕的推給他的「隨員」。他在一九七九年四月訪問巴黎，周謙把「世界日報」貝羅的訪問節譯，問及中共對文藝的審查制度時，他除了說自己不覺得有審查制度以外，並說實際情形他不清楚，把問題推給隨行之

㉔ 同⑭。
㉕ 蕭蔓著：「匆匆一瞥見巴金」，民國七十年十一月十四日，「中國時報副刊」。
㉖ 野火著：「巴金的謊言與眞話」，民國七十一年一月十五日，「中華日報副刊」。

一的孔羅蓀，他說他是雜誌編輯，是實際負責人，他可以具體的談談。輕輕的把個燙手山芋丟給孔羅蓀，類似的例子不少。那麼，巴金到底是甚麼樣一個人？是否太圓滑了一點？我不願替巴金下結論，還是由讀者去做價值判斷吧！

謝冰瑩先生主張寫身邊的事物，胡適先生主張我手寫我口，巴金是實行家。他的代表作「家」也幾幾乎乎是他的自傳，關於這一點，我們必須從他的身世了解做起。

巴金是他的筆名之一，原名李堯棠，號芾甘，除了巴金這個筆名以外，還用過比金、歐陽鏡蓉、余一、余三、余五、余七、王文慧、黃樹輝、黎德瑞等。一九四〇年十一月二十五日生於四川成都[27]。他的家庭世代官宦，他的曾祖父、祖父和父親都做過官，照中共的說法，李家應當是剝削的資產階級，當然是地方「惡霸」了。

巴金的父親在他幼年時，做個廣元縣縣長，他的童年就在廣元縣度過，曾唸過私塾，十三歲（一九一七年，民國六年）讀成都青年會英文補習班，一九二〇年考入成都「外語專門學校」，一九二三年離開成都到上海，不久進入「東南大學附中」唸書。

巴金在「我的幼年」一文中，回憶他的家庭情形時說：「是什麼東西把我養育大的？我常常拿這個問題問我自己，當我這樣問的時候，最先在我的頭腦裏浮動的就是一個『愛』字。父親的

[27] 李立民著：「中國現代六百作家小傳」，五一頁，一九七八年七月，香港「波文書店」出版。

愛、骨肉的愛、人間的愛，家庭生活的溫暖。我的確是一個被人愛的孩子，我愛著一切的生物，我願意揩乾每一張臉上的眼淚，我希望看見幸福的微笑掛在每個人的嘴邊。」㉘從這篇作品看得出來，巴金生長在一個幸福的家庭裏，可是好境不常，在他十六、七歲時，他的祖父、父親和母親相繼去世，失去了維繫的凝聚力量，後輩爭產而演變成仇。他在同一篇文章中說：「這個富裕的大家庭在我眼前變成了一個專制的王國，仇恨的傾軋和鬥災掀開了和平的表面而爆發了。」他還對自己的家庭下批判說：「家庭中長一輩是前清的官員，下一輩靠父親或祖父的財產過奢侈、閒懶的生活，年輕的下一代卻渴想衝出這種『象牙的監牢』。」㉙結果他是順著長江而下，離開了那個破碎的、令他憎恨的家。

前面我們摘「家」的故事，是否有種似曾相識之感？那是否就是他自己的故事？我想這很容易得到答案，所以，寫起來非常動人，這也是在他幾十部小說中，以最初寫的「家」爲代表作的原因之一，那些往事，結構自然，只要稍加刪削誇飾，不難成爲一篇動人的東西。

「家」這本書的成功原因也許在此了。「他的小說題材，多本喜歡採自家庭間的生活，他寫出的許多大家庭都是破落與毀滅，在這個破落與毀滅過程之中，人與人之間、父子夫婦、兄弟親戚的各種矛盾與糾紛，由於性格的衝突、思想的歧異、見解的不同，造成說不完、寫不盡的許多

㉘ 轉引自夏本清著：「巴金的覺醒」，見❷。

㉙ 轉引自丁望著：「巴金」，見❶。

相摩相盪的故事，使巴金的小說，在青年人中間贏得了極大的同情。」㉚這就是巴金小說的全部題材，連所謂的「革命三部曲」也都脫離不了這一公式。他出身的家庭背景，影響他的作品至深且鉅。

這裏，我們不得不談巴金作品的思想性問題。無論如何他被兩次推薦為「諾貝爾文學獎的候選人」，雖未頒給文學上的最高榮譽，能獲得瑞士「皇家學院」接受推薦為候選人，也已經是一件不容易的事。

到底名實是否相符呢？

其文學的思想性如何？

對人類有多少貢獻？

這都是問題，都需要加以探討。當我們想解決這個問題，還是要從他的經歷和信仰著手，否則，極難獲得眞象。

一九一九年在成都他就已經讀過愛瑪·高德曼的「實社自由錄」和克魯泡特金的「告少年書」，以及廖夫的「夜未央」（按：又名「前夜」）㉛。

㉚ 「巴金選集」序，二頁，這是此間翻版商盜印的書，假「文學史料研究會」的名義印行，序的作者與出版的版權頁都已删去。

㉛ 愛瑪·高德曼、克魯泡特金都是無政府主義者。

巴金在求學時期，正是四川無政府主義（又譯為安那其主義）活躍的時候，巴金參加了無政府主義者所組織的「適社」（按：丁望說為「均社」，此處採陳敬之之說）㉜，此一時期他曾在「適社」的機關刊物「半月刊」上寫了不少文章，他這時已是一個懷著浪漫情調的無政府主義者。一九二七年元月去法國進入「巴黎大學」讀生物㉝，不過另一說法是他攻經濟㉞，這時他已二十二歲了。無論巴金在法國學經濟或生物，後來他都放棄而轉學文學，「滅亡」就在巴黎完成的。

除了泡在「巴黎大學」的圖書館，看書、寫作之外，繼續獵涉無政府主義方面的作品。陳敬之說：「此時所發表的成名作『滅亡』（長篇小說），其中也係以描繪無政府主義者的活動為主題。」㉟這是對「滅亡」這本書還沒有仔細閱讀的緣故，這本書除了反封建之外，沒有其他的主題。一個社會的蛻變，必然有不少特別的現象與痛苦的經驗，那時的中國，經過「五四」的洗禮，正是求變，並且是正在變的時候，一些激進的青年，對於社會不合理現象，採敵對的、批判

㉜ 陳敬之著：「三十年代文壇與左翼作家聯盟」（創造了小說時代的巴金），一七七頁，說巴金參加「適社」，民國六十九年五月二十日，「成文出版社」出版，丁望說參加「均社」，見⑨。

㉝ 玄默著：「巴金生活三部曲」，「文藝月刊」。

㉞ 夏本清著：「巴金的覺醒」說他學經濟。裴可權著：「他只能痛苦地活下去」，也說他學的是經濟，裴文發表於民國七十三年一月十六日，「世界日報」。

㉟ 同㉜。

的態度不足爲奇。巴金的「滅亡」就寫這些，與無政府主義關係不大。如果巴金企圖透過「滅亡」來宣揚「無政府主義」，那就是一部失敗的作品，至少他的技巧還未臻是境，或者他確然有此企圖，但沒有達到他的目的。

在這裏，我們需要對「無政府主義」的主張，略加介紹，才能對巴金的「家」是否以「無政府主義」爲主題的問題便於了解。

「無政府主義」主張廢除政治權威與國家的制度，強調人類的自由生活，並以其志願合作，爲社會結構的基礎。克魯泡特金的「互助論」可以視爲「無政府主義」的倫理學。「無政府主義」可以追溯到三三五年尼諾（Neno）及我國老子（老死不相往來，清靜無爲的所謂黃老之術）的主張。西方的「無政府主義」者有法人普魯東（Pierre Joseph Proudhan）、英人歌德溫（William Godwin）、俄人巴古寧（Michael Bakunin）、克魯泡特金（Deter Kropotkin）。有人認爲「無政府主義」的眞正創始人爲普魯東。「無政府主義」視爲廣義的社會主義之一，又有人翻爲「安那其主義」，或「無強權主義」，主張廢除政治、法律、宗教，甚而國家、依理性與情感，建立自由平等的社會。可以說「無政府主義」根本也有柏拉圖式的「理想國」，或摩爾（Sir Thomas More）的「烏托邦」，永遠沒有實現的可能。不過，「無政府主義」還是有一套理論基礎。

「無政府主義」清末民初已引進中國，同時劉師復中國式的無政府主義，也在巴金青少年時期流行，因互助思想與「世界大同」的理想接近，巴金一經接觸，便成爲它的信徒。留法期間，又受到法國大革命思想的影響，盧騷、丹東等又成爲巴金景仰的人物，因而致力研究「無政府主義」。「一九二八——二九年，他完成了『倫理學的起源和發展』的翻譯，並寫了一篇『克魯泡特金的倫理學之解說』。」㊱

這篇解說，是巴金對「無政府主義」的一件重要文獻。玄默對於巴金有較深刻的研究，他在文藝月刊曾寫過「巴金生活三部曲」一文。在該文中他曾經對克魯泡特金的無政府主義，有約二至三萬字的介紹，爲這篇研究巴金重要著作的一項重點，當時筆者追隨吳東權先生協助文藝月刊編政，因某種顧慮，情商於玄默先生，予以保留。這是件遺憾的事，不過他對巴金所寫的「克魯泡特金倫理學之解說」；仍作如下簡要的介紹，茲引錄如下：

> 巴金的「解說」所述，克魯泡特金認為「道德乃是在人類間慢慢地發達而且至今還在發達的感情與觀念之複雜的組織，人必須將道德分類為三要素：㈠、本能，即社會性之習慣，㈡、正義之概念的表象，㈢、理性所支持的感情……我們所稱為自己犧牲，自己剝奪。」他寫「倫理學」的第一動機，在於證明「社會主義」（指無政府主義——引者：此引者玄默自指）中是一種絕大的倫理潮流，離了它再也不能夠創造出任何新的倫理學

㊱ 同㉝。

體系來。」第二動機是說明「基礎在宗教或形而上學上面的道德」不是「完全束縛著人類精神使之不得開展，而且阻礙了社會進步」，便是「把道德說得非常玄妙含糊，令人墮入雲霧之中」。第三動機是駁斥虛無主義一派的「個人主義者的無道德主義」和「强權共產主義之階級鬥爭的倫理學」，提出「沒有一種道德理想作指導原理」，革命就會「走上獨裁與强權之路」。而道德是整個的，從大森林原野結羣而生活的動物以至於人，只有一個「一的道德」，沒有所謂「資產階級與無產階級兩種相對立的道德」。「解說」認為克魯泡特金這種「把他的倫理學當做社會革命之指導原則」的主張，「鼓舞著無產階級進行解放的戰鬥」，又指出「個人主義重視個人，而强權共產主義又蔑視個人、抑制個人，二者皆走極端，實有糾正的必要」，還說「自然克魯泡特金的道德學說是那些以為除經濟學之外無科學，除辯證法的考察以外無產者之思惟形態，除機械的必然力以外無社會動態的人所不能了解的。」㊲

巴金的譯作，在當時是對「共產主義」，也可以說是對「馬克思主義」採取批判態度。不過玄默先生說他的全部作品的「主題思想」，同樣顯示出無政府主義倫理學的特點，我不能完全同意。以他的代表作「家」而言，「毀滅」乃是因經濟的因素，而非道德的崩潰，正好相反，「家」

㊲ 同㉝，引自玄默文。

的「毀滅」是失去了「強權」的控制，而書中的覺慧與覺新等人物，雖然有所犧牲，並且容忍叔伯們奪產，以及吃人的行爲，可是他們也只是逃避，而不是積極的使「家」在「互助」中得到「發展」。「家」如說有主題，它正好是反「無政府主義」的。

嚴格的說，「家」與無政府主義，與克魯泡特金的「倫理學」無關。

也許巴金曾經企圖把「無政府主義」的一些思想作爲他作品的裝飾，我卻未發現有甚麼成功的作品。但是，無論如何巴金是一個人道主義者，並且，看到了封建的勢力，必然要在西風東漸中崩潰，正如同我們今天的發展，必然脫離農業社會，建立一個工商業社會的倫理道德一樣，是其有必然性的。因此，他的作品，與當時的一些作家們的作品的主題，只不過是大同而小異罷了。我不覺得他有強烈的「無政府主義」的主題，但他確然是信仰無政府主義的。

也許這就是巴金的悲劇之根源。

「無政府主義」與「馬克思主義」，也就是「共產主義」積不相容的，克魯泡特金的一生奮鬥的事蹟，顯示了他崇高的人格和道德情操；他對「馬列主義」的批判，說明了他追求眞理的決心和反抗暴力的勇氣[38]。他的「互助論」本質上不同於馬列主義，他以互助反階級鬥爭，他更在其「人生哲學」中主張人間的和諧。他在這本書裏說：「去看自然本身吧！去研究人類過去吧！

---

[38] 克魯泡特金著，巴克譯：「麵包與自由」，「出版者的話」，民國六十四年十二月，「帕米爾書店」出版。

他們會告訴你，實際就是如此的。」如何的？克魯泡特金認爲「只有樹立起個人與其他萬人間之某種和諧，才有接近完滿生活之可能。」㊴巴金是「無政府主義」的信徒，而克魯泡特金於一九一七年俄國革命成功後回俄國，不久卽被幽禁，他因反對列寧與史達林而被迫害，他的信徒巴金的遭遇，與克魯泡特金倒有不少相同之處。

雖然，巴金也曾在「文革」中坐了八年的「牛棚」，卻沒有克魯泡特金那樣的幸運，巴金是完全無抵抗的，像一塊爛泥一般，任由「紅衞兵」與「造反派」侮辱與虐待。我覺得他這時的人生觀，近於托爾斯泰的「不抵抗主義」，一切都是逆來順受。

試看他在「文革」期間的遭遇：

一九五七年開始，中共的傳播媒體已展開對巴金的隱名批判，那是「反右」鬥爭時，他的「滅亡」受到指責，經過巴金的辯解，並做了類似認錯與檢討，總算過了關，但姚文元並沒有放過巴金，發表「論巴金小說『滅亡』中無政府主義思想」㊵，強調巴金這本書的無政府思想，也批判了巴古寧、克魯泡特金，說他們是「狂熱的仇恨馬克思主義」。巴古寧、克魯泡特金仇恨馬克思已見前引，姚文元是對的，因爲「無政府主義」雖然也屬「社會主義」中的一種，可是，「無政府主義」反對「馬克思主義」爲「強權主義」。「無政府主義」強調安樂與自由，人類要

㊴ 同㊳，三頁。

㊵ 姚文元著：「論巴金小說『滅亡』中的無政府主義思想」，一九五八年，「中國青年」十九期。

互助而不是鬥爭，雖然也主張沒收財產，重新分配，反對宗教迷信與教條，卻主張小社會的區域合作。姚文元攻擊「無政府主義」，並且又說「滅亡」裏有無政府主義思想，這已經是要置巴金於死地了。不過就一個狂熱的共產黨徒而言，姚文元沒有錯。

關於巴金作品的思想主題，已如前揭，姚文元之所以強加這頂帽子，無非是欲加之罪而已。這是一個警號，巴金被整肅已是注定了，只是巴金自持除了青年時代信仰「無政府主義」之外，生活與作品都是中共認爲「健全」的，而且，是有益於共產黨的，不過他太小看了這個警號。

一九六〇年「文聯」舉行「第三次代表大會」時，「作協」先召開第三次擴大理監事會。巴金在這個會上發表題爲「文學要跑在時代的前頭」的演講。

在這次演講中，歌頌「一九五八年以來，大躍進、總路線、人民公社」的「三大法寶」（即三面紅旗）。中共經濟的落後，主要因素是一切資本國家所有，一切土地國家所有，一切商業、資源分配、生產工具等都由國家支配，人民只按照自己的所能，從事他們應做的工作。當然，人民也決不是白工作的，國家供給人民一切生活的需要，管了生老病死，並有年老給付等承諾，可是，那些只是烏托邦。不錯，很多社會主義都是這種理想，可是，共產黨做到的，也只是一切都是國有（黨有）而已，至於供應人民所需，卻無法做到最低需要的地步，且不必去談公平與否的問題。

這個理想是非常美麗的，也接近克魯泡特金的理想，問題是馬克思、恩格斯、克魯泡特金、普魯東、巴古寧，甚至列寧等等，都忽略了人性的重要條件，而扼殺人類的慾望、忽略了「這是我的」的問題。因此，「人民公社」造成嚴重怠工的現象，反正工作八小時、十小時，甚而二十四小時，「國家」都只發給「我」若干人民幣，何必努力？托兒所裏的兒童變成了囚犯，成了虐待的對象。曾有報導說，逃到外國的中國大陸同胞，不受顧主歡迎的新聞，因爲他們不再是勤奮的中國人，他們變了，爲什麼變？是共產主義使他們改變了中國人的勤奮美德。所以，中共所謂的「三大法寶」給中國帶來災害——貧窮，可是，巴金居然歌頌這些暴政。並且，在中共無情的壓制作家、剝奪他們的創作自由時，他在那次會中說：「我們作家進行創作的時候，不但不曾受到任何干涉，相反地還得到說不盡的鼓勵和幫助」㊶，創作自由不受干涉，不能侵犯作家創作，全世界都是如此，是與生俱來的天賦權利，不值得提出來，巴金之所以要這樣特別提出，不是「此地無銀三百兩」又是什麼？

可是，一九六二年他終於在「文聯上海分會」舉行第二次大會時，巴金終於說出他心裏的話。他發表演說時，指責中共的箝制。當然那是針對姚文元而來的。一九六〇年至一九六二年不過是兩年的時間，巴金那時還未老，不至如此健忘，但是，他對中共的「文藝政策」，卻持著完全不同的態度，發出完全不同的意見，原因無他，巴金也只是一個普通人，不是特殊的材料，也

㊶ 同⑳。

有七情六慾。他的「一手拿框框、一手提棍子到處找毛病的人」，不過是對姚文元洩憤，並不是替作家爭取什麼寫作的自由。由此可知，巴金的脊樑骨是什麼了。

巴金圖一時的痛快，換來八年的「牛柵」生涯，所付出的代價夠大了。對一個老作家而言，是值得同情的。可是，巴金的人格並不統一。我們在「江青」（又稱四人幫）大審中，有兩個人是值得注意的，一是江青，自持是毛澤東的遺孀而咆哮中共所謂的「法庭」，眞有「一代女霸」的氣概；另一位是與姚文元同時竄起的張春橋，自始至終一言不發，任憑中共如何感迫利誘，都沒有一句認罪或抗辯的話，實際就是一種嘲弄和無言的抗議。巴金如何呢？一會擁護中共的文藝政策，卻又在另一場合反對；「文革」期中受了八年的折磨，由「四人幫」受審判罪獲得「平反」，又替鄧小平政權賣命，大做其海外文藝秀，我們眞的不太能了解巴金是個什麼樣的人了。

「文革」時，巴金被指控爲「反革命」。一九六六年北平召開一次「亞非作家緊急會議」，巴金擔任「中共文藝作家代表團」的副團長，會議結束回到上海時，被捕關進位於上海巨鹿路的「上海文協分會」二樓的書庫中，一起關在那裏的尙有魏金枝與王西彥等一批「牛鬼蛇神」。王西彥獲得「平反」後曾寫了「從牛棚到勞動營」（副題爲「文革浩刧中的巴金」）一文，經「聯合報」副刊轉載，可說是目前我們見到巴金受難最生動、眞實的一篇文章，連巴金自己都沒有這樣赤裸裸的描寫過。

王西彥與魏金枝是誰呢？相信有許多讀者不十分清楚，卽使是三十年代當代的人物，可能對這兩個人都是陌生的，因此，順便在這裏插提一下。

王西彥是浙江義烏人，「杭州民眾教育學校」畢業，一九三三年在北平「中國大學」讀書時參加「左聯」的「北平分會」（後來擴大爲北平作家協會），一九三九年主編過「現代文藝」，當過「武漢大學」、「浙江大學」、「浙江師範學院」等校的教授，出版過「鄉井」等以「工人」、「農民」鬥爭爲題材的小說與散文。曾當過上海市一至五屆的市府政協委員，被打入「牛鬼蛇神」前，是上海「文聯分會」與上海「作協分會」的理事。

魏金枝用過鳳兮、莫干、高山、鹿宿等筆名，浙江嵊縣人，與柔石同過事，協助丁玲編過「萌芽」（「左聯」的機關刊物），當過中學教員，一九四二年參加「啟明書局」的「新辭林」編輯工作，大陸淪陷後，做過僞上海教育局研究室特約研究員，後來到「上海作家分會書記處」當書記、副主席等職，擔任過「上海人民代表」、「上海人民委員會委員」等職。其他一起坐「牛棚」的作家，直接史料僅限於王西彥這篇東西，而他提到的也只這三個人，所以了解得不多。

坐「牛棚」已從其他作品中，瞭解得夠多了，無須於做太多的敍述，「五七幹校」也是一樣，其實就是「坐監」與「勞動改造」。中共是製造名詞的專家，無論任何殘酷的事情，卻都冠以美麗的名詞。以「五七幹校」而言，乃是「勞動改造」的另一個名詞罷了。

巴金是以什麼態度，接受「紅衞兵」的「專政」㊷？王西彥說：「巴金生在閱覽室裏（按：

㊷「專政」：就是拘捕管束或判罪。

已改成「牛棚」），讀『語錄』（按：即「毛語錄」）的時候態度最認眞，還琅琅有聲。他對待勞動的態度也很認眞，無論是打掃花園擦玻璃窗，都盡自己所能，從不取巧偸懶。甚至挨批鬥時，也總是垂首低頭。對別人其實是『上綱上線』到非常可笑的批判，也還是說：『是！是！』」㊸不僅他自己的態度如此，他還勸人也要忍耐。不久，因爲要提巴金的次數實在太多，從二樓下樓既浪費時間，也極不便利，紅衞兵就把罪嫌較重的「牛鬼蛇神」如王西彥、魏金枝等六個「老牛鬼」關進以煤氣灶間改成的「小牛棚」，以便提審。

那間煤氣灶太小，六個人只好站著，連坐下休息都不可能。當時巴金已是六十二歲了，王西彥則因患有「腰椎間盤突出兼肥大性脊椎炎」，紅衞兵知道他有這個毛病，就強迫他做九十度彎腰背誦「敦促杜聿明投降書」。總之，紅衞兵想盡了各種花樣去整他們那些所謂「反革命」，難免有些人受不了，就有「腹誹」或嘀咕。王西彥說：「每逢這樣的時候，巴金總是小聲規勸我們，要大家認眞學習，好好讀『語錄』和『講話』㊹。他的態度非常認眞。」其實，勸他們的不僅是這些，一九六七年「文學風雷」第五期，刊出聲討「黑線人物」的「文章」，王西彥說，那幾乎可以說是批判巴金的專號，巴金也是淡然處之。

㊸ 王西彥著：「從牛棚到勞動營」（副題：「文革」浩刼中的巴金），民國七十三年四月十二日，「聯合報」副刊。

㊹ 「語錄」與「講話」，都是毛澤東的「著作」。

在那本「文學風雷」批判巴金的「文章」中，據王西彥的敍述說：「在『徹底批判資產階級反動權威巴金』的標題下，刊登出一組文章，不僅把『家』、『春』、『秋』說成是反革命的，『激流三部曲』、『憩園』是『地主階級的變天帳』，連一篇題爲『救救孩子』的短文章，也說成是『反革命雜文』，至於『創作談』（本文作者按：卽爲一九六二年五月上海「文協分會」開會的那篇講詞），更是『爲已經被打倒的地主階級樹碑立傳』，甚至『配合一九六〇年至六二年期間帝、修、反、和地、富、反、壞、右猖獗一時的反革命大合唱，煽動反動地主階級變天。』大概正在這時，有一個竊據上海市文教權的『四人幫』餘黨，利用『塔斯社』的一則電訊，公開點了巴金的名。對巴金來說，這正是烏雲翻滾、惡浪滔天的時刻。」巴金對於這種莫須有的罪名與批評的反應又是如何呢？

我想，我們還是聽聽王西彥如何說吧！

他說：「有一天，別人不是被拉出去挨鬥，就是正在外面勞動，『小牛棚』裏只剩著巴金和我兩人。我小聲問他：『你對這種全部否定你作品的做法，有什麼感想？』『我相信歷史』，他（按：指巴金）平靜的回答：『將來歷史會作出公正的裁判的。』」㊺王西彥認爲，巴金在這一點上，才是眞正的巴金。其實，巴金不會眞正有耐心等待什麼歷史裁判，他是無可奈何，才有這

㊺ 同㊸。

種阿Q式的想法。鄧小平鬥倒「四人幫」，巴金不再等待歷史的裁判，他就在「隨想錄」中自我裁判了。

後來，紅衞兵把他移到上海石門路。這項遷移不是他們罪重了，或者減輕了，而是紅衞兵的高興。

人民生命如草芥是個什麼樣子，中共的文革時期最能看得清楚。只是違犯了不準打盹的「禁令」，那人被拉出去就永遠都沒有回來。

那時期巴金做什麼？

——提了漿糊替紅衞兵貼標語，且不准擡頭去看。

——奉「令」修補披露自己「罪行」的大字報。

——站好隊伍聽他們訓斥。

——挨銅頭皮帶。

——掏陰溝。

王西彥說，他們遷移到石門路以後不久，巴金的妻子蕭珊，也就是「黑老K㊻巴金的臭婆娘」被「恩准」回家，然後，那些「牛鬼」被送到松江縣去抓「三秋」，無盡的體力勞動，和嚴

㊻同㊸。

密的監視如同罪犯。他們挖拖拉機或耕牛犂剩的田角田尾。

巴金已經由「上海文協分會」的「主席」變成「毒草小說家」，被在田頭開「田頭批鬥會」批鬥，巴金始終是逆來順受的。說他是「毒草」就是「毒草」，只要「紅衞兵」能想得出來的罪名，巴金全盤接受。幹完「三秋」，又回到上海石門路，不久在「寬嚴大會」上，前述三人中都獲得「從寬」處理的「機會」，因而又遷回上海的巨鹿路。本來六十歲以上的人，已是「靠邊站」了，起不了什麼作用，可是，根據王西彥的說法，他們之所以未獲釋放的原因，是張春橋下達了「黑指示」說：「上海作協沒有一個好人，不存在解放人的問題。」㊼註定了巴金還要受苦受難。

一九六六年八月八日「中共中央」發表「關於無產階級文化大革命的決定」，十二日正式成立「中共中央文革小組」，陳伯達爲「小組長」，陶鑄、康生爲「顧問」，江青爲「第一副組長」，王任重、劉志堅、張春橋爲「副組長」，王力、關鋒、戚本禹、穆欣、姚文元、謝長源、劉維眞、鄭季翹、楊植霖等二十九人爲組員。張春橋已升爲「京官」，仍遙控上海，那時張春橋已是紅得發紫的時候，他說上海作協分會沒有好人就沒有好人，誰敢反抗呢？當時他們要人死，同捏螞蟻一般容易，巴金自然難逃這個刼難了。

㊼ 同㊸。

不久下放到上海附近的辰山，住在佘山附近的一所小學裏，他們到那裏抓「三夏」。勞動了將近一年，到了一九七〇年春節，「上海作協」被編爲「上消文化系統某團第四連」，下放到奉賢縣一個荒僻的海濱，最初稱爲「文化幹校」，後來改爲「幹部學校」，這時他們似乎有了若干「改善」，已不必再在胸前掛「牛鬼蛇神」的符號，而白天能和「革命羣眾」一起勞動，晚上再隔離住宿。但受到「工宣隊」和「革命羣眾」的嚴密監視，「說一句話，走一步路，甚至一個眼色，一聲嘆息，都受到眾目睽睽的監視，眞正是『無所逃於天地之間。』」[48]這種恐怖的生活，與索忍尼辛的「癌症病房」有過之而無不及。

他們生活，則是踩上去一步一腳印，床底下還會長出生機勃勃的蘆葦，草木稀少，地下水鹹得煮早粥連鹹菜也成了多餘的，洗過的衣褲老是潮潮的，不見乾燥的地方。那地方連蝮蛇都甚少，連蛇都不能生活的一個多鹽分的地帶，便是「五七幹校」，這又是什麼學校？住這樣的地方，王西彥卻從來也沒看到巴金有「驚慌或激憤的表情」。巴金不是落到這個地步就已經苦到了盡頭，他還得不時被「拉」到上海去「遊鬥」[49]。

最令人不忍心去重述的是，巴金在「幹校」裏挑糞那一段了。王西彥在描述這一段艱苦歲月時說：「加蓋完蘆葦棚，接著就擡運糞水。這是我們這些『老

---

[48] 同[43]。

[49] 「遊鬥」：按即遊街，戴著高帽或其他名牌，接受羣衆鬥爭。

牛鬼』的『專業』。我們把厠所後面一個大蓄糞池裏的糞水，擡運到宿舍前面耕地裏的另一個大化糞池，距離約一里。那是一段春雨連綿的日子，肩上壓著一概掛有兩桶糞水的竹扁擔，脚下又踩著陷沒脚踝的黏土，只要一打滑，砰澎作響的糞水就會濺到你滿身滿臉，……大概爲了照顧老年的巴金，他經常被派到化糞池畔倒糞水，當糞水嘩的一聲往池子裏傾瀉下去時，池子裏的積糞也相應噴濺上來，因此，幹完一場運糞水的活兒，巴金的臉孔就成了『花貓』。」[50]這就是巴金被鬥的生活。

他在「懷念蕭珊」一文中說，「我當時的確在寫檢查，而且已經寫了好些次了。他們要我寫，只是爲了消耗我的生命。」[51]他們過的是什麼生活？「文革」眞的把人當成動物一般看待。巴金的景況非常慘，當他的兒子聽到母親病重時，由安徽鄉下回到上海來探望母親，當巴金從「五七幹校」[52]回到上海。他看到了他們的孩子小棠，巴金感慨的說：「我兒子在旁邊，垂頭喪氣，精神不好，晚飯只吃了一半，像是患感冒。她（按指蕭珊）忽然指著他小聲的說：『他怎麼辦呢？』他當時在安徽山區農村插隊落戶已經待了三年半，政治上沒有人管，生活上不能養活

---

[50] 同[43]。

[51] 巴金著：「懷念蕭珊」，民國六十八年五月二十六日，「中國時報」副刊轉載，原刊於一九七九年，廣州「作品」月刊四月號。

[52] 「五七幹校」，是根據毛澤東在一九六六年五月七日的「命令」辦的「幹部學校」，實際卽是「勞動改造營」。

自己，而且因為是我的兒子，給剝奪了好些公民權利。他先學會沉默，後來又學會抽煙。我懷著內疚的心情看看他。我後悔當初不該寫小說，更不該生兒育女。」[53]一個人到了這種地步，說出這樣的話來，其慘況可以想見。

共產黨當初「打天下」時，最富煽動性的一句口號是「打倒封建社會」、「打倒傳統」，中國的封建社會中的法律，曾有誅連九族的大罪，從舊小說上，我們常讀到「滿門抄斬」的說法，朝中大員，犯了「造反」罪、重大貪污等罪，是禍延子孫的；相反，也可以祖蔭後代。中共要「反」的也是這些，但是，當中共奪取了政權之後，像對巴金的這種做法，不是「封建」又是什麼？前寫的瞿秋白也禍延妻女，足見中共的是封建的餘孽，比帝王將相還要專制，還要黑暗。可是，巴金沒有什麼可以怨恨的，當年巴金雖不是「左聯」的成員，也未曾加入（沒有資格加入）共產黨，可是，他的那些作品，替中共叛亂，出了不少力量。關於他的作品，我們將在後面提到。

巴金很愛蕭珊，雖然他是巴黎的留學生，卻對愛情沒有法蘭西那種浪漫氣息。他不像瞿秋白、端木蕻良、蕭軍、蕭紅那樣。巴金與蕭珊認識是在上海。

蕭珊是浙江寧波人，一九一七年生，一九六六年九月去世，去世時才四十九歲（巴金大她十

---

[53] 同[50]。

三歲）。她是巴金的忠實讀者，一九三六年原名陳蘊珍的蕭珊，讀了巴金的小說後深受感動，就寄信給他。那時巴金主持「文化生活出版社」（主編「文學叢刊」及「文季月刊」），從此他們認識。一九三八年至一九四三年他們在桂林曾住在一起，到一九四四年才到貴陽結婚。那年巴金已四十一歲了[54]。陳信元說：「他們因爲生活艱難，只印發了結婚通知，沒有宴請任何親友。」[55]蕭珊是「西南聯大」外文系的學生，外文程度不錯，後來翻了不少東西。他們始終沒有不愉快過，婚姻生活相當美好，算得上是一對恩愛夫妻，相敬如賓，同朋友一樣相處，堪與沈從文夫妻、錢鍾書夫妻的恩愛比美。

蕭珊死後，巴金把骨灰接回家放在寢室裏，有人勸他把蕭珊安葬，他沒有接受[56]。足見巴金對蕭珊的感情如何了。

讀到這一段，眞令人唏噓不已。

巴金在「隨想錄」裏，一再的說今後要說眞話，說自己的話，並且，對於中共發行的十四本文集中，只再版了約半數，其他的他不同意再版發行。他的意思，雖未完全表明，我們能懂，他希望把那些「遵命文學」從他的作品裏抹掉。他已入耄老之年，應是看得開的，他應是什麼都不

---

[54] 陳信元著：「巴金懷念蕭珊」，民國七十三年八月十三日，「商工日報」刊出。

[55] 同[54]。

[56] 同[54]。

怕的。當他寫那些文章的時候，相信眞的有這樣一股「浩然」之氣，可是，我們審查一下他獲得「平反」後的幾次海外之行，對記者、演講，以及作家的談話中，還是維護中共的「黨中央」以及毛澤東。但何以又能寫「隨想錄」那樣的作品呢？

問題並不複雜，當讀完「隨想錄」之後，整本書只是批判「四人幫」（也就是所謂的四害），而沒有對中共作根本的批判，也不批判毛澤東的思想。原因何在？「四人幫」幫了中共的大忙，如沒有「文化大革命」，中共三十幾年來的倒行逆施累積下來的罪惡與錯誤，又由誰來承擔呢？

把所有的錯誤與罪過都往「四人幫」一推，中共就乾乾淨淨，減少了不少罪惡。鄧小平、華國鋒等人搞「四人幫大審」，以及大審後「開放」言論「自由」，大批大鬥「四人幫」的作用在此。

巴金批判「四人幫」，當然，巴金吃了「四人幫」不少苦頭，這是理所當然的事。八年「靠邊站」與「勞改」，逼死蕭珊，兒子到農村去插隊落戶。這都是巴金身受其害的事實，仇恨「四人幫」是人性的必然傾向，可是，「文化大革命」的根源卻是共產黨，而中共數十年竊國所搞的建設也一敗塗地，禍根仍是中國共產黨，以及所信仰的「馬列主義」，也是思想意識型態的問題，不是誰的、個案的、獨立的錯誤，乃是整個的意識型態都是錯的。以巴金敏銳的觀察不難看出這個根本的錯誤，但綜觀受到自由世界所推崇的「隨想錄」，那裏有批判了中共意識型態的根本錯誤所在？

因巴金所受的折磨，以及「隨想錄」的批判態度，甚而被推薦爲「諾貝爾文學獎」的候選人，這是荒唐。嚴格的說，「隨想錄」仍是「遵命文學」，只是沒有遵「四人幫」之命，而是遵鄧小平罷了。

這樣地批判巴金，有些不忍，卻不能因爲憐憫而不顧及良知，乃是我不得不直指巴金無骨的原因。他甚至還不如沈從文的「不抵抗」與「不合作」主義。中共曾想要沈從文，替中共所謂的「歷史」，寫一套粉飾的小說，而請他到井岡山去體驗歷史（見前集「沈從文」一文），最後中途逃脫，而寧願去「故宮」當寫標籤與講解員。沈從文自中共竊得名器，卽停止執筆。他的態度十分容易了解，就是我不寫「遵命文學」，因爲不寫「遵命文學」可能有罪，那麼「我也不寫任何文學」，這與托爾斯泰的「不抵抗主義」、甘地的「不合作主義」是相當接近的，或者是沈從文已經綜合了這兩位偉人的精髓，合而爲一的變成「沈從文主義」也不一定。

當然，在那種沒說話的自由，也沒有不說話的自由的環境下，巴金的作爲是値得同情的。可是，同情是一回事，批評又是一回事。巴金有不得已的苦衷，卻也不能因寫了一本「隨想錄」，就可以把過去的，以及現在的品格一下子就扭轉過來，更何況他也只是隨著鄧小平的臉色，如農民早出看天一般，該不該帶不帶雨具，只要用眼的餘光一瞄就知道了。鄧小平與毛澤東也有許多缺點値得一個有良心的作家去揭露，巴金能做嗎？而我們又從「隨想錄」中找到這樣可以肯定巴金對不合理的制度、政治措施提出他的改革主張，或者批評意見嗎？不幸的是我們沒有發現！這就不得不同意野火先生對巴金的評論，乃是獨排眾議的另具隻眼，而不是隨波逐流了。

事實上，巴金在一九四九年以前的作品，是有思想主題的。他的作品主題是什麼？「他自一九二九年發表第一部長篇『滅亡』以來，接連寫出了許多富有感染力的作品，塑造了一連串引人注目的青年知識分子的形象；這些作品激發了青年人的熱情和理想，引起了他們對舊制度的憎恨和對未來的憧憬。」王瑤對「家」的批評又是如何？他說：「雖然『激流三部曲』並沒有正面描寫他（覺慧）離家後所走的道路，但對封建的叛逆正是走上民主革命的起點，在中國的具體歷史條件下，從這個起點出發是可能找到革命的主流的。這就具有了巨大的社會意義……」[57]王瑤的說法，也可以適應在任何一種情況，不是特定的。舊的和新的社會，凡是昨天的，都是舊；凡是未來的都是新的；又凡是不合理的，都應當打倒；凡極權的都反自由和不民主。如果這種說法，合乎推理原則，那麼巴金當年為了「追求光明」而替中共寫了「革命」的作品，而且又起了一定的作用，假定王瑤提的這點能成立的話，巴金過去所追求的正巧是「黑暗」而不是光明了。

他的悲劇就在這裏。

不僅是王瑤有如此肯定的評論，劉綬松也說：「巴金的小說，對於當年革命意識的覺醒，在教育啟發上，是起了一定的橋樑作用的。」[58]這種評論，語氣十分肯定了巴金對共產黨所謂的

[57] 王瑤著：「中國新文學史稿」，二六二頁，一九八三年十一月第二版，「上海文藝出版社」出版。

[58] 劉綬松著：「中國新文學史稿」，三七二頁，一九五七年四月第三版，「作家出版社」出版。

「革命」貢獻。中共十四所院校編寫組編的「中國現代文學史」也說：「『愛情三部曲』充滿了對黑暗現實的仇恨，熱切地追求光明的未來。愛情非常鮮明，感情十分強烈，因而在青年讀者中產生了廣泛的影響，有利於激發他們與黑暗勢力作鬥爭的熱情。對此，應該給予肯定的評價。」[59]該書總評巴金時說：「巴金是一個有熱情的有進步思想的作家，在屈指可數的好作家之列的作家。」[60]這樣的評論，是中共目前最「權威」的三本文學史的共同看法，王瑤在「清大」教書，劉綬松則是文學「史家」，皆屬御用文人，至於「十四所院校」編的「中國現代文學史」，係作教學用的大專文學史教科書之用，他們的評論，當然是值得「信賴」的。我們引用來評巴金，大概沒有太大的錯誤。問題是他自已都沒有定論，這三個人肯定巴金對中共的貢獻，姚文元、張春橋，尤其是在「文革」之前，中共的許多「評論家」對他的看法也是不一致的。當然，自由世界的評論家更是不同。不過自由世界的評論家濫施同情之下，他們的評論也有可議的地方。

其實不僅是他們的評論如此，巴金自已也曾在「巴金自選集」的序言裏說：「自從我執筆以來我就沒有停止過對我的敵人攻擊，我的思想是什麼？一切舊傳統觀念，一切阻礙社會的進化和人性的發展的人爲制度，一切摧殘愛的努力，它們都是我的敵人。」[61]這裏巴金所指的「敵人」

---

[59] 「十四所院校編寫組」編著：「中國現代文學史」，三四二頁，一九八一年六月，「雲南人民出版社」初版。

[60] 同[59]，三四八頁。

[61] 巴金著：「巴金自選集」序，一頁，一九五五年，「人民出版社」出版。

是含蓄的，不過我們能夠明白他所指的是什麼。

巴金獲得這樣肯定的評價，照說應是中共的功臣之一，因為這些都是「文學史家」的評論，而非街談巷議。可是，當「文革」一開始，姚文元與張春橋就用大作家巴金祭旗，這眞是趙孟能貴亦能賤，說你好的是他，說你壞的也是他了。

中共第一次「全國文學工作者大會」於一九四九年（民國三十八年）六月舉行預備會，七月二日正式召開，十九日閉幕，一共召開了十七天，連預備會議召開了二十天，圈定代表八百二十四名，實際出席的是六百四十人，毛澤東、朱德、董必武、陸定一、陳伯達都在這次大會講話；周恩來做「政治報告」；郭沫若、周揚、茅盾、傅鐘作專題報告；丁玲、張庚、袁牧之、陽翰笙、葉淺予等人專題發言，梅蘭芳、巴金發言[62]。中共稱這項代表會為「文藝大會師」，「全國文學藝術界聯合會」（即現在常稱的「文聯」）也在七月二日宣告成立，下設「中華文學工作者協會」（文協）、「中華全國戲劇工作者協會」（劇協）」、「中華全國電影藝術工作者協會」（影協）、「中華全國音樂工作者協會」（樂協）、「中華全國舞蹈工作者協會」（舞協）也陸續成立。

巴金在那次大會中發言，小心翼翼的說：「參加這個大會，我不是來發言的，我是來學習

[62] 丁淼著：「中共文藝總批判」，一二〇—一二四頁，民國四十三年四月，亞洲出版社出版。

的。而且我參加像這樣一個大規模的集會，這還是第一次。在這個大會中我的確學到了不少東西。」63巴金畢竟是「語言大師」，對統治者的一付恭順阿諛嘴臉，溢於言表，活得是夠可憐了。

這樣的恭順、這樣的謙虛，中共也不會放過巴金，一九五二年三月送他到韓戰場「體驗」。這次體驗寫成十一篇宣傳性的戰地通信，後來集結成「生活在英雄們的中間」，由於在戰場上表現得不錯，巴金獲得「全國文聯」主席團常務理事、「全國作協」副主席，一九五四年「上海作協分會」改組，巴金接替夏衍兼這個分會的主席，直到「文革」爲止。

巴金在一九五八年十月首次被中共圍攻，陳敬之先生說，那是中共文化部的部長有計劃的作爲。其原因是周揚在慫恿徐懋庸爲「兩個口號」的論爭64，寫信給魯迅，攻擊胡風，也旁及巴金，巴金不甘示弱回擊了一下，與參與此項機密的夏衍結下樑子。一九三〇年冬，夏衍與郭沫若在桂林辦「救亡日報」，巴金從上海經海防到昆明，寫了一篇「重建羅馬的精神」，在孫陵的「自由中國」發表，夏衍指使司馬文森在「救亡日報」、「廣西日報」、「力報」上批評巴金。

---

63 同62。

64 「兩個口號」的論爭，是關於「國防文學」問題的論爭，徐懋庸去信質問魯迅，這封長信被魯迅公布後，引起軒然大波，而夏衍是參與機密的主要策劃人之一。這次論爭，會牽涉到巴金，而巴金的批評，雖然相當理性，已傷及夏衍，巴金還不自知。

這是夏衍和巴金第一次過招，當巴金再在「自由中國」月刊上發表駁斥的文章後，這項批評也就不了了之。一九四六年「文滙報」再度攻擊巴金，也由夏衍指使，並主張吊死巴金。一九五八年姚文元在「收穫」以「師大文藝評論小組」的名義攻擊巴金，後來加上「中國青年」、「文學知識」、「讀書」三個雜誌，是圍攻最激烈的一次。這次圍攻，指責巴金的小說「充滿了小資產階級的毒素」、只是「小資產階級的正義感」及「沒有組織、沒有領導，也缺乏一種作爲所動的目的革命理想」[65]。對於這些批評，巴金置之不理，並且也都度過了危險，那完全得之於他對中共的承歡得法，才沒被鬥倒。

逃過了那麼多次刼數，卻逃不過「紅衞兵」搞的「文化大革命」。巴金在「文化大革命」中，於出席一九六六年六月爲了抵制蘇聯召開的「亞非作家開羅會議」而召開的「亞非作家緊急會議」，巴金是中國代表團的副團長，會議結束，送走外賓，由北平回到上海就已成了「紅衞兵」階下的「牛鬼蛇神」。被鬥之烈，已見前揭，値得補充的是，一九六八年六月二十日中共爲了擴大影響，召開所謂「高擧毛澤東思想大旗，徹底鬥倒、批透無產階級專攻巴金電視鬥爭大會」[66]。

---

[65] 陳敬之著：「三十年代文壇與左翼作家聯盟」，二〇二—二一四頁（引者摘寫），民國六十九年五月二十日，「成文出版社」出版。

[66] 同[2]。

「文革小組」當時對批鬥巴金，是當成一件頭等大事來辦的。「電視鬥爭大會」未舉行之前，無線電臺、電視不斷插播，要求觀（聽）衆注意此一批鬥大會的消息。這項批鬥大會終於在「新生劇場」[67]如期舉行。當然在批鬥大會中，雖然我們沒有看見批鬥的情形，慘無人道是可以想見的。從此，巴金下放勞改，妻死子散，這次怕是巴金當初想像都想像不到的事情。

走筆至此，對於巴金的一些重大事件，大致可以使讀者對這個人有一個概要的了解。如果要批評巴金的作品，則需要另外做一個較大的專題，才能對他的思想、作品，作比較詳細的批評。不過中共已經刊了「巴金寫作回憶錄」，關於他這本著作，已自一九八一年起在「文學史料」季刊連載，迄未見有單行本。不過在不自由的環境之下，這本「回憶錄」的眞實性仍是值得懷疑的。

巴金大概還會說下去，而且，也將一直是鄧小平的一張有利的牌，至於巴金自己呢？當然他也甘願做這樣的一張牌，只要大家心照不宣就好。

我不願以他的政治立場，作爲評價他文學的準則。如果那樣做，對於巴金是不公平，也不可能對了解巴金有什麼幫助。我必須摒棄一些已經凝固成型了的方式，來從事這方面的寫作。我想，這是一個從事批評，並且又作爲歷史紀錄工作者應有的態度與胸襟。我就是本諸這樣的態度

---

[67] 同[65]。

來從事這項工作的。

要探討眞象，就非得小心不可。

對於巴金，我不願下什麼結論。不過我想敍述他在一九三一年寫的一篇小說——奴隸底心[68]——的一些情節，來做本文的結論。

我爲什麼要這樣做？因爲他太像自己所寫的那篇小說的主角了。

「奴隸底心」的主角有二，其一爲我，所謂口裏的「鄭」，另一個則姓彭。他們是一所大學的同學，有一天鄭幾乎被汽車壓死，被那個彭救了，從此他們成爲朋友。

小說中的彭，自認是奴隸的後代，而鄭則是家裏蓄養有奴隸的官宦之後。這個彭的祖父和父親都是忠心耿耿的奴隸，一生住在老主人的後園茅屋裏。主人的少爺偷了東西，主人疑爲彭的祖父偷了，彭的祖父明知爲少主人所竊，卻沒有說出來，以上吊來洗刷與證明自己的清白。

他的父親，則是替殺了人的小主人頂罪入獄，最後當然死在獄中。

在這種生死攸關的大事中，他爲什麼要去頂罪？原來主人答應他們不再做主人的奴隸，只要他承認人是他殺的，主人卽供應彭的一切生活必需的費用。

彭的父親做這樣重大的犧牲，就是要彭永遠不再做奴隸。不錯，他們是搬出主人的家了，主

[68] 巴金著：「巴金選集」，四七—六三頁，一九三一年作品，「文學史料叢刊」之三，以「文學史料研究會」名義必行（筆者按：此書無版權頁，只有「史良佐」的敍言，料係此間的翻印版）。

人也依照諾言，按時把生活費用，由少主人送到他們家去。可是，由於他的母親長得不難看（甚至有些美麗吧），所以，少主人卻逼姦他的母親，並且被他撞見了。

經過他母親說服與安慰，只有她的犧牲，他們才有可能脫離奴隸這種痛苦的階級。於是彭努力讀書。當彭與小說中的「我」敍述這個故事時，他認爲中國有數千萬，甚至數億這樣的奴隸，他要解放這些奴隸。

於是，他參加了「××黨」，而且被殺了。

「奴隸底心」，在巴金的筆下是極「美麗」、「高貴」的一顆「心」。這顆「心」之所以「高貴」與「美麗」，就是彭要解救那無數的奴隸。

陳敬之先生說：「巴金的小說創作，幾乎全是『革命加上愛情，再加一個死。』」[69]用這個「公式」去套「奴隸底心」，恰恰合轍。

我不想討論「奴隸底心」主題何在。但是，我要說的是，這篇小說的「鄭」與「彭」都有巴金的行爲在內，可說是他自己的寫照，而且是他的「寓言」，這寓言竟然應驗在他的身上。以巴金的才華，他是可以成爲一個不朽的作家的，無奈他的人格不十分統一。他在去韓國參戰期中寫的「生活在英雄們中間」，最後的通信裏說：「這短短的兩百天中間，我過的盡是使人興奮的幸

[69] 同[65]，二〇一頁。

福生活，爲了我受到的教育和我得到的鍛鍊，我將永遠忘記不了這些『良師益友』，我的感覺，會永遠在我的心裏燃燒。」[70]然後再與「隨想錄」及「懷念蕭珊」對照來讀，巴金一貫的精神是什麼，不難一目了然。

生活在現代，尤其是我們受到西方思想、文化的深遠影響之後，已不太重視「文如其人」這種古代文人的品格，但卻不能不堅持一個人的獨立思想。

一個有一貫思想的作家，他的作品多數表現那個思想，索忍尼辛、歐威爾、吉拉斯就是這樣的人物，這樣的作品。

當然，我們不能要求一個具有錯誤思想的作家，中途不改變他的思想，問題是這個變數來自那裏。

巴金的變，不是他對「無政府主義」（安那其主義）信仰的動搖，更不是他已由「無政府主義」改變信仰「馬列主義」，事實上剛剛相反。那麼他爲什麼又變了呢？

對於這點，我個人是同情巴金的處境的，在共產黨那種壓力之下，變是不得已的生存唯一方法。不過巴金如此的變，不僅是苟活而已，多少帶有一點「奴隸底心」中的「彭」的性格在內。他沒有銳利的眼光，所以不得不做中共的文奴。寫到這裏，我已沒有話說，只能爲巴金哀悼。

---

[70] 同[65]，二〇五頁，轉引自陳敬之先生著「創造了小說的巴金」一文中的引文。

對於「奴隸底心」，我們有兩個問題需要解答：

一、如果巴金是小說主角之一的「我」（也是「鄭」），那麼，他多年來，要摧毀的那個舊社會，封建制度，是有所變了，可是，他自己卻由「主」變爲「奴」，因爲共產黨的「無產階級專政」，是共產黨頭目的專政。

這樣說來，那時如有數千萬奴隸，現在是十億人爲奴，共產黨已由十六個奴隸（巴金小說語）變成了十億奴隸，巴金應當「滿意」。

二、如果巴金是小說另一主角的「彭」呢！他參加××黨，結果自己殺身不說，他並沒有達到「解放奴隸」的願望，幸好他已經死去，不然他看到比他父親、祖父的主人更惡的共產黨人，當了十億中國人的「主」時，他不僅未掙脫奴隸的身分，反而使更多的人成爲奴隸。如果「彭」還活著，他又有什麼感想呢？

吉拉斯說，共產黨得勢以後，已經成爲新的階級，也就是新的貴族，由此看來，巴金的「奴隸底心」，恐怕用來描述他現在的心情是更恰當的。

巴金崛起於小說，結果使他受到傷害的也是他的小說；受到歌頌的是他的小說，說他的小說在「革命進程」中起了一定「作用」的也是巴金的小說。而批鬥巴金，至使他成爲「大毒草」、「黑老K」的更是他的小說。眞是此一時也，彼一時也之感。本來「趙孟之所貴，趙孟能賤之」，巴金的浮沉與矛盾，並不是意外的事。

過河卒王西彥

研究三十年代文學的國外學者，多數把眼光注視到大作家身上，特別是幾次大論戰，而忽略了名氣較小的作家，以及他們的影響力。

對三十年代不做深入的研究則已，如果要深入的研究，就不應當忽略小的作家與小的事件，只有這樣，才能對三十年代的文學活動，有較清晰的了解。

唐文標去世前兩個月，曾到「民生報」編輯部，談到近代文學史研究的問題。他認爲三十年代的研究已相當多，四十年代則是一個未曾開發的斷代。

這話雖然不錯，四十年代文學史的研究尚待開展，不過眞正把三十年代有系統的研究者，屈指細數，除了李牧、司馬長風、劉心皇、陳敬之、丁淼、趙聰、周玉山數位先生之外，還沒有幾人。其中專以三十年代爲斷代研究的，只李牧而已，他的「三十年代文藝論」是縱的敘述，「中共文藝統戰之研究」則是中共運用文學的專著，但也只是淺賞即止，至於周錦和尹雪曼兩位先生替成文出版社編的「中國現代文學研究叢刊」，應該稱爲史料叢刊，只不過是沒有體例的一堆史料，故眞正投入這項研究，而又有系統的恐怕還只有李牧。不過，中途李牧放棄再深入的研究，我可以肯定的說，對三十年代我們尚有許多事物有待了解與發掘。

研究工作最感困難的是資料來源不易，尤其是第一手資料更是缺乏，我們除了從「再傳播」中摘取之外，幾乎難以獲得，這也是「三十年代文學」至今還蒙住一層神秘的面紗的原因。

舉例而言，「左聯」這個組織，它雖發展了不少分支機構，但對其分支機構了解得不多。「左聯」在一九三〇年三月二日成立後，同年七月「中國左翼文藝總同盟」成立，由周揚、夏衍領導❶，把與「左聯」平行的「社會科學家聯盟」等九個組織，納入體系之內，成爲中共文化統戰的總機構，後來簡稱爲「文總」的就是七月份成立的這個機構。

「左聯」這個組織，縱的關係，受「文總」的節制，但是，「左聯」又是「普羅作家國際聯盟」的轄下中國支部。

「左聯」成爲「普羅作家國際聯盟」的分支機構，是一九三〇年十一月十五日以後的事。

一九三〇年十月六日至十五日，「第二次世界革命文學大會」在蘇聯烏克蘭的哈爾赤柯夫召開。參加這個大會的有北歐、美、亞、非四洲二十二個國家的代表一百二十多人出席，代表中國共產黨及「左聯」的是肖三（S3）。這次大會把原名爲「革命文學國際事務局」改爲「普羅作

---

❶ 馬良春、張大明編：「三十年代左翼文藝資料選編」，四九頁，一九八〇年「四川人民出版社」出版。

家聯盟」，「左聯」申請加入（事實上也是強迫加入），成爲該「聯盟」的「中國支部」❷，肖三當選爲主席團主席之一。一九三二年三月九日，「左聯」秘書處召開擴大會議，這次會議通過六項議案，其中第五項卽是「在各地建立分會」，四月十七日「中國新興教育社」成立，九月楊騷、蒲風等成立「中國詩歌會」、「M·K木刻研究會」，十二月，「中國民權保障同盟」成立，一九三三年一月一日，「三三劇社」成立。「左聯」北平分會何時成立，沒有發現，但一九三三年四月十五日，號稱爲「北平左聯」機關刊物的「文學雜誌」已經出版，當然，「左聯」的北平分會成立是在這個時間以前。

一九三二年三月九日，「左聯」擴大秘書會議的決議共爲六項，據一九三二年三月十五日的「秘書處消息」，關於各地分會的發展屬第五項，原文是：「第五，中國左聯在現在除北平、天津有它的支部以外，其他各地區還沒有建立起支部來，因此，必須於最短期內在廣州、漢口、青島、南京、杭州等地，以及江西蘇區建立起支部或小組，並且必須加強對北平和天津的支部的領導。」❸王西彥當時卽屬於這個分會。就因爲我們對這個分會所知不多，對於王西彥也就絕少提起。

王西彥的籍貫與出身，已在「巴金的矛盾」一文中約略提及，對於這個人有再加評述的必

❷ 同❶，五二頁。

❸ 「秘書處消息」第一期，一九三二年三月十五日「左聯」秘書處出版，收入同❶的第二部分。

要。

他是浙江義烏縣青塘下村人，一九一四年（民國三年）十月生，父親是私塾教書的先生，母親是王家的童養媳婦❹。

曾用過西徵、王伯諦、潘宗輝等筆名，王西彥是他眾多筆名之一，原名王希曾❺。

從一九三三年發表作品起，迄今未曾停筆。

他的著作有以下幾種：

鄉井（短篇小說集），一九四二年桂林「三尾圖書公司」出版。

夜宿集（散文），一九四二年桂林「三尾圖書公司」出版。

鄉下朋友（短篇小說集），一九四七年上海「萬葉書店」出版。

神的失落（短篇小說集），一九四八年上海「中興出版社」出版。

尋夢者（長篇小說），一九四八年上海「中興出版社」出版。

人性殺戮（散文），一九四八年「懷正文化社」出版。

還鄉（小說集），一九四八年上海「中華書局」出版。

古屋（長篇小說），一九四六年「文化生活出版社」出版。

---

❹ 「中國文學家辭典」現代第一分部，四一頁，一九七九年，「四川人民出版社」出版。

❺ 李立明著：「中國現代六百作家小傳」，二七頁，一九七八年七月，香港「波文書局」出版。

微賤的人、古都的憂鬱（長篇小說），出版不詳。
眷戀土地的人（選集），一九五八年「作家出版社」出版。
春回地暖（長篇小說，上下兩册），「作家出版社」出版。
在漫長的路上（共三部，已出一部），「百花出版社」出版。
林玉麗（短篇小說集），一九五五年「中國青年出版社」出版。
新的土壤（短篇小說集），一九五八年「新文藝出版社」出版。
「幸福的島」（長篇）、「人的道路」（長篇）、「林野戀人」（長篇），出版不詳。
評論的有「第一塊基石」（論阿Q和他的悲劇）、「唱讚歌的時代」、「從播種到收穫」、「論紅樓夢和新舊紅學」、「嚴峻的文學」等五種❻。

以上王西彥共出版了二十二本著作（嚴格的說是二十一本）。題材方面，大多都描寫浙東農村生活，農民、工人、知識分子的苦悶徬徨。中共竊國以後，則寫浙東所謂「蘇區」的「土地改革」，表現的，是中共公式化的作品，無非是「窮人翻身」，鬥垮了土豪劣紳等，可以說是一個十足的、標準的紅色作家。套句中共用以評定作品優劣的公式：王西彥的「作品」是「正確的反應了現實」，並徹底的爲「工農兵」，也就是「無產階級」服務的作品。他寫作是依照馬克思要

---

❻ 同❹。

求一切上層建築為無產階級服務的教條而創作的。

「古屋」寫一個封建地主家庭的沒落，他用蓬勃的難童學校來暗示代替了古屋的新一代的力量。「林野戀人」寫農民在日軍淫威下，受到殘暴肆虐，及農民愛情的不幸。這篇小說以農村野店為背景，與世隔絕的神秘氣氛，同陶潛的「桃花源記」一樣的美麗。王瑤在評這本小說時說：「他把故事放在一個差不多與世隔絕的小山城，企圖歌頌一種原始性的欲和力，也流露著不少浪漫和感傷的情調。」❼「尋夢者」也是類似題材。

在「尋夢者」一書中寫一隱士，後來這個隱士出山了，也只是隨波逐流。在這本小說中，王西彥感到相當徬徨，他在書中表示：「我們誰都是夢的尋者，如果一個人對夢的追尋失去興趣，那便無異於對生命失去興趣。」王瑤認為是王西彥不滿現實的表示。❽

對於這本書的主題，與現實對照，是非常有意義的。本書出版於一九四八年（民國三十七年）的上海，當然，寫作的時間應在一九四七或四六年期間。那時正是戡亂戰爭打得火熱的時候，上海還在政府的手中。

依照王瑤的說法，這不滿的現象，當然是「白區」的了。那麼依照公式的解釋，所尋的「夢」

❼ 王瑤著：「中國新文學史稿」下册，四六五頁，一九八三年十一月第二版，「上海文藝出版社」出版。

❽ 同❼，轉引自王瑤著作。

（可以說是作者的「理想」吧），也就是共產的社會主義世界。如果是這樣，那麼王西彥的作品是富有「戰鬥性」的，也就符合了共產黨賦予作家的使命，他也已完成了這項使命了。

不幸的是中共竊得名器之後，卻倒行逆施，不僅未到達「共產主義」的「天堂」，連「上天」的「梯子」也折斷了，王西彥的作品，又成了「毒草」。文學作品不像科學的論文，推理不變（有許多定理，仍可以推翻），文學是可以因環境的變遷而有多樣解釋的。以王西彥這篇東西出版的時間，可以解釋為諷刺國民政府的統治，但當共產黨置十億同胞生活於不顧的時候，「尋夢者」卻又可以成為攻擊共產黨政權的一把匕首。

這實在是饒有趣味的轉變。

王西彥是一個老共產黨員。我們推斷，他入黨至少在一九三三年（民國二十二年）之前，因為「左聯」的北平分會成立於是年之前已於前文提及。

我們一向把「左聯」當成一個文學團體，其實這是絕對的錯誤。「左聯」成立時，「拓荒者」發表「中國左翼作家聯盟成立」一文，透露了「左聯」的綱領是：

一、我們文學運動的目的在求新興階級的解放。

二、反對一切對我們的運動的壓迫。

在這項綱領下，「左聯」的工作是：

一、吸收外國新興文學的經驗，及擴大我們的運動，要建立種種研究組織。
二、幫助新作家之文學的訓練，及提拔工農作家。
三、確立馬克思主義的藝術理論及批評理論。
四、出版機關雜誌及叢書、小叢書等。
五、從事產生新興階級文學作品❾。

「左聯」成員是一種甚麼態度呢？這篇宣言式的「文章」說：「我們的藝術不能呈獻給『勝利不然就死』的血腥鬥爭。」❿態度之堅決，目的的鮮明，已昭然若揭了。

到底「左聯」怎樣去控制與命令作家呢？現在手邊沒「左聯」的「章程」，但有一個「新盟員加入的補充決議」。

由這個「決議」，已可窺其全貌。

這個決議全名是「關於新盟員加入的補充決議」，是在一九三二年三月九日「左聯」召開「秘書處擴大會議」上通過的。決議全文如下：

介紹新盟員加入左聯，在現在非常必要，但無論如何，必須始終堅持一九三〇年十月執

❾「中國左翼作家聯盟的成立」，一九三四年三月十日，「拓荒者」一卷三期。
❿同❾。

委會的決議（「文學導報」一）第八期第七節所規定的原則。現在遇見實際的特殊的情形，特補充決議如下：

一、抱著堅決的意志欲加入左聯而尚未具有充分的左聯的盟員資格者，應當使他暫為左聯的後備軍——加入研究或其他左聯領導的文學團體，和左聯經常發生密切的關係，過相當時期再行正式加入。

二、欲加入左聯而曾蒙有和反動派別有關係的嫌疑者，必須用他真名在公開刊物上發表反對那反動派的文字，才能正式加入。

三、曾屬於反動派別，現在轉變欲加入左聯者，他必須把反動派的組織內幕和活動實情完全告訴左聯，一面用他真名在公開刊物上發表反對那反動派別的文字，才能加入⑪。

一個文學團體要這樣的嚴密控制與組織幹甚麼？「抱著堅持意志」的人加入「左聯」，尚須經過相當時期的觀察才能加入，曾經加入其他黨派的，除了表態，報告其他黨派內幕之外，還要發表反對那「反動派」的文字才能加入「左聯」。

從這些地方看來，「左聯」這個「文學團體」，比秘密會黨的組織更嚴密。難怪「左聯」一

⑪同❸。

直發展不起來的原因在此，一些非共產黨員的作家無法加入，國民黨籍的作家更無法加入的原因也在此。

從上述的情況看，「左聯」與「新月派」等文學社團比較，是不可同日而語的，「新月派」諸人以獅子、老虎獨來獨往自況，與狗和狼的成羣結隊，相去又何止千里？我把「新月」的「宣言」來與「左聯」的對讀，「新月」只有高崇的文學理想，要成爲「新月」一派，只要興趣相同，而又拿得出貨色就行了；至於「左聯」呢：除了要有足夠的作品，還要具有合格的身分。全世界中除了共產黨國家的「文學團體」之外，恐怕都不會對入會者加以限制，並且，又是如此的嚴格。

王西彥是北平分會加入「左聯」的，他加入「左聯」之前，已是一個黨員，我想一九三三年讀北平「中國大學」的時候就加入共產黨了，所以，一加入「左聯」即擔任了執行委員，地位不能說不高，具有這樣的身分，我判斷王西彥是一個老共產黨員，不是全沒有根據的。

他曾參加「一二九事件」。

所謂「一二九事件」，是一九三五年十二月九日由中共發動的所謂「北平學生愛國示威」，要求「反蔣抗日」。這個運動，在中共的竊國史上，佔有相當重要的地位。日本侵華，蠶食鯨吞，已到忍無可忍的地步，全國軍民憤怒已達燃點，但抗戰的準備尚未充分，處處忍讓，以便爭取準備時間。這種策略又不便宣示，故造成不少誤會，中共就利用這種民氣煽動反對國民黨的學潮。「一二九學生反日運動」就是在這種背景之下，一經中共煽動就爆炸了。

實際中共發動此項學運的目的，是爲了挑起中日戰爭，使中共獲得喘息的機會，同時也可減輕蘇聯的軍事壓力。而「左聯」的文學任務，除了實現「中國無產階級革命」，達到奪取政權的目的，還要「在文學的領域內，加緊反帝國主義的工作，加緊反對帝國主義戰爭，特別是進攻蘇聯與瓜分中國的帝國主義戰爭的工作。」⑫他們這樣的明目張膽，且不怕有血性的同胞的唾棄，對於這一點，他們從不諱言。一九三〇年八月四日，「左聯執行委員會通過」的決議，題爲「無產階級文學運動新的情勢及我們的新任務」中說：「眞正的馬克思主義者不會隱藏自己的缺點。爲完成我們偉大的任務正確的執行工作起見，我們應當指出，『左聯』自身的缺陷和過去運動上的弱點勇敢的糾正過來。首先我們要糾正組織上的窄狹觀念。有人斷定『左聯』的組織根本是作家的組織，因而是左傾的組織。這個估量當然是錯誤的。因爲『左聯』的組織原則不是作家的同業組合組織，同時還有它一定的鬥爭綱領。」不是作家專業組合的組織，是什麼？是「成功的鬥爭機關，這個組織基礎的重心應該移到青年羣眾身上，漸次轉移到工農身上。」如何轉移法？「（通信員運動的發展使『左聯』的組織擴大到工農羣眾中去的前途。）我們要堅決的克服組織上的窄狹觀念——組合主義。」⑬這眞是再也明白不過的招認了。

⑫ 見「中國無產階級革命文學的新任務」，一九三一年十一月十五日，「文學導報」一卷八期。

⑬ 「無產階級文學運動新的情勢及我們的任務」，一九三〇年八月十五日，「文化鬥爭」一卷一期。

如果我們再把「左聯」當成一個文學團體，我們是心盲目盲；他是一個類同黑社會的組織，作家則是武裝了的、帶槍披甲的「戰士」，王西彥就是這樣一個人，所以，他的作品都是帶有任務的東西，政治意味極爲濃厚，雖然出版了不少「書」，評價都不高的理由，大概就在此了。

抗戰爆發後，王西彥參加共產黨發起組織的「戰地服務團」，當時的政治部副部長爲周恩來，第三廳所長爲郭沫若，主管文藝與戲劇，曾組成許多戰地服務團，文藝活動幾乎都落入共黨之手。王西彥被派到第五戰區，在徐州一帶工作。

一九三八年五月二十七日，國軍主力安全撤退到皖西和豫南地區，徐州宣告失守，王西彥轉移到中共辦的「觀察日報」工作⑭。長沙大火後，轉往塘田講學院教書，後來該學院被政府查封，一九三九年派到福建，主編「現代文藝」，一方面在「福州師範」、「福建協和大學」任教，繼而又到「桂林師範學院」、「湖南大學」、「武漢大學」、「浙江師範學院」等學校工作。中共竊國後，任「湖南省第一屆人民代表大會」代表，上海市一至五屆「政協委員」，一九五〇——一九五三參加「土改」，並兩次到「韓戰」訪問，這是他的正式職務。

在文學活動方面，擔任過「中南文聯」、「華東文聯」籌備委員，一九五三年調到上海，加入「中國作家協會」派任「文藝月刊」編委。

---

⑭ 同❹。

一九五五年轉爲專業寫作。

中共的所謂專業寫作，是拿待遇的作家。他們的待遇，主席、副主席，比照部會及省首長薪，作家分等級，大約比照教授、副教授、講師拿錢，有所謂「文藝級幹部」待遇的說法，其職等是按「對革命的貢獻」來評定的。這種供給制從一九四九年起實施，直到一九五三年春，還是供給制⑮。所謂供給制，是由中共僞政權支給作家的一切生活費用，直到一九五三年春以後才改爲「工資制」⑯。

供給制與工資制的區別是：

一、供給制：包括了一切衣、食、住、行的開銷，都由國家負責⑰。

二、工資制：按級別拿薪水，另外享有公費醫療，住宅由國家配給⑱。

「新珠影」一九六八年二月第十二、十四期合刊第一版刊出，「舊珠影貴族老爺的特權」一

---

⑮ 吳祖光著：「對文藝創作的一些意見」，一九五二年二月二十五日「人民日報」。該文透露：「作家在解放後成了文藝幹部，每天向政府支取生活費，生活都有保障……。」

⑯ 王傑著：「一個醜惡的靈魂」，一九五五年八月七日「人民日報」。該文說：「一九五三年春天，我們都改爲薪金制。」王傑是熱河省文聯幹部。

⑰ 翟志成著：「中國文藝政策研究論文集」，二〇四頁，民國七十二年六月十日「時報文化出版事業公司」出版。

⑱ 同⑰。

文透露，「編導王爲一，月薪人民幣二四七元五角，陶金、伊琳月薪二四七元五角，珠江電影製片工人每月五十元。」⑲另外還有「文藝基金」的貸款及獎金，難怪王西彥要改爲專業作家了。這種工資制，直到現在還是舊制，蕭軍、丁玲、蕭乾等都是部長級待遇，所得超過三百元人民幣，還可以分配到一個秘書的缺額。蕭軍的秘書，即是蕭紅的女兒蕭耘。

名義上，蕭耘也是蕭軍的女兒，實際上蕭軍和蕭紅結婚並無所出，蕭耘應是蕭紅與第一個李姓情人所生，在哈爾濱醫院丟棄的那個私生女。

王西彥由一大堆頭銜改爲專業作家，是否受到待遇的誘惑，目前沒有直接證據，但一個搞政治的業餘作家，改爲專業作家，是沒有理由的。不過，在中共而言，作家做官的不少，如周揚、丁玲、馮雪峯、郭沫若、劉白羽、王蒙、夏衍等，都幹過「文藝官」，他們是一而二、二而一的，作家又可以爲代表、委員、局、處長等等。尤其是「人民代表」都是不必經過選舉，而由中共「欽定」的，所以，很多作家，都具有雙重身分。

巴金任「上海作協」分會主席時，於韓戰（中共說是「抗美援朝」）期間，數度到北韓做戰地訪問，其中都有王西彥隨行，他們不僅是老友，也是難友。

王西彥之被鬥，起於一九五九年在山東省的「前哨」十期發表的「偶感四則」。這四則偶感

---

⑲ 同⑰，二〇八頁。

被姚文元逮住，在「文滙報」上寫了一篇批評王西彥的文章。只看題目就夠兇險了。姚文題爲「剝開反革命修正主義分子王西彥的畫皮」，指這四則偶感是向「中共建國十週年所發的一枝毒箭」，又於一九六三年在「新港」八期發表的一篇描寫雷峯塔的散文「塔」，也被視爲對「黨中央」和「毛主席」的諷刺，於是，在「文化革命」時遭到清算⑳，打入「牛鬼蛇神」的行列，而先巴金關進「牛棚」裏。後來巴金被捕，與巴金一起被鬥，已見於「巴金的矛盾」一文之中，不再贅述。

「塔」是否眞的諷刺了中共與毛澤東，此間無法讀到原文，不敢妄加論斷，但是，王西彥是喝「共產黨的奶水長大」的，有沒有這種擔當，不必去管，有沒有知識良心，倘且是一個問題。旣是如此，何以姚文元要如此刻毒的批評王西彥？我想只有一種可能，那就是一個體質不良的人，總會疑神疑鬼，只要風吹草動，就會自我防衞。何況當時「三面紅旗」破產，老毛遭到杯葛的時候，像「塔」這樣的文章，也使毛澤東覺得自己眞的「尖」起來了。其實，王西彥是一個忠實的共產黨員，只是毛澤東的倒行逆施，將使中國淪入亡國滅種的境地，卽使是有所批評諷刺，也是基於一個共產黨員的立場，至少沒有太多的惡意。可是，毛澤東政策的失敗，他的體質經不起任何批評，才有姚文元鬥王西彥的一幕，以及「文化大革命」時抄家之罪。

⑳同❺，摘寫李立明著：「王西彥」。

「文化革命」是從上海騷動的，「三家村」的批鬥也是由姚文元與張春橋鬥起，那時毛澤東已陷入四面楚歌，孤立無援，上海是他唯一的根據地。在這種情形下姚文元向王西彥開炮，焉有不被抄家之理？

王西彥如果仍活著，已是古稀之年。人到了古稀之年甚麼都可以放棄。但是，王西彥至少從一九三三年起，就是共產黨員，替中共搞學運，做文藝的馬前卒，把最美好的歲月都獻給了共產黨，垂暮之年仍然被拉去遊街鬥爭，下放勞動。巴金也做了八年的牛鬼蛇神，王西彥比他被捕還早些，一個老人受那種虐待，令人鼻酸。這也是一個講鬥爭的共產黨員應有的下場。

魏金枝名實不符

「文革」期間，與巴金、王西彥一起被害，並關在上海巨鹿路「上海作協」分會的尙有魏金枝。

雖然在三十年代作家行列中，魏金枝不是個重要人物，因爲他與巴金一起受難，探討魏金枝，有助於對「三十年代」的了解。

魏金枝與「末名社」的柔石（趙平復）是同鄉，年齡相仿，同是「浙江省立第一師範」畢業，私交甚篤，乃由柔石於一九三〇年介紹他加入「左聯」，成爲這個組織的一員❶。

我們對「左聯」研究愈多，就越發覺得它不是一個社團，而是一個嚴密的共黨分支機構。「左聯」與「中共的後繼會」及「中國人權大同盟」與「第三國際」都有密切關係。這個文藝怪胎是在淸黨後成立的一個組織，那時共產黨是非法的，只要被捕，幾乎都難逃殺身之禍，所以組

❶「中國文學辭典」（現代第一分部），六一九頁，一九七九年十二月，僞「四川人民出版社」出版。

織都非常機密。瞿秋白自被指為「調和主義」以後，失掉了中共總書記的寶座，兼之又害肺病，正好可以休養一段時間，不過中共的黨員生活費都由組織供應，沒有工作，生活立即陷入窘境，瞿秋白也不例外。所以瞿秋白離開了「中共中央」，就到「左聯」寫些通訊稿，幫助共產黨展開宣傳工作。但是魯迅不是共產黨員。一個共產黨徒，沒有與外界接觸的自由。瞿秋白於一九三一年一月十三日中共在上海召開「六屆擴大四中全會」，鬥爭「立三路線」。向忠發代表「中共政治局」所作的「政治報告」中，承認「立三路號」的錯誤。這項錯誤向忠發認為應由自己負責之外，「調和主義」部分的責任，則全推給瞿秋白了。

向忠發在報告中說：「三中全會調和主義的立場，與對國際代表的不尊重，最主要的責任是瞿秋白同志負的。」❷這次會議瞿秋白、李維漢、李立三、賀昌等人在中共的政治局委員及中央委員都被鬥垮了，只差沒有開除黨籍而已。

關於這次鬥爭，是史達林蓄意已久的事。張國燾的太太楊子烈，在「張國燾夫人回憶錄」中的「莫斯科中山大學鬥爭實況」一章裏，除了回憶當年在莫斯科「留學」的鬥爭情況之外，對這次鬥爭的眞正用意，楊子烈說：「原來史大林早不滿意中國老一輩的領導人如陳獨秀、張國燾、瞿秋白等，認為他們個性倔強，不甘俯首貼耳，言聽計從。中國革命失敗，他不責怪自己和第三

❷ 向忠發：「中共四中全會政治局的工作報告」，轉引自姜新立著：「瞿秋白的悲劇」（原件存調查局）。

國際領導的錯誤，而責怪陳獨秀等。現在老的幹部都不行了，必須培養出一批新的幹部，他所培養的便是以陳紹禹爲首的所謂二十八個布爾什維克。」❸這就是所謂的二十八宿，陳紹禹（王明）、秦邦憲、張聞天都是二十八宿中的成員。這次中山大學的鬥爭，是因「中國支局部」書記柏爾金管理不當，由中國去的共黨學生略予批評，柏爾金卽惱羞成怒，而引發了那次鬥爭，而由這項鬥爭延伸到中國，直到中共的「四中全會」還未告結束。不過二十八宿已如史大林所預料，抓到了實權。中共的「四中全會」除了鬥瞿秋白一派以外，同時把何孟雄的「幹部派」也鬥倒了❹。瞿秋白於六月才與魯迅開始通信❺，並參加了「左聯」的活動，把自已投入「普羅文學運動的戰場」上。在此期間，他發表「史大林和文學」一文❻，普羅文學運動正式登臺。在此期間，瞿秋白又參與胡秋原與魯迅的論戰，在文學論爭上，也企圖以「人海」與「字海」戰術贏得那一仗的勝利，無如當時的胡秋原先生雖然年輕，對俄國文學的造詣卻在瞿秋白那些人之上。這都是題外話，對於瞿秋白與魯迅的交往，當然需要愼重，他們見面是在一九三一年的下半年，最初在謝澹如家，直到該年九月瞿秋白爲逃避追捕，才跑到魯迅家裏。因爲兩人趣味相投，後來成

---

❸ 楊子烈著：「張國燾夫人回憶錄」（下），二二五頁，一九七〇年七月，「自聯出版社」出版。

❹ 同❸。

❺ 馬良春、張大明編：「三十年代左翼文藝資料選編」，五六頁，一九八四年十一月，「四川人民出版社」出版。

❻ 楊之華著：「憶秋白」，一九五八年七月，「中國青年出版社」出版「紅旗飄飄」第八期，五一頁。

爲好友。一個被鬥垮的共產黨人與一個「左聯」的領導人見面尙且如此愼重其事，何況是魏金枝呢？

我之所以用那麼大的篇幅，重複敍述魯迅與瞿秋白的交往，爲的是說明魏金枝是一個老共產黨員，也證明「左聯」並非文學社團，而是共產黨的一個組織。

魏金枝從一九二〇年起，也就是他二十歲開始寫作，最初寫散文和詩歌，一九二六年起開始寫小說❼。

他的作品多數以農村爲題材，地主的壓迫、農村的窮困、農民的生活等都成爲他的小說主題了。「七封書信的自傳」於一九二八年上海「聯合書店」出版。這本書被魯迅批評過。魯迅在「我們要批評家」一文裏，把魏金枝的這本書捧爲「優秀之作」❽。

我們從魯迅的著作中，有一個有趣的發現：被魯迅批評過的人，在共產黨的「作家」中，除了徐懋庸、周揚、夏衍之外，全部是優秀的作品與作家。上述數人係因「兩個口號」的論爭中，徐懋庸及魯迅，他曾運用那種尖酸刻薄，嘻笑怒罵的筆調，予以無情的諷刺以外，就是周揚奪取「左聯」「領導權」，而罵周爲「奴隸總管」，對於共產黨人與對魯迅執弟子禮的作家，和對他「崇拜」的人，如蕭軍、蕭紅、端木蕻良等等，一律都捧上了天。當時魏金枝不過是位名不見經

---

❼ 同❶。

❽ 同❶。

傳的人物，竟然受到魯迅如此品題，我懷疑魯迅的許多批評，都是共產黨根據「蘇聯的文藝政策」下寫的「遵令文學」。以魯迅當時在文壇上的地位，魏金枝不會受到魯迅的重視，但已經批評，即譽爲「優秀之作」，那恐怕不是魯迅心裏想說的話。

那時魯迅在中共有計畫的培植下，已是文壇的皇帝，他說誰優秀，誰就優秀，說誰低劣，誰就低劣，讀者盲目的崇拜固是造成這種地位的因素之一，重要的還是以一個集團的力量，把魯迅塑造成爲權威。足見三十年代至今天，文學批評都沒有什麼標準可言。所謂「知識良心」，對魯迅來說，是不知爲何物的。以魯迅早期的「阿Q正傳」與「藥」和後期的作品比較，我懷疑魯迅做了「左聯」的「文藝老頭」後，已與他前期的作品有極大區別！因此，我懷疑蔣光慈他們把「老頭子」圍捕到手後，魯迅也已經受到了控制，只看他說：奴隸總管抽他打他，胡風也說：文藝有五把刀放在作家頭上，應當可以了解。否則像魏金枝那樣的「作家」，怎麼會受到魯迅的青睞？我臆測，這都是共產黨要魯迅培植的青年。因爲談交情，柔石與魏金枝都與魯迅相差了二十至二十五、六歲，很難有什麼感情可言，那麼，魯迅之所以捧魏金枝，唯一的理由就是奉命行事。

「大師」這種「批評」，是拿他的批評信譽開玩笑，無奈自那時起，我們的社會就發生了「權威」與「大師」盲目作祟的問題，才有「左聯」橫行文壇的悲劇。不過且不要以爲事情已過了近五十年，就已成爲過去，這種事在臺北仍然發生。一批在臺灣受了高等教育，引進所謂「新批評」的文棍，正結隊成羣，自我衒媒拍賣，互相吹捧，爭取文藝市場，大有「於今尤烈」之勢。足見教育水準的提高，並未相對的把讀者水準也提升，一夜間產生「大作家」的情形，比比皆是，寫到這裏，不禁擲筆三嘆。

我說，「左聯」不是一個文學社團，作家一旦加入之後，卽受到嚴密的控制，並沒有直接的證據，但讀楊子烈的回憶錄，可以得到許多旁證。

張國燾是共產黨創始人之一，曾當過中共中委。於一九三〇年莫斯科中山大學清黨後，於一九三一年元月一日與楊子烈僞裝德國留學生，坐西伯利亞列車返國，到滿州里經哈爾濱乘日輪到上海❾，在第三國際米夫主持下，中共四中全會鬥爭立三路線時，「老幹部派」（也就是士共派）何孟雄等被國際派出賣事件剛結束，史大林培植的「二十八個布爾什維克」（也就是所謂的「二十八宿」）登上中共中央的政治舞臺，瞿秋白等失勢，陳紹禹等當權，中共的派系鬥爭暗潮洶湧，張國燾也在排斥之列。

一九三一年四月張國燾奉派去鄂豫皖邊區發展「蘇區」工作，八月到達目的地❿，瞿秋白於一九三三年底到所謂的「江西蘇區」⓫，楊子烈、楊之華都被扣留在上海當人質，楊之華做婦

❾ 見張國燾著：「我的回憶」，八六二頁，一九七四年，「明報月刊」出版社出版（臺灣有翻印本）。
❿ 同❾，八九五頁。
⓫ 姜立新著：「瞿秋白的悲劇」，三三五頁，民國七十一年九月，「幼獅文化事業公司」出版。

運！楊子烈做交通工作⑫，他們本都想追隨夫婿去所謂的「蘇區」，但都被共產黨否決，爲的是留下她們做「人質」，以便控制張國燾與瞿秋白，足見共產黨的手段殘酷毒辣，即使對高級幹部也不例外。

由這裏可以看出來，魏金枝能進入「左聯」，不是件簡單的事，當然能受到魯迅的品題，更是中共刻意所要培植的人了，無如魏金枝不是塊料子，是扶也扶不起來的阿斗。魏金枝庸庸碌碌過了幾十年，還是二十五六歲寫東西的模樣。

魏金枝浙江嵊縣人，嵊縣漢時爲剡縣地，吳時改爲瞻水，宋改嵊縣，一向屬紹興府，出幕府人才，生於一九〇〇年（光緒二十六年）。

他家住嵊縣白泥坎村，父親務農，畢業於「浙江第一師範」，介紹他加入「左聯」的柔石生於一九〇二年，也畢業於這間師範，說不定是同一年次的班級，不同班次至少是前後期同學。柔石是浙江寧海人，可以算得上是同鄉，基於這種關係，介紹他加入「左聯」是極自然的事。

師範畢業分發到浙江孝豐縣縣立小學當教員，後來轉到「上海國民女中」教書，可能是同時兼職，也可能是辭了「上海國民女中」的教席，再轉任「上海商務印書館」工會辦的「工人子弟學校」任教員。這是不是一個左傾的團體，沒有確切的資料不敢妄斷，但是當時的商務印書館已

⑫「交通」，即傳達連絡與掩護工作。

被共產黨滲透，矛盾，鄭振鐸都在商務工作，「小說月報」等於已變成了文學研究會的機關刊物。魏金枝之所以進入「商務印書館」的「工人子弟學校」，很可能與這些共產黨員的牽引有極大關係。

我之所以做如此的推斷，是因爲不久之後，他就當「上海總工會」的秘書了。中共說：「其間曾因參加進步團體而被捕。」⓭所謂進步團體，就指的中共組織或外圍組織而言。可見得他進入「左聯」之前，就已是共產黨的一個活躍分子。

他進入「左聯」前，卽已擔任「萌芽」的編輯⓮，「左聯」是一九三〇年三月二日成立，「萌芽」卻創刊於一九三〇年一月一日，共出了五期，至第一卷六期因查禁而改用「新地月刊」發行⓯，算算它一共出了六期，「萌芽」出版於「左聯」成立之前，而中共卻稱「萌芽」是「左聯」的機關刊物，由這個旁證證實，「左聯」成立只是一個「宣告」而已，事實上早就已經存在，而魏金枝沒有正式加入這個「社團」之前，就已經是一個共產黨員，並且是「左聯」冒進主義的一分子，應是不成問題。

共產黨所辦的刊物，胸襟極其狹隘，稿件方面，是絕不用外人一字的，不像自由派的刊物，

⓭ 同❶。

⓮ 同❶。

⓯ 同❺，二八八——二九五頁。

只認稿不認人。我讀到「萌芽」一至六期的目錄，一九三〇年元月一日出版的一卷一期上，就曾發表了魏金枝所寫的「奶媽」（短篇小說）。當時「萌芽」是由魯迅自任主編，魏金枝可能是這本刊物的執行編輯。

當時在「萌芽」上寫稿的，有亦還、雪峰、魯迅、成文英、金枝（即魏金枝）、蓬子（姚蓬子）、張天翼、柔石、白莽、馮乃超、沈端先（夏衍）、曹靖華、適夷、連柱、致平、洛揚、開時、嘉生、審章、天鏡、賀非、學濂、穆如、許杰、李宋常、李德謨、吳黎平、待桁、債霞、阿毛、霆聲、章様、N・O、力次、圭本、刈刺、思德、方夕、K・F、秋楓、巇濤、陳正道等。六期中一共出現了這麼多人，魏金枝在第一期和第五期各出現一次，第一期作品已如前述，第五期作品爲「焦大哥」，也是小說⑯。這是「左聯」的「機關」刊物之一，主編又是魯迅自己，魏金枝能成爲魯迅的助手，足見當時受到重視的程度，可惜才華有限，在作家這一行中沒有成爲拔尖人物。

魏金枝二十歲（一九二〇）那年開始寫詩與散文，那時正是白話文學蓬勃發展的時代，從一九一五年起到一九二〇年期間，至少出現四百種白話報刊，先後出現的文學團體一百多個⑰，可說新文學運動已到了高潮的時期。那時只要能「的嗎拉呀了」，大概都可以稱之爲「作家」，正

⑯ 同⑮。

⑰ 王瑤著：「中國新文學史稿」，五頁，一九八三年十一月，「上海文藝出版社」出版。

如今天的人，只要膽大到能寫「幹」，就成爲「作家」一般容易，魏金枝便是時逢其會的起來了。

他曾經用過鳳兮（與馮放民先生的筆名完全相同）、莫干、高山、鹿宿等筆名。這時的魏金枝，正趕上「新文學革命」的巴士，自一九一七年新文學革命發難，到一九二〇年一月已獲得重大的、全面的勝利⑱，「新文學革命」是趁「五四運動」的勢而導利，所以進行得非常順利，一九三二年「學衡」的反攻，到一九三六年「甲寅」的出版，對抗新文學革命已成強弩之末了。白話文學已成爲時代的寵兒，「引車賣漿」者的語言，已是文學語言的主流。胡適先生檢討「文學革命的成果」時說：「白話的散文是進步了，長篇議論文的進步，即是顯而易見的，可以不論。這些年來，散文方面最可注意的發展乃是周作人等提倡的『小品散文』。這一類的小品文，用平淡的談話，包藏著深刻的意味；有時很像笨拙，其實滑稽。這類作品的成功，就可徹底打破『美文不能白話』的迷信了。」⑲從胡先生的這段話，可以看出「文學革命」的一般狀況。這是不爭的事實，一九二〇年元月十二日教育部頒佈命令，小學一、二年級的國文，秋季起改用白話，可以說，這道命令，已宣告了「文學革命」的勝利。魏金枝這時期正在小學當教師，自然受到相當大的激盪，動筆開始寫些文章是極自然的事。

---

⑱ 司馬長風著：「中國新文學史」，六五頁，一九七六年九月出版。

⑲ 胡適著：「文學革命運動」。

「文學革命」的勝利，還不止於學校採用國語的白話做教材這一點，傳播媒體也幾乎全用白話來做新聞報導的工具，有人估計一九一九年至少出現了四百種白話報[20]。在這種情勢下，稍爲新潮一點的年輕人，沒有不投入這一時流的，魏金枝也是這個新潮的魚兒之一。

魏金枝的第一本小說：「七封書信的自傳」，是一九二八年上海人間書店出版的，一九三〇年又由上海聯合書店出版了他的另一本短篇小說，是用在「萌芽」第一期發表的「奶媽」爲書名，一九三三年又由上海現代書局出版了「白旗手」，稍後又出「魏金枝短篇小說選集」、「越早越好」（兒童文學）、「時代的回聲」（雜文）、「文藝論文集」、「文藝隨筆」等，另外編有「中國寓言」、「文革」後就沒有再出新書，他一共連編的書在內，共出版了九本。魯迅的「阿Q正傳」發表於一九二一年，魏金枝於一九二〇年開始寫作，可以算是同一時期的作品，但他的文名，不僅不能與魯迅相比，即連蔣光慈、丁玲等人都不如，他的才華相當有限。不過他因曾協助過魯迅工作的關係，小說曾入選「中國新文學大系」的「小說第二集」。按「中國新文學大系」第一集是由矛盾主選，第二集爲魯迅主選，第三集爲鄭伯奇主選，第一集三十九家五十八篇作品，第二集三十三家五十八篇作品、第三集十九家三十七篇作品，三集合計是九十一家一五四篇作品中，魏金枝只占一篇，可能還是魯迅主選才有上榜的機會，比他小兩歲，屬「莽原社」

[20] 同[19]，見收錄張若英編的：「新文學運動史資料」，載於「中國新文學大系」小說二集導言。

的臺靜農先生，他還差了一大截。臺靜農先生在「中國新文學大系」中的「小說第二集」入選的作品共為四篇㉑，足見當時魏金枝與臺靜農在魯迅心目中的地位是如何了。

柔石、胡也頻等，一九三一年在東方大旅社與何孟雄開會，反對陳紹禹、米夫等國際派，被陳紹禹等出賣被捕後，因為魏金枝與柔石關係極為密切，深恐因柔石的被捕而牽連，他不得不離開上海，到杭州「財務學校」當教員。

一九三二年參加「五月花」集團而於是年夏天被捕，出獄後回到家鄉，一九三三年又回上海麥信中學任教，直到一九四九年都沒有離開這間學校㉒。這裏所提的「五月花」可能是上述「財務學校」的社團，曾經遍查資料，都不見有關「五月花」的記載，我之所以做此判斷，是林風眠主持「杭州藝專」時，該校曾經有不少左傾的社團出現。

在上海期間，自一九四二年起參加啟明書局編「新辭林」的工作，這本字典採由左至右橫排法，編排上甚為美觀實用，四十至五十年代臺灣還有翻印本，今天已成絕版書，屬於中學用的字典，檢與查都很方便，辭的解釋用白話，簡單扼要，舉例很好。字典的編輯工作非常繁重，他並非文字學家，「小學」的功夫也還沒有到達編字典的程度，我相信他最多不過是編字典的行政

㉑ 同⑱，一七一頁。

㉒ 同❶。

編輯，如發排等，連總校對都不大可能，否則那就是一本「剪貼」的字書罷了。我手邊有這本書，是從夏楚那裏情商，用另一本新字典換來的。詞釋簡明，試舉一例：「王師」：「君王時代稱國家的軍隊」、「玉骨」：「形容美人的高潔」等等。一本字典的編輯、校印都不簡單，「新辭林」屬於中等字典，投注的心血必然不少。

他曾經做過「文壇」（一九四六）與「文藝月報」（一九五二）編輯，「上海文學」，「收獲」副主編，後兩本都屬「上海作協分會」的機關刊物。

一九四九年上海淪陷後，曾出任「上海教育局」的特約研究員，「中學語文研究會」的幹事等職務。

一九五二年任職於上海「文字工作者聯合會」，後來出任「中國作家協會上海分會」書記處的書記，並兼副主席，書記處屬黨團組織，是那個機關的核心，足見魏金枝是什麼人物了。那時的主席是夏衍，巴金訪問北韓回來後，接夏衍的職務。在鬥爭中夏衍批評巴金，即因這一段恩怨而起。共產黨的社團幹部，如理監事與理事長等，不能用自由世界的標準去衡量。自由世界的這些「職務」只是「榮譽職」，無給制！中共的理事主席副主席薪給是比照「部長」「副部長」或「省長」敍薪的。無薪給的榮譽理事長，尙且爭得打破頭，何況是除了薪給之外，還可配秘書及房屋呢！巴金搶了夏衍的飯碗，所以巴金與夏衍的鬥爭，是難以避免的了。

魏金枝雖然是個老作家，卻沒有什麼文名，而且職位也不高。筆者曾查過劉綬松的「中國新文學史初稿」，及十四所大專院校編的「中國現代文學史」、王瑤著的「中國新文學史稿」，這三本「史」書，是中國近代文學史方面，比較齊全一點的「史」書，但是除了王瑤在「中國新文學史稿」中，以約五百字，介紹魏金枝以外，其他的兩本提都未曾提及。由此也可看出魏金枝在文學上的地位了。

王瑤批評魏金枝時說：「寫農林經濟破產和農民生活情形比較早的一個作家是魏金枝，他於一九三〇年出版的『七封信的自傳』中包含五個短篇，以憂鬱的含淚的文筆，寫出了古老農村在衰老變化中的情形。裏面寫的是被輾轉在時代輪下的小人物的活動陰影，也彌漫著一種哀婉淒楚的情調。」[23]這是印象的批評，如何哀婉淒楚？王瑤沒有說，如何描寫衰敗破產的農村，王瑤也沒有說。而且在那個時代，農村本來就未曾興旺過，直到現在也還是清末民初的狀況，那裏來的農村破產？要說農村眞有所謂破產，那是毛澤東的「三面紅旗」的「總路線」，實行「人民公社」之下，把「以糧爲綱」的「政策」蠻幹到底，才眞正是大陸農村破產，暗無天日的時代，彭眞、彭德懷等就因爲看到了毛澤東的胡作非爲，反對他的「經濟政策」，而被打成走資派鬥爭垮的。

由這裏，我們又看到了王瑤等「遵命史家」所說的話，其目的何在了。

[23] 同[17]，二七八頁。

類似的批評還很多。王瑤說：「在以後的短篇小說集『奶媽』和『白旗手』中，作者的意識和技巧都有了顯著的進步，當時評論他的『奶媽』的人，曾認爲技巧和內容都超過了俄國小說『多天中的春的笑』，這篇作品寫的是女革命者奶媽的活動，比之那時一般公式化的作品，是要眞實生動的。」㉔是誰這樣說的呢？

寫批評講根據，胡適先生說：「有幾分證據，說幾分話。」「評論他」的是誰？在那裏批評？王瑤都語焉不詳，這都是一個批評家與史家的大忌，極不負責任的做法。不過我們過於責備王瑤是不對的，中共那裏來的眞正史家與批評家呢？

對於寫作，魏金枝也有自白式的招供。他在「白旗手」的序中說：「被搜集而且描寫在這裏的，我也得申明，都是一些傻子式的人物，……因爲我自己也生長在他們所生長的地方，而被社會環境決定了的，倘使我被生長在賈府的大觀園裏，那也許會寫出別一種東西，而爲別一種人所愛讀。」㉕這是廢話，「我手寫我口」，寫熟悉的事物乃是理所當然的事，有什麼可「序」的呢？關於這部分，如要批評，所佔的篇幅必然更多，我不想談了。但是我們讀這篇短短的序裏，有不少是修辭的毛病，如「我被生長在賈府的大觀園裏」的「被」字，人「生」是不由己的，沒有所謂「被」生，另外「七封信的自傳」，「信」是「不能自傳」的，但魏金枝卻大傳特傳，類

㉔ 同⑰。
㉕ 同⑰：轉引自王瑤著作的引文。

似的修辭毛病不少，以這種程度，他如何去編字典，實在難以理解。

另外王瑤又說：「他的風格簡樸。」㉖不是句讚揚的話，那應是一種暗貶，以上引的序文而言，卽使他生長在「大觀園裏」，也寫不出氣勢雄偉，辭藻華麗的作品來，他的「才華」只能到「簡樸」的程度，那是無可奈何的事情。

再說，寫農村，也不一定就要用「簡樸」的筆調，相反的，用雄偉壯麗的筆調來描寫山川河流，以及勞苦的大眾，相信更能震憾人的心靈而引起共鳴，增加一些興味，如蕭軍描寫東北的鄉土，就非常的富麗，爲什麼描寫農村及農民，就非用「簡樸」的筆調不可呢？

魏金枝的才華有限，他的成就也有限，我之所以要寫他，除了他曾與巴金一起關「牛棚」外，主要是暴露三十年代文壇黨同伐異的醜惡情形。我用的篇幅已經太多，但這也是無可奈何的事。

㉖ 同⑰。

冰心的風格獨特

三十年代中，冰心的散文入選為中學語文教科書佔了很大的篇幅❶，因此，冰心是中年以上讀者熟悉的作家之一。她的作品，與其他女作家的作品一樣，屬於陰性的文學，美雖然美，總缺少了一點陽剛之氣。除了生活、人生之類以外，甚少談到國家、民族的大計。不過，遣詞造句之美，三十年代中，沒有幾人可以比擬。所以，她的盛名，是當之無愧的。

冰心是國民黨「三民主義青年團」的團員，主編過蔣夫人創辦的「婦女文化」半月刊，一九四三年七月還擔任過「國民參政會」的參政員，兼「三民主義青年團」的幹事。其夫吳文藻博士，於抗戰勝利後回到北平「燕大」教書，一九四六年被政府派為「中國駐日代表團」文化組組長，冰心也隨吳文藻赴東京任所❷，並從一九四九年起至一九五一年春，在「東京大學中國文學

❶「冰心選集」序，作者姓名不詳，五頁，「文學史料研究會」出版。

❷李立明著：「中國現代六百作家小傳」，五三九頁，香港「波文書局」一九七八年七月出版。

系」擔任教席，講授中國現代文學，後於一九五一年秋天從東京經香港回大陸❸。在大陸期間，除在「中央民族學院」教書外，還於一九五六年二月，擔任大陸「亞洲委員會」委員、一九六四年七月二十二日被「選」爲「作家協會」理事、一九六四年十二月被「選」爲「人民代表」、一九七九年十月被「選」爲「文聯」副主席，續任三屆作協理事，一九八一年七月任「兒童和少年基金會」副會長❹，主要的職務是「民族學院」的教授，其他未擔任什麼重要職務。這也是他們夫妻選擇了錯誤道路的結果。

以她受到 蔣夫人的重視，及他夫婦受到政府的重用情況而言，如果，他們由日本回臺灣，其政治生命與文學、學術地位，應不止此。因爲，一九四一年以前，冰心與吳文藻都任職「西南聯大」，她是受蔣夫人之邀，由昆明到重慶主持「婦女文化」半月刊（筆者按：中共說是月刊，誤。）❺，戰後其夫已被傘以重要的外交官職務，應有相當作爲，可惜夫妻倆都現實短視。冰心與吳文藻回大陸的時間，正是戰勝國與日本談判媾和之時。一九五一年八月十五日美英宣布「對日和約最後修正案」，二十三日葉公超與藍欽會談中日和約問題，二十九日日本宣布對盟國賠償以三百億美元爲限，三十日葉公超與藍欽再度會談，九月四日「對日和會」在舊金山開幕，未邀

❸ 「中國文學家辭典」（現代第一分部），一一〇頁，「四川人民出版社」一九七九年出版。

❹ 摘自「冰心年表簡編」，「鍾馗出版有限公司」民國七十六年七月出版。

❺ 林曼叔、程海、海楓編著：「中國現代作家小傳」，四頁，巴黎「第七大學東西出版中心」出版。

我參加，八日「對日多邊和約」簽字，十一日葉公超宣布我願與日本簽訂「雙邊和約」。從這時起，中日媾和問題，中共已插足其間。冰心與吳文藻之回大陸，是否與此段歷史有關，則不得而知，不過，在一九四五年二月二十二日，左傾文化人與作家在「新華日報」重慶版上發表「文化界對時局進言」，卽已攻訐政府時，冰心已在宣言上簽字❻。她是否從此卽已左傾，目前也沒有直接的資料加以證實。不過，吳文藻回到大陸，也不曾得意，這眞叫做「一步錯步步錯」了。

冰心出身官宦世家，一九〇〇年十月五日（農曆），出生在福建福州城隆普營，這時她的父親謝葆璋（筆者按：鏡如，一說寶璋。）任清廷「海圻」巡洋艦副艦長，母親楊福慈，出身書香門第，祖父謝鑾恩則在福州城內「道南祠」作塾師。後來，他的父親曾做到清廷的海軍編練營的主管，算得上是位及人臣❼。

冰心本名婉瑩，曾以男士、冰心、婉瑩等筆名寫文章，一九一九年畢業於北平「貝滿女子中學」，隨卽考取「協和女子大學」。一九二〇年「協和」併入「燕京大學」，她也隨學校併了進去，稱爲「燕大女校」。一九二三年畢業於「燕大」，這年秋天赴美入波士頓「威爾斯利大學」，一九二六年獲文學碩士學位回國，接受「燕京」之聘，任「燕大」中國文學系教授❽。從這裏

---

❻ 同❹，二六〇頁。

❼ 同❺。

❽ 同❷，五三八—五三九頁。

看，冰心的求學過程是一帆風順的。

二歲遷往上海昌壽里，四歲時因謝婉瑩的父親調海軍編練營主管，遷居煙臺海軍採辦所芝罘東山的海濱上。那裏鬱林蒼翠，背山面海，風景優美，無論是在煙臺、閩侯的生活，都可從她所寫的「往事」一文中看得出來。

我們看看冰心是怎樣過著快樂的童年，同時，也欣賞她優美的散文：

父親的朋友送我們兩紅蓮，一紅是白的，一紅是紅的，都擺在院子裏。

八年之久，我沒有在院子裏看蓮花了——但故鄉的園院裏，却有許多；不但有並蒂的、還有三蒂的、四蒂的，都是紅蓮。

九年前的一個月夜，祖父和我在園裏乘涼，祖父笑著和我說：「我們園裏最初開三蒂蓮的時候，正好我們家庭中添了妳們三個姐妹。大家都歡喜，說是應了花瑞。」

半夜裏聽見繁雜的雨聲，早起濃陰的天，我覺得有些煩悶。從窗內往外看時，那一朵白蓮已經謝了，白瓣兒小船般散飄在水面上。梗上只留個小小的蓮蓬，和幾根淡黃色的花鬚，那一朵紅蓮，昨夜還是菡萏，今晨却開滿了，亭亭地在綠葉中間立著。

仍是不適意！——徘徊了一會子，窗外雷聲作了，大雨接著就來，愈下愈大。那朵紅蓮，被緊密的雨點，打得左右傾斜。在無遮蔽的天空下，我不敢下階去，也無法可想。

對屋裏母親喚著，我連忙走過去，坐在母親旁邊——一回頭忽然看見紅蓮旁邊的一個（筆者按：準確應是「張」字，葉應以張為單位）大荷葉，慢慢的傾側了來，正覆蓋在紅蓮上面……我不寧的心情散了。

爲什麼「不寧的心情散了」？且看她寫下去：

雨勢並不大，紅蓮却不搖動了。雨點不住的打著，只能在那勇敢慈憐的荷葉上面，聚了些流轉無力的水珠。

我心中深深的受了感動——

母親呵！你是荷葉，我是紅蓮❾。……

在山東煙臺的海邊也一樣，與兩位弟弟談海，「看海落潮，……放學後跟父親學打槍、騎馬、划船」，又和父親到兵艦上去玩耍，直到辛亥（一九一一年）革命成功，清朝的江山已是分崩離析，遷回上海，住虹口，冬天再回到老家福州城內後街楊橋巷口萬興桶石店後。也就是她在「往事」中描寫的庭院❿。從她自己的這些描寫來看，冰心有個幸福的童年。而批評冰心的作品

❾ 同❹，「往事」第七節，一三六—一三七頁。
❿ 同❹，年表，七歲、十二歲，二四八—二四九頁。

多屬陰柔美，也是根據這篇作品而來的。

這對於她後來的創作，有極大的影響，在作品裏，只有愛沒有恨，直到她從日本回到大陸上以後，才被迫寫些歌頌「新社會」的東西，也都是充滿了愛。一個人童年的生活，會對他有深遠的影響。以魯迅爲例，他的童年是不太美滿的，父親因科考弊案下獄，爲減輕他父親的罪刑向官吏行賄，幾乎花盡了家產，而使他生活在窮困、歧視當中，與他以後文章的尖酸刻薄不無關係。我推想，她童年的幸福、求學沒有挫折，對她以後的作品內容具決定性作用。

冰心是一位自然美的追求者，無論小說、散文和詩，都是這種風格。陳敬之先生喻爲「純摯之愛的謳歌者」，他對於冰心的評價是「一個富於美感柔情的女作家，她的作品不僅其文筆的清麗秀逸爲後來一般女作家所難企及；而其字裏行間所顯示的女性所特有的那一種陰柔之美，則尤使千萬讀者在腦海裏，爲之刻下一個永難泯滅的印象。」⓫ 這和趙聰先生評說她的意見是一樣的。趙聰說：「她是早慧的一位才女，用『冰雪聰明』形容她，不算過火，像兩宋之間的易安居士那樣，一遇時序更換，便會觸景生情，無端端傷春悲秋起來。」⓬ 她的確是「五四運動」初期最負盛名的女作家，豐富的想像與摯誠的愛，歌頌大自然，尤其是在塑造了母親愛的偉大，及詩

⓫ 陳敬之著：「現代文學早期的女作家」，一五頁，「成文出版社」民國六十九年六月十五日出版。

⓬ 趙聰著：「新文學作家列傳」，四五頁，「時報文化生活出版公司」民國六十九年六月三十日出版。

與散文方面，眞是天才橫溢，奠定了她不朽的地位⑬。王哲甫於一九三三年已經肯定了冰心的文學地位⑭，對於她柔美活潑的文筆，非常讚美，這可以從她的「超人」上獲得證實。

她的小說，是比較弱的一環，每篇小說幾乎都是單線發展，雖然無虧合理（邏輯）的推展情節，但是，結構總嫌單薄了一點，至使趣味性遠不如她的散文和詩。

冰心的散文，已可從前引的「往事」第七節中看出一般。至於她的詩，寫作的歷程是不能不加以敘述的。

對於詩的寫作，冰心相當嚴謹，初期出版的「繁星」和「春水」兩個集子，她自已不承認那是詩，她說：「那只是零碎的思想。」⑮她對詩的主張是：「我以爲詩的重心，在內容而不在形式。同時無韻而冗長的詩，若不分行來寫，又容易與『詩的散文』相混。」⑯雖然，她的主張頗與現代詩打破韻腳的主張有些扞格不入，可是，現代詩不也主張應有「音樂性」嗎？我們理解所謂「音樂性」不也包括了鏗鏘之聲的韻嗎？我以爲冰心的主張是對的，詩首重內容（卽所謂詩味，也就是意境），有韻無韻都是無害的，有韻與無韻不必刻意去雕琢，順其自然與需要，只要

⑬王哲甫著：「中國新文學運動史」，一〇七頁，最初出版者不詳，「泰順書局」民國五十一年三月一日翻版，更名爲「三十年代文學史料」。
⑭同⑬，該書原序年分。
⑮冰心著：「冰心全集」序。
⑯同⑮。

有詩的意境就是詩。

也由此看出冰心的謙遜與嚴謹的美德。

這裏，引她一首「一句話」，供讀者欣賞她詩方面的作品：

那天湖上是漠漠的輕陰，
濕煙蓋住了潑剌的游鱗。
東風冗靜地撫著我的肩頭，
「且慢，你先別說出那一句話！」

那夜天上是密密的亂星，
枝頭棲隱著雙宿的嬌禽。
南風戲弄地挨著我腮旁，
「完了，你竟說出那一句話！」

那夜湖上是淒惻的月明，
水面橫飛著閃爍的秋螢。
西風溫存地按著我的嘴唇，

「何必，你還思索那句話？」

今天上午是呼呼的風沙，

風裏哀喚著失伴的鷩鴉。

北風嚴肅地擦著我的眼睛，

「晚了，你要收回那句話？」⓱

我們讀這首有韻、對仗的詩，沒有什麼不好。有韻的詩是可以歌、可以頌、可以吟的。「一句話」正是這樣一首詩。雖然，那「一句話」可做多樣性的詮釋，這不僅不是病，相反，正是詩的優點。

當然，這種看法未必正確，但評論是依著各人的認知來解析的，我甘冒大不韙的如此說了。

冰心的寫作，開始於「五四運動」。

她所進的學校，自「貝滿女中」開始，都是貴族學校，「協和」與「燕京」都是外國人辦的，而「燕京」更以外交人才輩出而聞名，這些學校，尤其是「貝滿女中」，基督教的色彩十分濃厚，所以，她深受基督教義的影響。而基督教最重要的是知道怎麼愛人。這對於了解冰心是極

⓱ 冰心著：「一句話」，發表於一九三六年二月三日。

爲重要的環節。

由於她有點才情，文筆也不錯，因此，由「協和女大」併入「燕京」後，被選爲「學生會」的文書，繼被選爲「女學界聯合會」宣傳股的幹事，辦會刊、寫文章是必然的事。「五四運動」爆發，冰心讀大一，滿腔熱情的投入那火熱的運動，衝破教會學校設置的層層障礙，走向街頭宣傳愛國思想。對於被捕的同學給予支援。她曾到法院旁聽因「五四運動」而受審的三十二位同學，並把聽審的經驗寫成「二十一日聽審的感想」，投到「晨報副刊」，很快就刊登出來。這篇文章是以謝婉瑩的名字發表的。一九七九年她以「從『五四』到『四五』」爲題，回憶這段往事時說：「『五四』運動的一聲驚雷把我『震』上了寫作的道路。」[18]從此，她就與寫作分不開了。

「五四」被捕的三十二位學生[19]，於六日夜十二時後，由警察廳通知教育總長及各校長，允許在七日保釋，但以待法庭審判，並在當日復課爲條件。被捕學生七日上午十時全部保釋出獄。那一天正是二十一條款的國恥日，北方政府之所以選擇在這一天放人，據周縱策的說法是，北平的學生原訂這一天集合遊行，反對「巴黎和會」，選擇這一天放人，有緩和學潮的作用[20]，這是

[18] 冰心著：「從『五四』到『四五』」，「文藝研究」一九七九年創刊號。此處轉引自卓如著：「漫談冰心的創作」。

[19] 周縱策著：「五四運動史」上册，一九一頁，「明報出版部」出版。

[20] 同[19]，二二〇頁。

極可能的事，周縱策的推測是合理的。

五月十日「北平地方法院」第一次傳訊三十二名學生，五月十二日北平各大專院校學生爲抗議法院對三十二名學生的審判而自行向法庭投案，這份投案的狀紙是如此寫的：

「呈請自行檢舉事：竊生等本不應干涉政治，近以山東青島問題，迫於眉睫，不能自已，致有五月四日之事，學生等無狀，理合依法自行投案，靜候處分。此呈地方檢察廳。」㉑

「五四」運動號稱有二萬五千人示威遊行，據周縱策依「學生聯合會」當時的估計，也有一萬數千人之多，無論以上任何數字，都不是北平地方法院所能受理的事。受理了，如果有罪（當然是無罪的），也沒有那麼多監獄來關人。這一招，眞是非常的厲害。

十一日兩名街頭演講的學生在「清華」校園被捕，北京政府對學校又施加壓力，宣稱他們要逮捕更多學生，導致教育總長傅增湘辭職。蔡元培已辭去「北大」校長在前，現在傅增湘又辭職在後，導致北平各大專院校校長跟進，聯合向徐世昌政府抗議。徐世昌不得已，派代理教育總長袁希濤挽留蔡元培，後來，學生也派代表去請他，都動搖不了蔡元培的辭意。

學潮至此，已演變爲學界與保守派的對抗，十三日北平各大學專科校長同時上辭呈，十四日徐世昌下令禁止學生干政，十七日學生聯合會開會，全體罷課沒有成功。因到會的二十四所學

㉑ 同⑲，二三三—二三四頁。

校，只有六所贊成，十八日又召開緊急會議，十九日十八所大學罷課開始。不久，罷課擴及全國。冰心的「聽審實錄」，是這一連串學生愛國運動的一個環節之一。

雖然，她是一位相當溫和的少女，但面臨國家民族的生死關頭上，也非常的堅強，我之所以要敘述「五四」運動的簡單經過，是想讓讀者藉此一簡單的敘述，增加對冰心寫作心路歷程的瞭解。如果沒有那個運動的激盪作用，不嘗試去寫那篇「聽審的感想」，很可能就沒有今天的冰心。所以「五四」運動對冰心走向寫作這條道路，有深遠的影響。

「晨報」副刊是冰心的表哥劉放園主編。冰心投稿經過是這樣的：

我開始寫作，是一九一九年，「五四運動」以後。——那時我在協和女大，後來併入燕京，稱為燕大女校——「五四運動」起時，我正陪著二弟（筆者按：指謝為杰，另外兩個弟弟，大弟為涵、三弟為楫。），住在德國醫院養病，被女校的「學生會」，叫回來當文書，同時又選上「女學界聯合會」的宣傳股。聯合會還叫我們將宣傳的文字，除了會刊外，再找報紙發表。我找到「晨報副刊」，因為我表兄劉放園先生，是「晨報」的編輯，那時我才正式用白話試作，用的是我的學名謝婉瑩，發表的是我職務內應作的宣傳文字（筆者按：括號為筆者所加）㉒。

㉒ 轉引自「冰心選集」序，原序未註明取材的篇章。

經查其年表，此所指的「宣傳文字」，就是「二十一日聽審的感想」，那是她對外發表的第一篇作品。從此一寫，竟寫了數十年，劉放園本身雖未寫出什麼東西，可是，他卻開出了一條「文學的礦脈」，恐是始料所不及的。接着在「兩個家庭」發表時開始啟用「冰心」這個筆名，「斯人獨憔悴」、「莊鴻姐姐」等也陸續刊出。據冰心自己說，那時期，幾乎每星期都有作品在「晨報」副刊上出現。足見她在年輕時期的創作力是多麼旺盛了。

「斯人獨憔悴」一文，使冰心一夜之間成名，受到文學界的注目[23]，究竟那只不過是一個文學家的初期作品罷了。直到一九二一年加入「文學研究會」，擴大園地在「小說月報」發表「笑」、「超人」、「寂寞」以後，才聲名大噪，躍昇爲全國性女作家[24]。冰心從一九一九年開始創作，至一九二三年一共不過五年時間，她已是炙手可熱大作家了，因爲這段時間青年都十分苦悶，究竟人生是什麼，乃是青年人的疑問。剛好她寫的是一系列探討人生的作品，因此，「超人」於一九二一年發表後，立即引起熱烈的注意，這也符合「文學研究會」「文學反映人生」和「爲人生而藝術」的主張[25]。因緣際會，冰心是非常幸運的。

因爲冰心是「文學研究會」的成員，順便談一談對三十年代有巨大影響的「文學研究會」是

---

[23] 卓如著：「漫談冰心的創作」，附於「冰心」一書的「資料」部分。

[24] 同[11]，四八頁。

[25] 龍雲燦著：「三十年代左翼文壇現形錄」，三四三頁，「華欣文化事業中心」民國六十四年七月出版。

有其必要的。

「文學研究會」由周作人、沈雁冰、鄭振鐸、郭紹虞、朱希祖、瞿世英、蔣百里、孫伏園、耿濟之、王統照、葉紹鈞、許地山等十二人發起，一九二〇年十一月正式成立於北平。這個社團的組成經過是這樣的：有一次他們在蔣百里的家裏，遇見北上的「商務印書館」編譯所所長高夢旦，說起他們計劃組織一個文學團體，出版一份文藝雜誌的事，高夢旦甚表贊同。後來，「商務」的董事長張菊生也北上，他們又和張菊生談這件事，遂決定革新「小說月報」，成爲「文學研究會」的「機關刊物」。改革後的「小說月報」由沈雁冰主編，後爲鄭振鐸接手，葉紹鈞繼之，「小說月報」遂成爲「文學研究會」的根據地之一。孫伏園又接編「晨報」副刊，南北形成犄角之勢，一時聲勢浩大，成爲新文學的大本營。「文學研究會」又成立了第一個機關刊物「文學旬刊」，由鄭振鐸主編，附於「時事新報」發行，出版了四百多期才停刊，隨後曾發行「詩刊」，由朱自清主編，出版了二卷二期停刊。這個文學社團，一直到北伐後才逐漸式微，被「語絲」、「新月派」等社團所取代㉖。

「文學研究會」雖然曾經發表過一篇宣言，但未提出什麼具體主張，這可以從茅盾（沈雁冰）的回憶中獲知。他說：「『文學研究會』這個團體，自始卽不曾提出集團主張，後來也不

㉖ 改寫自陳敬之著：「文學研究會與創造社」一書。

曾提過。……只說過一句話，就是『宣言』裏的——『將文藝當作高興的遊戲或失意的消遣的時候，現在已經過去了。』這句話不妨說是『文學研究會』集團名下有關係的人們共同的基本態度。這個態度在當時是被理解作文學應該反映社會的現象，表現並且討論一些有關人生一般的問題。」㉗由此可知，「文學研究會」以「爲人生而藝術」的主張，也不過是在以後零星的「理論」建立起來罷了。（而這裏，茅盾卻企圖把「文學研究會」的會旨，扭曲地與「無產階級」的文學主張結合。大陸上所有史學家都用這種手段。）

冰心加入這個文學團體，自然受到相當的影響，看來她討論「人生的作品」，是有其源頭的了。而且，也是她在劉放園的職務由孫伏園接替以後，作品仍然能在「晨報」副刊登載，並又擴及「小說月報」的重要原因。

有人冠冰心以「中國閨閣派第一人」的頭銜，並不完全因爲她那細膩陰柔的風格，與她的爲人也有極大的關係。冰心是個傳統的女性，如果她不是時逢其會的參加了「五四」的狂飈運動，如果不是發生了「新文學運動」（「五四」運動與新文學運動，是應當分開來談的，混爲一談有些勉強），以一個出生在母教嚴格，又受教會學校的長期薰陶的女性，了不起不過是位悲秋傷春、塡詞作詩的賢妻良母。對於這位作家的性格，我們可以從謝冰瑩先生的描寫中，得到一個概

㉗ 茅盾著：「新文學大系」（小說一集「導言」）。

括的印象。

謝冰瑩說：「她的性情很溫柔，身體很瘦弱，說得過火一點，眞有弱不經風的樣子。記得三十三年（一九四四）的秋天，她由重慶來到成都交涉版稅的時候，她的母校『燕大』『學生自治會』請她演講，講題是『閒話燕園』，聲音是那麼小，即使坐在前三四排的人也聽不清楚，於是一位外國老太太站起來說：『請你大聲一點講好嗎？』」結果還是大聲不起來，後排的人都走光了。不過那次她還是講完了她的講題。」㉘

至於她的生活呢？謝冰瑩先生也有相當深刻的描寫。她說：「冰心的生活，是很有紀律的，雖在成都只有短短的一個星期，什麼時候喝牛奶吃點心、什麼時候會客、什麼時候睡午覺，都有一定的時間。據說還有一位外國女護士，每天很細心地在照應她。在重慶的時候，她在歌樂山一座很幽靜的小洋房裏，過著全家歡聚的快樂生活。這時，她除了『參政會』（她是參政員）下山出席以外，其餘時間很少進城。」㉙這種規律生活，恐是傳自她那受過嚴格軍事訓練的父親。中國軍人，當然是陸軍建立最早，可是，品流不一，紀律與生活規範都距離海軍很遠。因當時雖然外國已有空軍，究竟是少數強國，中國則以海軍現代

㉘ 胡品清編：「作家寫作家」（收入謝冰瑩著：「冰心與春水」），八三—八四頁，「長歌出版社」民國六十四年四月初版。

㉙ 同㉘，八四頁。

得最早，而且，各國的海軍，都以英國海軍爲典範，因此，滿淸的海軍，雖屢吃敗仗，可是在生活規範與進退應對上，比其他軍種，甚至於紳仕都要高明得多。

冰心生長在這樣一個家庭，自然耳聞目濡，有相當的影響。因此，謝冰瑩的描寫，眞實性應當很高。

這也是她不同於同時代的丁玲、謝冰瑩、盧隱一樣，鬧許多花邊新聞的原因。

這位女作家又是一位孝女，讀了她的「南歸」，對母親去世的哀傷，令人鼻酸。

一九二三年秋天，她飛美國，就讀於「威爾斯利大學」，攻文學，那膾炙人口的二十九篇「寄小讀者」，便是留美初期寫成的，第一學年患肺病休養半年，她是在病中寫「寄小讀者」的。她一共留美四年，最後一年卽已著手漢詩英譯，企圖將中國的優美文學，做文化輸出。一九二六年七月回國，九月在「燕大」執教。

冰心也不是完全沒有激動的時候，前舉的「南歸」卽爲感情表達較強烈的作品。一九二八年五月「濟南慘案」，她寫了一首激情的愛國詩，題爲「我愛！歸來吧！我愛！」這首詩甚有價値，玆錄如下：

這回我要你聽母親的聲音，
我不用我自己的柔情——

看她顫巍巍的掙扎上泰山之巔！
一陣陣的
　突起的濃烟，
　　遮蔽了她的無主蒼白的臉！

她顫抖，
她涕淚漣漣。
她倉皇挂杖，哀號海外的兒女；
她只見那茫茫東海上
　無情的天壓著水
　　水捲著天！

歸來吧，兒啊！
看你家裏火光冲天！
你看弟兄的血肉，染的遍地腥羶！
歸來吧，兒啊！

你老弱的娘
　哪敢惹什怨忿？
無奈那强鄰暴客（筆者按：原為可字，疑誤，改為無字。）
　到你家來，
　東衝西突
　隨他的便，
他欺凌孤寡，不住的烹煎！
歸來吧！兒啊！
你娘還活得了幾多年？
　這古舊的房屋我有甚留連？
只為的是强鄰慾壑難填，
只怕的是我海外的兒們
　將來——
還不如那翩翩的歸燕，
　能投到你宗祖的堂前！

歸來吧，兒啊！
先把娘的千寃萬屈，
　仔細的告訴了你的朋友。
你再招聚你的弟兄們，
　尖銳的箭，
　按上了弦！
　束上腰帶，
　跨上鞍羈！
用著齊整激昂的飛步，
來奔向這高擧的烽烟！
歸來吧，兒啊！
你娘橫豎活不了幾多年。
拼死也守住我兒女的園田！
兒啊！你到來時節，
　門牆之內！

血潮正湧，

血花正妍！

你先殺散了那叫囂的暴客，

再收你娘的屍骨在堂樓邊！

……………

我愛，歸來吧，我愛！

我不用我自己的柔情——

你聽泰山的亂不驚鳴，

你聽東海的狂濤怒生！

我愛，歸來吧，我愛！

我不用我自己的柔情，

我愛，歸來吧，我愛！

我要你聽母親的哀音㉚！

㉚冰心著：「我愛！歸來吧，我愛！」完成於一九二八年五月九日夜。

這個「母親」不是小我之愛，不是兒女私情，而是備受凌辱的中國。這首詩寫作的背景，是因「濟南慘案」而起。查一九二八年五月一日北伐軍第一集團軍光復濟南，陳調元、劉峙、顧祝同十時入城，派任方振武爲濟南衞戍司令，分兵攻德州，第二集團軍由樊鍾秀部石友三、宋哲元師追擊敵軍。二日蔣總司令入濟南，日軍司令福田彥一也已到達，聲明護僑；三日中日軍隊發生衝突，死傷枕藉。北伐進展因而頓挫；四日日軍殺談判代表蔡公時，外交部長黃郛臨時辦公室也被日軍搜查。自此發生一連串衝突，歷史稱爲「濟南慘案」㉛。當時知識分子與全國人民莫不氣憤填膺，熱血沸騰，冰心所寫的便是這段歷史，也是當時全中國人的悲憤之情。這首詩可說是落地有聲，受到極高的評價。

冰心於次年（一九二九）六月十五日與吳文藻博士結婚，成爲六月新娘。那時冰心已是三十歲的人了。

在那個時代，三十歲已是遲婚。爲甚麼遲婚，原因不甚詳細。

冰心早在美國就認識吳文藻，吳是江蘇江陰人，獲美國「哥倫比亞大學」哲學博士學位。一九二九年回國，在「燕京」教社會學。他們的婚姻甚爲美滿，數十年中沒關於他們不和，或軌外新聞，主要是來自冰心完美的教養與溫柔的性格。

㉛ 摘寫自「中日戰爭史」。

對於冰心隨夫吳文藻，棄我「駐日代表團」文化組組長職務赴大陸，固可能是中共插足中日媾和問題，英美在舊金山與日所簽的「多邊和約」與「和會」都將我國排斥在外，無論從外交內政來看當時的政局，我都是岌岌可危的，他們可能是所謂的「識時務者」，不過，謝冰瑩先生對於冰心之所以回大陸，有一說法，是極爲合理的。

謝冰瑩先生說：「冰心怎麼會陷在鐵幕裏的呢？本來她隨丈夫吳文藻在我國『駐日本大使館』（筆者按：誤，一九五一年五月外交部公佈「旅日僑民登記辦法」時，仍稱我駐日機構爲「中華民國駐日代表團」，當時駐日代表團團長爲何世禮，一九五二年四月二十七日「中日和約」達成協議，七月二十日何世禮辭職獲准，卅一日立院通過「中日和平條約」，八月五日交換合約，同時，撤銷我「駐日軍事代表團」，在東京設大使館，十三日董顯光任戰後駐日首任大使。所以，此一名稱應屬錯誤），過著非常安適的生活，只爲還有兩個女兒留在北平，她想接她們出來同住，共匪要她親自去接才肯放行。這是一個圈套……而冰心爲了愛兒女，明明知道是虎口，她和丈夫也雙雙投進去了。從此，她們失去了自由……」㉜以冰心對家人的愛而言，是極有其可能的，只可惜謝冰瑩先生沒有引註論據，對於這項說法，也只有以「姑妄聽之」的態度存疑。

冰心回到大陸後，曾經先後出國多次，一九五三年十一月二十七日訪問印度十九個城市與鄉

㉜同㉘。

村，四月二日赴印度參加「亞洲國家會議」，七月到洛桑參加「世界母親大會」，八月二日出席日本「禁止原子彈和氫彈大會」；一九五八年參加「文化代表團」訪瑞士、意大利、威尼斯、英國等二十個城市，十月到蘇聯的烏玆別克共和國首都塔什干出席「亞非國家作家會議」；一九六一年三月二十四日參加日本召開的「亞洲作家會議常設委員會緊急會議」；一九六二年二月十二日參加「作家代表團」到開羅出席「亞非作家會議」；一九七四年四月十六日參加「中日友好訪問團」訪日本；一九八〇年四月任「作家訪日代表團」副團長，訪日本。從她回到大陸去後，只做過這種訪問工作來看，乃因中共看重她的外文與名氣，用她做些統戰的工作，沒有給予甚麼重要的職務。

冰心回到大陸之後，文學活動方面，一九五三年九月二十三日出席在懷仁堂召開的「文學藝術工作者代表大會」、「文協會員代表大會」；一九五六年二月起，擔任「亞洲委員會」委員；一九六四年七月二十二日出席第三次「文學藝術界代表大會」，被選爲「作協」理事；一九六四年當選「人民代表大會」代表；一九七九年十月當選「文聯」副主席、三屆「作協」理事[33]，從這些經歷來判斷，冰心最高做到「文聯副主席」，可說都是一些虛銜，沒有實權，她的眞正工作，應是「中央民族學院」的教授兼研究員。從何時起擔任這項職務，她在年表中都沒有透露，

[33] 同[4]，摘自年表。

不過，這不是中共的重要學術機構，是可以確定的。

彥火在一九八一年四月四日訪問冰心時，曾問起她在這個學院的工作情況，冰心說，「民族學院」曾編了一本民族情況介紹，其中有幾篇是她寫的，她還和民族學院的人員一起，翻譯過「世界史綱」。先是翻尼克松的「六次危機」，然後翻譯世界史的外文部分。此外，他們還編了一本民族故事，一本民族童話，由冰心寫序㉞。由彥火引用冰心的這段話來看，「中央民族學院」的整個工作也不過如此，冰心的「研究成績」也就可想而知了。

冰心在一九八四年六月曾罹患腦血管破裂，摔折右胯骨而住進「北京醫院」，經過手術，情形極爲良好，她的腦血管破裂自一九六〇年六月以後發病三次，曾經有一次失去知覺㉟。那時她已是八十一歲的老人了。

在這一時期內，冰心除了與病魔奮鬥之外，還繼續她的寫作事業，直到一九八五年，每年還發表數萬字作品，除了生理上的生命力堅強以外，寫作的生命力也同她生理生命力一樣異於常人。一般來說，八十歲以上的老人，已不可能有甚麼創作了，不僅是中國的作家如此，外國作家亦然。在這方面，冰心眞是了不起的。

她從日本回到大陸以後，譯作較多，也曾被迫寫過一些歌頌「新社會」的「作品」，如「我

㉞ 彥火著：「當代中國作家風貌續編」，二七頁，「昭明出版社」一九八二年八月出版。

㉟ 同㉞。

得了一條紅領巾」、「偉大的保證、偉大的關懷」、「還鄉雜記」、「我們這裏沒有冬天」；一九五八年「下放」到「十三陵水庫工地」，寫了「一個最高尚的人」、「十三陵工地五小虎」、「大東流鄉的四員女健將和女尖兵」、「十三陵水庫工地散記」；一九六〇年發表「像蜜蜂一樣勞動的人們」；一九六三年下放廣東，發表「湛江十日記」，她回大陸以後所寫的作品與她整個作品來比較，所佔的比例有限。

「文化大革命」的確是中國的一場夢魘，幾乎波及了所有的知識分子，冰心也不例外。

一九六五年十一月十日上海市出版的「文滙報」刊出姚文元的「評新編歷史劇『海瑞罷官』」，把一九六一年以來發生的「牛鬼蛇神」颳起的「單幹風」、「翻案風」與吳晗的「海瑞罷官」扯在一起。姚文元說：「『海瑞罷官』並不是芬芳的香花，而是一株毒草，它雖然是頭幾年發表和演出的，但歌頌的文章連篇累牘，類似的作品和文章大量流傳，影響很大，流毒很廣，不加以澄清，對人民的事業是十分有害的。」二十九日以後「北京日報」、「解放軍報」、「人民日報」以及各地方的主要傳播媒體，不約而同的繼姚文元的這篇「文章」批鬥吳晗，及「三家村扎記」與「燕山夜話」等，同時，轉載了姚文的批評文章。關於姚文元批評「海瑞罷官」的文章，據說曾九易其稿，並經過毛澤東的多次親自審定[36]。「十年文革」從此開始展開一場血腥的鬥爭。當

[36] 嚴家其著：「十年文革史」，二一八頁。此間翻印本。

然，許多知識分子遭到清算鬥爭，毛澤東一代的統治王朝，也在華國鋒奪權成功，隨後又被鄧小平推翻，逮捕「江青集團」的「四人幫」而告結束。

檢討毛澤東自井岡山崛起，至江青被捕這段歷史，眞是「螳螂捕蟬，黃雀在後」的循環報應。

紅衞兵於一九六六年抄了冰心的家，同其他作家與知識分子一樣，被批鬥迫害。冰心自日本回大陸後，似乎一直住在北平西郊紫竹園「中央民族學院」旁，幾次大整風，都沒有波及冰心，足見她之溫和還是有相當用處。但是，「文化大革命」例外，她逃不過那一刧數。

抄家的悲慘，從老舍、巴金的情況中可以理解，不必在這裏再引資料與描述，可以參考「巴金的矛盾」一文，更悲慘的是一九六六年被抄家之後，與蕭軍一樣被批鬥。不過，那時冰心只是六十七歲，吳文藻也只有六十八歲，還能經得起那種「看管」與「折磨」，但是，四年之後，也就是一九七〇年六月竟然變成「裏通外國」[37]的「牛鬼蛇神」，而送到巴金與王西彥等人下放過的「威寧五七幹校」，後來，又轉到「沙陽中央民族學院五七幹校」，同錢鍾書他們一樣，做些澆糞池、除草、種菜等工作。我們可以想像得到往大糞池裏倒大桶的糞便時，濺得滿腦糞花的情況（參見巴金著：「懷念蕭珊」），那是人類的悲劇。

---

[37] 指冰心與外國有關係而言。

但是冰心的悲哀，不若巴金看穿了人生，也看穿了共產黨及其治下的人民以後，寫出「懷念蕭珊」、「隨想錄」那樣的文章，唯一的改變是從此不再寫歌頌共產黨與「新社會」的作品。

下放「幹校」經過一年零兩個月以後，於一九七一年八月才離開湖北沙陽回到北平，繼續翻譯赫・喬・威爾斯的「世界史大綱」及海斯・穆恩・韋蘭的「世界史」㊳，仍然不斷創作。不過，冰心的惡運並未就此結束，一九七五年一月仍奉派到北平、天津，六月到四川、雲南、貴州、湖南四省「參觀」，這時冰心已是七十六歲的老人，而大陸上的旅行條件，不是我們想像的那樣完美，對於一位七十六歲的老人而言，是一項沉重的負擔。那不是愉快的旅程，而是對老人的虐待，是非常可怕的經驗。

冰心在文學上的成就，尤其是她的「寄小讀者」㊴一紙風行，對於兒童影響甚大，是一本成功的青少年文學。這本書給她帶來相當高的聲譽。至於學術性的著作，比例極小，只有一篇「元代的戲曲」，曾發表於一九二七年六月「燕京學報」一卷一期上，那是她在「燕京」的畢業論文，其外都是一些翻譯作品與散文。

中共的史家並未給予冰心應有的評價，中共欽定的兩位文學史家王瑤與劉綬松的「文學史」

㊳ 同❹。

㊴ 「寄小讀者」從一九二三年七月二十九日開始在「晨報副刊」兒童專欄發表，至一九二六年九月止，前後共二十七篇。當年五月由「北新書局」出版。相信是出版後，仍然陸續發表。

裏未著一墨，除毛澤東、魯迅、茅盾、周揚、郭沫若、丁玲等人以外，幾乎對其他作家所佔篇幅極少，十四院校集體編寫的「中國現代文學史」雖然提到了冰心，可惜仍是根據唯物觀點的史學方法，批評冰心的作品。

這本文學史，是站在階級立場去寫作家，文學的成就，在預設結論的情況下，冰心就成為一個階級作家了。否則，冰心無論在文學上有什麼貢獻，都不可能獲得應有的地位。

十四院校所編的「中國現代文學史」，對於冰心的評論是如此的：除肯定青年時期，參加「五四」愛國運動，小說作品反抗傳統禮教與軍閥的抗爭精神之外，同時批判她因出身背景不同，而無視於上層社會的黑暗。這本書說：「冰心的散文和詩歌，也存在一些共同的思想局限。『五四』時期反帝反封建精神，雖曾影響過她，但上層社會的優越地位和寬裕生活，卻使她缺乏變革黑暗現實的迫切要求和足夠的勇氣；她在黑暗的社會中找不到出路，企圖從母親愛和自然美中尋求精神上的慰藉，甚至幻想借助愛的力量來探索光明。」㊵

基於這種階級預設結論，因此，冰心的「分」、「冬兒姑娘」就成為「尖銳複雜的階級鬥爭刺激下」的作品了㊶。

這裏我們略述「分」的故事梗概：「分」寫同在一個醫院出生的兩個嬰兒，一位父親是宰猪

㊵ 十四院校編寫組編著：「中國現代文學史」，一五四頁，「雲南人民出版社」一八八一年六月出版。

㊶ 同㊵，一五五頁。

的，另一位父親是教授。在醫院裏，他們穿著相同的衣服；出院後則有不同的境遇。在護嬰室裏，這兩個孩子，一個比爲溫室裏的花朶；窮家孩子則比做任人踐踏的路邊小草。但溫室的花朶經不起風雨摧毀；路邊的小草則割了又生，頑強的生命力卻不是溫室的花朶所可企及。中共的文評家與史家認爲「分」是同情無產階級的作品，這就是先有框框的一種文學批評的結果。

冰心有一段故事，與她寫了數十年詩有相當關連。一九二一年六月，冰心參加「西山夏令營」活動，寫了「山中雜感」在「晨報副鐫」上發表時，孫伏園先生以記者的名義加了一段按語後，以詩的方式刊出來了㊷，此處的「記者」，恐爲「編者」之誤。（按：一九一九年元月一日孫伏園加入「新潮社」，五月進入「國民公報」工作任記者，不久該報停刊，一九二一年「晨報副鐫」創刊，任主編。）㊸但是，冰心卻在她那篇「自述」裏說：「我立意做詩，還是受了晨報記者的鼓勵，一九二一年六月二十三日，我在西山寫了一段『可愛的』，寄到『晨報』去，以後是這樣登出來了，下邊還有記者的一段按語。『這篇小文、很饒詩趣，把他一行行分寫了，移在詩欄裏，也沒有不可。（分寫連寫，本無甚關係，是詩不是詩，須看文字的內容。本文作者按。）好在我們分欄，只是個大概，並不限定某欄必當

㊷ 卓如著：「漫談冰心的創作」。按：卓如爲研究冰心的專家，蒐集了她兩百多張照片，和所有材料，準備爲冰心編四本書，一九八一年曾準備給上海、四川、寧夏等出版社出版，是否已出書，尙未得知。

㊸ 同❷，二九七頁。

登載怎樣一類文字，雜感欄也曾登過些極饒詩味的東西。那麼，本欄與詩欄，不是今天才打通。記者。」㊹但司馬長風卻說：「北京『晨報』當時是中國北方的輿論權威，銷路很廣。『晨報』副刊，雖在一九一九年下半年卽登載白話文，但是篇幅有限（排在第七版），影響不大，一九二〇年十月由北大畢業學生孫伏園接編，副刊獨立擴大爲四開一大張、並定名爲『副鐫』，始大顯精彩，影響力日大。」㊺按：「山中雜感」（卽冰心自稱爲「可愛的」，很可能同爲一文，年代過久，敍述有錯，或轉引過多，以訛傳訛也未可知），發表於「晨報」二十五日㊻，那麼，孫伏園實在是「晨報」的編輯，不是記者，按語下的「記者」是「記」把散文分行的原因，故應是指「按語」的執筆者，而不是我們現在所理解的「記者」，那是大不相同的。

這首「詩」（散文）對冰心的寫詩影響很大，也相當有趣，錄下來供讀者參考：

可愛的（筆者按：為題目。）

除了宇宙
最可愛的只有孩子。

㊹ 司馬長風著：「中國新文學史」，上冊，九一—九二頁。
㊺ 同㊹，八二頁。
㊻ 同④。

和他說話不必思索，
態度不必矜持。
擡起頭來說笑，
低下頭去弄水。
任你深思也好，
微謳也好；
驢背上，
山門下，
偶一回頭時，
總是活潑潑地，
笑嘻嘻地㊼。

這是首詩呢？還是散文？留給讀者去判斷。不過，讀了這段歷史，有兩點要提出來：一、是作品寄出，只有兩天就發表了，速度比現在的副刊編輯快得多；二、孫伏園隨便將人的作品分行刊登，實在夠覇道了。

㊼ 轉引自司馬長風著：「中國新文學史」，四七頁，引文。

一九二一年元月，冰心二十二歲時，許地山、瞿世英兩人介紹她進入「文學研究會」，「小說月報」十二卷一號上發表散文「笑」起，一躍而爲全國性的作家，至一九八五年十二月還發表「喜讀袁鷹的『秋水』集」、「一股『黃山的人字瀑』」止（以後是否仍寫作品，手頭缺資料），她寫了數十年（如從十四歲、一九一三年寫的「女偵探」算起，應是七十多個年頭），眞可以算得上是文壇的一棵長青樹。

與她同時代作家，在臺灣還繼續寫作的，只有梁實秋先生可與之比。冰心去美時，是與梁實秋和許地山（病逝香港大學）一同乘輪去的[48]。在「威爾斯利」求學時，得了肺病，住半年多醫院，「寄小讀者」的二十七篇通訊就是在這時候寫的。出院後與吳文藻戀愛[49]。崇拜冰心、愛慕冰心的自然不少，其中「學燈」的主編宗白華便是其中之一。

事情經過是這樣的：當冰心的「繁星」在「晨報」發表時，宗白華就模仿她的形式，以「流雲」這個筆名，每天也寫兩首短詩，在「學燈」上發表，有意無意的與冰心唱和，南北遙相呼應，大大的挑起一般人的誤會，冰心的同學瞿菊農（世英）曾勸「流雲」擱筆，但宗白華仍情不自禁的寫下去，直到「繁星」刊完爲止[50]。而這算不算是宗白華對冰心的戀愛，尚是一個問

---

[48] 同[25]，三四七頁。

[49] 同[11]，五〇—五一頁。

[50] 王平陵著：「三十年文壇滄桑錄」，此處摘自陳敬之先生著：「現代文學早期的女作家」的「謝冰心」

題。

冰心雖然回到大陸，但無虧她的文格，中共看到她所寫的「寄小讀者」影響力大，曾「叫她和陳伯吹、張天翼、劉眞等從事文學的創作。她只寫了一本薄薄的『陶奇的暑期日記』，假借一個少年隊員的口吻，來歌頌美麗的新社會。」51足見她的文學良心未泯。一九五八年中共叫她寫「回憶五四」的文章，她推不掉，於一九五九年五月號「人民文學」發表「回憶五四」，那也是一篇自我檢討式的文字。

在文章最後一段，冰心說：

在「五四運動」時期，我還根本不知道「五四運動」是受著「十月革命」的影響，是受著有共產主義思想的人們像李大釗同志等人的倡導。我的資產階級家庭出身和所受美帝國主義奴化教育、以及我自己軟弱的本質，都是「五四」對我的影響，僅僅限於文學方面——以新的文學形式來代替舊的形式這一點。

「五四」過後，我更是「閉關自守」，從簡單的回憶中去找我的創作的泉源，我的脫離

（續）一文。這本書我只有上册，下册未曾蒐購。「三十年文壇滄桑錄」由「中國文藝社」發行，民國四十五年六月出版。

51 同12。

羣衆的生活，使我走了幾十年的彎路，作了一個空頭文學家。……（按：原文除了「閉關自守有括號外，其他括號皆為筆者所加。）[52]

類似的「遵命」文學，身在中共的統治下，仍是無可奈何的事，也是可以諒解的。不過，從所轉引的這段作品來看，冰心並未完全屈服在中共的高壓下，雖然，在「民族學院」曾受到鬥爭，曾企圖以自殺來求得解脫，她也還是本著良心說話的。

中共竄改抗戰歷史、竊佔「五四運動」成果，是衆所周知的事，冰心「不知道五四運動是受著十月革命的影響，是受著有共產主義思想的人們像李大釗同志等人的倡導。」是意在言外，誰都知道「新文化運動」是胡適等人領導，醞釀「五四運動」眞正的觸媒，應溯自「鴉片戰爭」起。因「鴉片戰爭」暴露了中國的積弱，凡有血性的中國人莫不發奮圖強，「巴黎和會」日本無理的要求，以及前些時所訂的二十一條，是點燃中國青年心中熱火的引爆點罷了。

「巴黎和會」對中國權益的損害傳到國內，學生羣情激憤，乃由「北大」起始，組成學生團體。這個學生團體是由傅斯年、羅家倫等人領導的。五月三日「北京大專學校學生代表舉行臨時緊急會議」，是易克嶷主持，謝紹敏咬破指頭寫「還我青島」四字，這個會則是由張國燾提議召開，雖然，張國燾後來成為中共初期領導人之一，可是，抗戰期間又脫離了共產黨，其中還有另

[52] 同[25]，此處轉引。

一位「五四運動」的領導人，叫狄福鼎，「五四」示威的總指揮則是傅斯年先生，到東交民巷向美大使館遞說帖的四個代表是羅家倫、段錫明、傅斯年，另一位據周縱策說可能是張國燾(53)。周恩來等人雖然也在天津聲援北平的示威遊行，究竟不是「五四運動」的主流，雖然陳獨秀、李大釗等人鼓吹社會主義，但當時的社會主義對思潮的影響力，遠不如「無政府主義」（安娜其主義）。要說對「五四」有直接關係的是蔡元培先生，是他的倡導下，「北大」才有自由學術的環境，各種思想呈百花齊放的狀態。

由以上對「五四運動」簡略的敘述裏，未看到俄國「十月革命」及「共產主義」的任何影響，共產黨人參加此項運動的人數比例極少。中共要竊據此一歷史，才去逼當年參加過此項運動的冰心作僞，以便多一項旁證。但冰心卻用曲筆予以否定。冰心之苦，可想而知。

關於這一點，茅盾知之甚深，雖然，茅盾是一個老牌的共產黨員，爲「左聯」的實際領導人之一，但對於冰心，茅盾還相當曲諒與維護。

他在「冰心論」一文中，對於她的態度與處境，相當同情。

茅盾說：「冰心女士的『微笑』和『淚珠』（筆者按：都是冰心作品的題目。）除了字面的意義以外，是否有更深湛的——象徵意義？這一點，冰心女士未曾明白告訴我們，可是我們讀過

(53) 同⑲，摘寫自周縱策的「五四運動史」上册。

了她的作品後，我們敢說一聲『是』。讓我們舉出冰心「往事集・自序」——一首長詩——中間的一段話：

第二部曲我又在彈奏，
我唱著人世的歡娛：
鴛鴦對對的浮泳，
鳳凰將引著九雛。
人世間只有同情和愛戀，
人世間只有互助與匡扶；
深山裏兎兒相伴著獅子，
海底長鯨廻護著珊瑚。
我聽得見大家噓氣，
又似在搔首捋鬚；
我聽得見人家在笑，
笑我這般幼稚、癡愚……

失望裏猛一聲的弦音低降，
弦梢上漏出了人生的虛無。
我越彈越覺得琴弦緊澀，
越唱越覺得聲咽喉枯！

這一來倒合了人家心事，
我聽見欣賞的嗟吁；
只無人憐惜這乾渴的歌者，
無人憐惜她衣衫的沾濡[54]。

茅盾論「冰心」，借她的詩來寫現實，正是以虛寫實的手法。這篇論評「冬兒姑娘」發表於「文學季刊」三期，因為有「如果把她最近發表的一篇『冬兒姑娘』合起來看」句，我們判定茅盾這篇作品是寫於一九三四年以後，但如拿來和回大陸後冰心的生活與創作來對照，無疑是茅盾不僅評了冰心，同時也是一項預言，冰心眞的是「在刼難逃」。

冰心最幸福的一段生活是留學美國以前的生活，抗戰雖然艱苦，她還是過得相當優渥，謝冰

[54] 茅盾著：「冰心論」。

瑩先生的描寫，我們已經看得出來，由於受知於蔣夫人，雖然人人都很艱苦，她仍然是天上人間。在重慶時期，不知爲什麼原因，以「男士」的筆名，在「星期評論」上發表一系列（九篇）描寫各種女人的作品，可以說，她的才華是多方面的。她的這一系列作品，對女性心理描寫細膩，與她的其他作品的筆調迥然不同，據龍雲燦說：她是以事實證明，不論用「女士」或「男士」，她的文章都是受人歡迎的，並非沾「女士」的光[55]。從她的作品來評斷，她的自傲是有她的條件的。

我想夏衍和徐志摩對冰心的批評，可以作爲冰心的結論。

徐志摩說：「我以爲讀了冰心女士的作品，就能夠了解中國一切歷史上的才女心情；言在意外，文必己出，哀而不傷，動中法度，是女士的生平，亦是女士文章的極致。」[56]

夏衍則認爲冰心是一位具有「認眞、謙遜、勤奮、頑強生命力的作家。」[57]冰心是一位富於美感柔情的人，所有作品，幾乎都是出之於母親那樣的胸懷，也是流自母親身上的奶汁，對人類有相當的貢獻。中國女性的柔情、母性偉大的愛、兒童的天眞、自然景色的優美，在她的筆下，

---

[55] 同[25]，三四八頁。

[56] 舒蘭著：「五四時代的新詩作家和作品」，二五二頁，「成文出版社」民國六十九年六月出版。原引文未註出處，此處轉舒蘭著的引文。

[57] 夏衍著：「讚頌我的『老大姐』」，一九八一年「花城」四期。

都是非常的善美。

她的作品，在二十和三十年代，有極廣泛的影響力，而且，生命力的堅韌，更是無與倫比。可以說，雖未蓋棺，已有定論，她那優美的靈魂，已活在萬千讀者心中，她是可以不朽的。

滄海叢刊已刊行書目(八)

書名	作者	類別
文學欣賞的靈魂	劉述先	西洋文學
西洋兒童文學史	葉詠琍	西洋文學
現代藝術哲學	孫旗譯	藝術
音樂人生	黃友棣	音樂
音樂與我	趙琴	音樂
音樂伴我遊	趙琴	音樂
爐邊閒話	李抱忱	音樂
琴臺碎語	黃友棣	音樂
音樂隨筆	趙琴	音樂
樂林蓽露	黃友棣	音樂
樂谷鳴泉	黃友棣	音樂
樂韻飄香	黃友棣	音樂
樂圃長春	黃友棣	音樂
色彩基礎	何耀宗	美術
水彩技巧與創作	劉其偉	美術
繪畫隨筆	陳景容	美術
素描的技法	陳景容	美術
人體工學與安全	劉其偉	美術
立體造形基本設計	張長傑	美術
工藝材料	李鈞棫	美術
石膏工藝	李鈞棫	美術
裝飾工藝	張長傑	美術
都市計劃概論	王紀鯤	建築
建築設計方法	陳政雄	建築
建築基本畫	陳榮美 楊麗黛	建築
建築鋼屋架結構設計	王萬雄	建築
中國的建築藝術	張紹載	建築
室內環境設計	李琬琬	建築
現代工藝概論	張長傑	雕刻
藤竹工	張長傑	雕刻
戲劇藝術之發展及其原理	趙如琳譯	戲劇
戲劇編寫法	方寸	戲劇
時代的經驗	汪琪 彭家發	新聞
大衆傳播的挑戰	石永貴	新聞
書法與心理	高尚仁	心理

滄海叢刊已刊行書目(七)

書名	作者	類別
印度文學歷代名著選(上)(下)	糜文開編譯	文學
寒山子研究	陳慧劍	文學
魯迅這個人	劉心皇	文學
孟學的現代意義	王支洪	文學
比較詩學	葉維廉	比較文學
結構主義與中國文學	周英雄	比較文學
主題學研究論文集	陳鵬翔主編	比較文學
中國小說比較研究	侯健	比較文學
現象學與文學批評	鄭樹森編	比較文學
記號詩學	古添洪	比較文學
中美文學因緣	鄭樹森編	比較文學
文學因緣	鄭樹森	比較文學
比較文學理論與實踐	張漢良	比較文學
韓非子析論	謝雲飛	中國文學
陶淵明評論	李辰冬	中國文學
中國文學論叢	錢穆	中國文學
文學新論	李辰冬	中國文學
離騷九歌九章淺釋	繆天華	中國文學
苕華詞與人間詞話述評	王宗樂	中國文學
杜甫作品繫年	李辰冬	中國文學
元曲六大家	應裕康 王忠林	中國文學
詩經研讀指導	裴普賢	中國文學
迦陵談詩二集	葉嘉瑩	中國文學
莊子及其文學	黃錦鋐	中國文學
歐陽修詩本義研究	裴普賢	中國文學
清真詞研究	王支洪	中國文學
宋儒風範	董金裕	中國文學
紅樓夢的文學價值	羅盤	中國文學
四說論叢	羅盤	中國文學
中國文學鑑賞舉隅	黃慶萱 許家鸞	中國文學
牛李黨爭與唐代文學	傅錫壬	中國文學
增訂江皋集	吳俊升	中國文學
浮士德研究	李辰冬譯	西洋文學
蘇忍尼辛選集	劉安雲譯	西洋文學

滄海叢刊已刊行書目(六)

書名	作者	類別
卡薩爾斯之琴	葉石濤	文學
青囊夜燈	許振江	文學
我永遠年輕	唐文標	文學
分析文學	陳啓佑	文學
思想起	陌上塵	文學
心酸記	李喬	文學
離訣	林蒼鬱	文學
孤獨園	林蒼鬱	文學
托塔少年	林文欽編	文學
北美情逅	卜貴美	文學
女兵自傳	謝冰瑩	文學
抗戰日記	謝冰瑩	文學
我在日本	謝冰瑩	文學
給青年朋友的信(上)(下)	謝冰瑩	文學
冰瑩書柬	謝冰瑩	文學
孤寂中的廻響	洛夫	文學
火天使	趙衛民	文學
無塵的鏡子	張默	文學
大漢心聲	張起鈞	文學
回首叫雲飛起	羊令野	文學
康莊有待	向陽	文學
情愛與文學	周伯乃	文學
湍流偶拾	繆天華	文學
文學之旅	蕭傳文	文學
鼓瑟集	幼柏	文學
種子落地	葉海煙	文學
文學邊緣	周玉山	文學
大陸文藝新探	周玉山	文學
累廬聲氣集	姜超嶽	文學
實用文纂	姜超嶽	文學
林下生涯	姜超嶽	文學
材與不材之間	王邦雄	文學
人生小語(一)(二)	何秀煌	文學
兒童文學	葉詠琍	文學

滄海叢刊已刊行書目(五)

書名	作者	類別
中西文學關係研究	王潤華	文學
文開隨筆	糜文開	文學
知識之劍	陳鼎環	文學
野草詞	韋瀚章	文學
李韶歌詞集	李韶	文學
石頭的研究	戴天	文學
留不住的航渡	葉維廉	文學
三十年詩	葉維廉	文學
現代散文欣賞	鄭明娳	文學
現代文學評論	亞菁	文學
三十年代作家論	姜穆	文學
當代臺灣作家論	何欣	文學
藍天白雲集	梁容若	文學
見賢集	鄭彥棻	文學
思齊集	鄭彥棻	文學
寫作是藝術	張秀亞	文學
孟武自選文集	薩孟武	文學
小說創作論	羅盤	文學
細讀現代小說	張素貞	文學
往日旋律	幼柏	文學
城市筆記	巴斯	文學
歐羅巴的蘆笛	葉維廉	文學
一個中國的海	葉維廉	文學
山外有山	李英豪	文學
現實的探索	陳銘磻編	文學
金排附	鍾延豪	文學
放鷹	吳錦發	文學
黃巢殺人八百萬	宋澤萊	文學
燈下燈	蕭蕭	文學
陽關千唱	陳煌	文學
種籽	向陽	文學
泥土的香味	彭瑞金	文學
無緣廟	陳艷秋	文學
鄉事	林清玄	文學
余忠雄的春天	鍾鐵民	文學
吳煦斌小說集	吳煦斌	文學

滄海叢刊已刊行書目(四)

書名	作者	類別
歷史圈外	朱桂	歷史
中國人的故事	夏雨人	歷史
老臺灣	陳冠學	歷史
古史地理論叢	錢穆	歷史
秦漢史	錢穆	歷史
秦漢史論稿	刑義田	歷史
我這半生	毛振翔	歷史
三生有幸	吳相湘	傳記
弘一大師傳	陳慧劍	傳記
蘇曼殊大師新傳	劉心皇	傳記
當代佛門人物	陳慧劍	傳記
孤兒心影錄	張國柱	傳記
精忠岳飛傳	李安	傳記
八十憶雙親 師友雜憶 合刊	錢穆	傳記
困勉強狷八十年	陶百川	傳記
中國歷史精神	錢穆	史學
國史新論	錢穆	史學
與西方史家論中國史學	杜維運	史學
清代史學與史家	杜維運	史學
中國文字學	潘重規	語言
中國聲韻學	潘重規 陳紹棠	語言
文學與音律	謝雲飛	語言
還鄉夢的幻滅	賴景瑚	文學
葫蘆・再見	鄭明娳	文學
大地之歌	大地詩社	文學
青春	葉蟬貞	文學
比較文學的墾拓在臺灣	古添洪 陳慧樺 主編	文學
從比較神話到文學	古添洪 陳慧樺	文學
解構批評論集	廖炳惠	文學
牧場的情思	張媛媛	文學
萍踪憶語	賴景瑚	文學
讀書與生活	琦君	文學

滄海叢刊已刊行書目㈢

書名	作者	類別
不疑不懼	王洪鈞	教育
文化與教育	錢穆	教育
教育叢談	上官業佑	教育
印度文化十八篇	糜文開	社會
中華文化十二講	錢穆	社會
清代科舉	劉兆璸	社會
世界局勢與中國文化	錢穆	社會
國家論	薩孟武譯	社會
紅樓夢與中國舊家庭	薩孟武	社會
社會學與中國研究	蔡文輝	社會
我國社會的變遷與發展	朱岑樓主編	社會
開放的多元社會	楊國樞	社會
社會、文化和知識份子	葉啓政	社會
臺灣與美國社會問題	蔡文輝 蕭新煌 主編	社會
日本社會的結構	福武直 著 王世雄 譯	社會
三十年來我國人文及社會科學之回顧與展望		社會
財經文存	王作榮	經濟
財經時論	楊道淮	經濟
中國歷代政治得失	錢穆	政治
周禮的政治思想	周世輔 周文湘	政治
儒家政論衍義	薩孟武	政治
先秦政治思想史	梁啓超原著 賈馥茗標點	政治
當代中國與民主	周陽山	政治
中國現代軍事史	劉馥 著 梅寅生 譯	軍事
憲法論集	林紀東	法律
憲法論叢	鄭彥棻	法律
師友風義	鄭彥棻	歷史
黃帝	錢穆	歷史
歷史與人物	吳相湘	歷史
歷史與文化論叢	錢穆	歷史

滄海叢刊已刊行書目（二）

書名	作者	類別
語言哲學	劉福增	哲學
邏輯與設基法	劉福增	哲學
知識·邏輯·科學哲學	林正弘	哲學
中國管理哲學	曾仕强	哲學
老子的哲學	王邦雄	中國哲學
孔學漫談	余家菊	中國哲學
中庸誠的哲學	吳怡	中國哲學
哲學演講錄	吳怡	中國哲學
墨家的哲學方法	鐘友聯	中國哲學
韓非子的哲學	王邦雄	中國哲學
墨家哲學	蔡仁厚	中國哲學
知識、理性與生命	孫寶琛	中國哲學
逍遥的莊子	吳怡	中國哲學
中國哲學的生命和方法	吳怡	中國哲學
儒家與現代中國	韋政通	中國哲學
希臘哲學趣談	鄔昆如	西洋哲學
中世哲學趣談	鄔昆如	西洋哲學
近代哲學趣談	鄔昆如	西洋哲學
現代哲學趣談	鄔昆如	西洋哲學
現代哲學述評（一）	傅佩榮譯	西洋哲學
懷海德哲學	楊士毅	西洋哲學
思想的貧困	韋政通	思想
不以規矩不能成方圓	劉君燦	思想
佛學研究	周中一	佛學
佛學論著	周中一	佛學
現代佛學原理	鄭金德	佛學
禪話	周中一	佛學
天人之際	李杏邨	佛學
公案禪語	吳怡	佛學
佛教思想新論	楊惠南	佛學
禪學講話	芝峯法師譯	佛學
圓滿生命的實現（布施波羅蜜）	陳柏達	佛學
絕對與圓融	霍韜晦	佛學
佛學研究指南	關世謙譯	佛學
當代學人談佛教	楊惠南編	佛學

滄海叢刊已刊行書目(一)

書名	作者	類別
國父道德言論類輯	陳立夫	國父遺敎
中國學術思想史論叢(一)(二)(三)(四)(五)(六)(七)(八)	錢穆	國學
現代中國學術論衡	錢穆	國學
兩漢經學今古文平議	錢穆	國學
朱子學提綱	錢穆	國學
先秦諸子繫年	錢穆	國學
先秦諸子論叢	唐端正	國學
先秦諸子論叢(續篇)	唐端正	國學
儒學傳統與文化創新	黄俊傑	國學
宋代理學三書隨劄	錢穆	國學
莊子篡箋	錢穆	國學
湖上閒思錄	錢穆	哲學
人生十論	錢穆	哲學
晚學盲言	錢穆	哲學
中國百位哲學家	黎建球	哲學
西洋百位哲學家	鄔昆如	哲學
現代存在思想家	項退結	哲學
比較哲學與文化(一)(二)	吳森	哲學
文化哲學講錄(一)(二)(三)(四)	鄔昆如	哲學
哲學淺論	張康譯	哲學
哲學十大問題	鄔昆如	哲學
哲學智慧的尋求	何秀煌	哲學
哲學的智慧與歷史的聰明	何秀煌	哲學
内心悅樂之源泉	吳經熊	哲學
從西方哲學到禪佛教 —「哲學與宗教」一集—	傅偉勳	哲學
批判的繼承與創造的發展 —「哲學與宗教」二集—	傅偉勳	哲學
愛的哲學	蘇昌美	哲學
是與非	張身華譯	哲學